輝く断片

T・スタージョン
大森望 編

河出書房新社

目次

輝く断片

取り替え子

大森望 訳

「とにかく短期決戦よ」サーチライトのようにまばゆく輝く髪をうしろに払って、マイクルは言った。「いまから八日以内に赤ん坊をつくらなきゃ、札束とはさようなら」

「どこかで調達しよう。養子をとるとかできないかな」僕は、小川の土手に生えている草の茎を一本引き抜いて、前歯の隙間《すきま》にはさんだ。

「何週間もかかっちゃう。誘拐するならべつだけど」

「法律がある。法律っていうのは、人々を守るためにあるんだよ」

「どうしていつも他人ばっかり守るのよ」マイクは口から泡を飛ばしはじめた。「シヨーティ、そのでっかい尻を持ち上げて、なにか考えなさいよ」

「こういうのはどうかな。だれかに借りるんだ」

「ねえ、赤ん坊を手に入れたら、その子とあたしは、短期間とはいえ厳しい試練をかいくることになるのよ。かなりきつい仕事ね。もしあたしに赤ちゃんがいて、そんな目的のために貸してくれとだれかに頼まれたら、死んでもいやだって答えるわね」

「そんなにたいへんでもないだろ。きみにも母性本能とか、そういうのがあるじゃないか」

「ショーティ、あなたは知らないみたいだけど、赤ん坊っていうのはとってもデリケートな生きもので、熟練した人間が慎重に面倒をみてやらなきゃいけないの。赤ん坊のことなんか、あたし、なんにも知らない。ひとりっ子だし、ハイスクールを卒業してビジネスカレッジに入って、あとは会社勤めだもん。赤ん坊の世話をした経験はたった半日だけ。その子、そのあいだじゅうずっと泣きどおしだった」

「おむつが濡《ぬ》れてたんじゃないか」

「替えたわよ」

「じゃあきっと、ピンで刺したんだ」

「刺してません！　あなた、赤ん坊のことにずいぶん詳しいみたいじゃない」と声を荒《あら》らげる。

「もちろん。こう見えても、昔は赤ん坊だったんだぜ」

「莫迦《ばか》！」

マイクルがいきなりとびかかってきて、僕を小川に突き落とした。僕は水面に浮上して咳《せ》き込み、悪態をついた。マイクルは僕の首根っこをつかんで上半身を川岸にひっぱりあげ、それから土手のやわらかい土にがんがん頭を叩きつけた。

「のどぼとけから手を離してくれ」とあえぎ声で言う。「窒息する！」

「ちゃんと協力するわね？ ショーティ、冗談はいいかげんにして。深刻な問題なのよ。あなたのアマンダ伯母《おば》さんはあたしたちに三万ドルの遺産をのこしてくれた。相続条件は、あたしたちがそれにふさわしい人間だと、彼女の妹のジョンクィルに証明すること。『赤ん坊の面倒がみられる人間なら、お金の面倒もみられるわ』がアマンダ伯母さんの口癖だった。だからあたしたちは、ジョンクィル伯母さんの目の前で、三十日間、赤ん坊の面倒をみて過ごさなきゃいけない。子守り女なし、洗濯女なし、手助けゼロで」

「僕らの子供ができるまで待とうよ」

「莫迦なこと言わないで！ 自分だってよくわかってるくせに。そのお金があれば、あなたは自分の商売をはじめられるし、あのボロ家のローンも完済できる。それに内装も直せる。新しい車も買える」

「それに毛皮のコートも。それにスターサファイアも。もしかしたら僕の新しい靴下まで買えるかもしれないな」

「ショーティ！」マイクルはふっくらした唇をわななかせ、緑の瞳をらんらんと燃やしている。

「ダーリン、僕はなにも――こっちに来て、キスさせてよ」

マイクルはそれに応じたあと、何事もなかったようにさっきの議論を再開した。彼女はいつもそんなふうだ。一滴の皮肉を水たまりにまでふくらませた挙げ句、僕が謝ると一度だけ鼻をすすり、次の瞬間、涙は流れたことなんかなかったみたいにみんな目の中にひっこんでしまう。それを必要とするときに備えて、涙は一滴たりとも無駄にせず、しっかり蓄えている。

「自分だって重々わかってるはずよ。もしお金が――たくさんのお金が――それも近いうちに手に入らなかったら、あのちっぽけなあばら屋も、新しい車を入れるために建てたばかりの車庫も手放すことになるって。そんな莫迦な話ないでしょ」

「いや。車庫がなきゃ、車を買う必要もない！　たっぷり金が貯《た》まる！」

「ショーティ――おねがいだから」

「わかったわかった。でも、きみが口にする言葉すべてが正しいという事実も、僕らが赤ん坊を三十日間レンタルする役には立たないよ。どっちにしたって、金なんか知ったことか！　金がすべてじゃない！」

「もちろん違うわよ、ダーリン」マイクはさかしげに言った。「でも、お金があればすべてを買えるの」

とつぜん、小川のほうからばちゃんと音がして、僕らははっとした。マイクが金切り声をあげた。「ショーティ――つかまえて！」

僕は水の中に飛び込んで、ひっぱりあげた。とても小さくて、とても汚い――赤ん坊だ。ぼろぼろのおむつに、腕白そうな顔。大きな青い瞳と、頭のてっぺんに金色の髪。赤ん坊は僕を見ると――ぶるるるるるる――口いっぱいの水とブロンクス風の挨拶《あいさつ》のコンビネーションを僕に浴びせた。

「まあ、かわいそうに、ちっちゃくて愛らしい天使ちゃん！　こっちによこして、ショーティ！　砂糖袋じゃないんだから、そんなふうに持たないで！」

そろそろと川岸に上がると、赤ん坊をマイクルに引き渡した。マイクルは小汚いチビを腕に抱いてあやしはじめた。白い麻のブラウスがどうなるかもまるで気にしていない。あの白のブラウスは――と、苦々しく思い出した――僕が葉巻の灰を落としたかどで家から叩き出される原因になった服なのに。そのガキを抱くマイクを見ていると妙な気分になった。彼女のこんな姿は想像したこともなかった。

かわいそうなふわふわちゃん、川で溺《おぼ》れかけたばかりなのに、今度はひどい男にひどい目に遭わされましたねーとかなんとか話しかけているマイクを赤ん坊はむっつりと見返し、やおら能弁なおくびを洩《も》らした。

「英語でげっぷしたぞ！」と僕。

「川のせせらぎみたいじゃなかった？」マイクが甘い声で言う。「キスしてちょうだい、かわいい子羊ちゃん」

赤ん坊はただちに小さな両手をマイクの首にまわし、唇にぶちゅっと吸いついた。

「うわあ！」ようやく息をすると、マイクが声をあげた。「ショーティ、あんたも見習いなさいよ、目玉をようやく開けて！」

「目の毒だ」と嫉妬《しっと》深い声で言った。「マイク、そいつは赤ん坊じゃない。第二の幼年期を迎えた年寄りだぞ」

「一理あるかも」マイクはしばし赤ん坊をあやしていたが、それからとつぜん、「ショーティ――あたしたち、さっきまでなんの話をしてたんだっけ、天がぱっくり開いてこの小さなひと抱えの――」ここで腕の中の赤ん坊がもがきだし、マイクは口を閉じて抱き直した。

「小さなひと抱えのなに？」僕はさりげなくたずねた。

「ひと抱えの喜びよ」

「へえ。ひと抱えの喜びねえ。ええっと……なんの話だっけ？　赤――おい！　赤ん坊だよ！」

「そうよ。それと遺言状。それと三万ドル」

僕はその赤ん坊を新たな目で眺めた。「どこの若様かな」

「どこのだれだとしても、あたしたちが三十日借りても気にしない人みたいよ。あたしの赤ん坊扱いがどんなに下手だって、これよりはましに決まってる。ひとりぼっちの赤ん坊を森の中でハイハイさせるなんて！　ひどい話！」

「ひとりぼっちの赤ん坊のほうはべつに気にしてないみたいだけどね。いまから僕らがやるべきことはこうだ――二、三日、ふたりでこの子の面倒をみて、保護者が名乗り出るのを待つ。ラジオを聞き、新聞を読み、情報を集める。もしだれかが名乗り出たら、彼を借りる交渉ができるかもしれない。ともかく、いますぐはじめなきゃ」

この重大な局面にあって、赤ん坊はマイクの腕からつるりと抜け出し、芝生《しばふ》の上を進みはじめた。「ぷよぷよちゃん！　気をつけて！」と言いながらマイクがあわてて立ち上がった。「つかまえて、ショーティ！」

赤ん坊は、きらきら光る足を動かし、下の小川に向かってハイハイしていた――というか、両手両足を使って疾駆していた。赤ん坊が水際に達した瞬間に追いついて、おむつのたるみをつかんでひっぱりあげた。地面を離れるとき、赤ん坊は片手で泥をすくい、それを僕の目に投げつけた。僕はぎゃっと叫んで赤ん坊を取り落とした。ようやくかすかな陽光がふたたび目に射し込んできたとき、マイクルが入水自殺志願者をブラックベリーの茂みへと連れていくのが見えた。僕は急ぎ足でそちらに向かった。目がじゃりじゃりする。マイクルは赤ん坊のうしろで腹這《はらば》いになっている。赤ん坊も腹這いで、両足のちっぽけなかかとはマイクの両手にぎゅっと握られていた。赤ん坊はのんきにブラックベリーの実を摘んでいる。

マイクは膝《ひざ》をついて体を起こし、満足げにむしゃむしゃ食べている赤ん坊を抱き上げた。「あなたには愛想がつきた」と、燃える瞳で僕をにらみつけ、「罪もない赤ん坊をあんなふうに放り出すなんて！　このかわいそうな小さな体の骨が折れずに済んだのは奇跡だわ！」

「でも僕は……そいつが目に泥を……」

「喧嘩《けんか》するなら自分とおなじサイズの相手を見つけなさいよ、ウドの大木！　あなたが劣等感を抱えたサディストだったなんて、いまのいままで知らなかった！」

「僕だって、三角パンツの暴君にまつわる話がすべて真実だったなんて、いまのいままで知らなかったよ！　王に不法なしか！　こんなの不公平じゃないか。そこにいるチビ助の悪ガキは――」

「ショーティ！　かわいそうな小さい赤ちゃんのことをそんなふうに言うなんて！　かわいいじゃないの！　悪気があってやったんじゃないわ。まだ小さくて、分別がないだけ」

そのとき、いままで聞いたこともないほど大きくて深い低音の声で、赤ん坊が言った。「ご婦人、失礼ながら、自分の行動ぐらいちゃんとわきまえているとも。じゅうぶん分別のある年齢だ！」

僕らはふたりともぺたんと腰を下ろした。

「あなたがしゃべった？」とマイクがたずねた。

僕は茫然《ぼうぜん》と首を振った。

「阿呆《あほう》のカップルか」と赤ん坊が言った。

「あなたいったいだれ——何者？」マイクが息を殺してたずねた。

「どう見える？」赤ん坊が歯をむきだして言った。とても鋭くて、とても白い歯をしていた——上あごに二本、下に四本。

「小さなひと抱えの——」

「ショーティ！」マイクがすらりとした指を僕に突き出した。

「気にするな」と赤ん坊がうなるように言った。「四文字言葉なら山ほど知っている。つづけろ、若造」

「おまえがつづけろ。何者だ——こびとか？」

『と』の字を発音し終えないうちに赤ん坊がすばやく這い寄ってくると、僕の頭をうしろにがくがく揺さぶり、あごに不意打ちの右ストレートを叩き込んだ。「だれだろうと、二度とその言葉で呼ぶな！」と耳を聾《ろう》する大音声で怒鳴り、「違う！　わしは……わしは……おまえが言うようなものではない！　わしは取り替え子《こ》、それ以上でも以下でもない」

「いったいぜんたいなんなの、それ？」とマイク。

「言ったとおりだ！」赤ん坊が切り口上で言う。「取り替え子。人間が自分の赤ん坊を大事にしすぎると――あるいは邪険にしすぎると――ゆりかごに取り替え子があらわれ、罰を与える。ただしいつも、取り替え子はその赤ん坊に生き写しだ。親が育て方をまちがっていたことに気づけば、自分の子を返してもらえる――それまではだめだ」

「だれがすり替える？　つまり、だれのために働いてる？」

赤ん坊は僕らの足もとの草むらを指さした。二回見てようやく、彼が指さしているものがわかった。草の葉がそこだけ色濃く、つやつやと、鮮やかになり、さしわたし四フィートほどの完璧な輪をつくっている。

マイクルが息を呑《の》み、両のこぶしを口に押し当てた。「妖精！」と小さく叫ぶ。

莫迦言うんじゃない、マイク――と言いかけたが、彼女のこわばった顔と、平然とうなずく赤ん坊の頭を見て、僕は口をつぐんだ。

「あたしたちのために働いてくれない？」マイクルが勢い込んでたずねた。「遺言状の条件を満たすために、三十日間、赤ん坊が必要なの」

「さっきおまえたちがその話をしているのは聞いたが」と赤ん坊。「だめだ」

「だめ?」

「だめ」

間《ま》。

「なあ、坊主」と僕は言った。「なにがほしい? 金か? 食べものか? キャンディ? サーカス見物?」

「好物はステーキだ」赤ん坊はぶっきらぼうに言った。「血の滴るような、レアの、ぶあついやつ。タマネギをのせて。焼き上がりがきれいなピンク色で、嚙《か》むと思わず、『んむむ』と声が出るような。なぜだ?」

「よし。もし僕らに力を貸してくれたら、ステーキを好きなだけ食わせてやる」

「だめだ」

「じゃあなにがいい? どうしたら協力してくれる?」

「なにも。おまえたちに力を貸す気はない」

「どうする?」マイクの耳元で囁《ささや》いた。「こいつなら完璧だぞ!」

「あたしにまかせて。ねえ、赤ちゃん――それはそうと、お名前は?」

「パーシヴァル。だが、パーシヴァルとは呼ぶな。ブッチだ」

「わかった、じゃあ、ブッチ。あたしたち、にっちもさっちもいかなくなってるの。もし靴下いっぱいの現金が早急に手に入らないと、そこにあるきれいな小さなおうちを手放さなきゃいけなくなっちゃうの」

「その男はどうした？　ローンも払えん甲斐性《かいしょう》なしか？」

「おい、ちょっと――」

「あなたは黙ってて。この人はまだ駆け出しなのよ、ブッチ。学校を出たばかりの料理人。でも、ちゃんと稼ごうと思ったら、自分の店を出さなきゃいけないの」

「その家を手放したらどうなる？」

「一間の家具つきアパート。ふたりで」

「それでなにが悪い？」

ぎくっとした。それは僕が彼女に言った台詞《せりふ》そのまんまだった。

「あたしはいやよ。そんな生活耐えられない」マイクは甘言を弄《ろう》することはあっても、嘘《うそ》はつかない。

ブッチは存在しない眉毛《まゆげ》を上げてみせた。「耐えられない？　ほう、そいつは気に入った。理想が高いな」声が深くなり、鋭い質問を飛ばした。「ほかにどうしようもなければ、家具つきアパートでこの男と暮らすのか？」

「ええ、もちろん」

「手を貸そう」ブッチがそくざに言った。

「どうして？」と僕。「見返りになにを期待してる？」

「なにも――ま、ちょっとしたお楽しみかな。手助けするのは、おまえたちが助けを必要としているからだ。わしがだれかになにかしてやる理由は、それひとつだけ。そもそも最初にそう言いさえすればよかったんだ――困っているとな。賄賂《わいろ》で釣ろうなどとせずに！」と僕を叱《しか》りつけてから、マイクに向き直った。「この男のことは好きになれそうもない」

「僕はもう嫌いになってるよ！」

僕らが家に向かって歩き出したとき、ブッチがまた口を開いた。「しかし、ステーキは食わせてもらえるよな？」

ジョンクィル伯母さんの家は、スカートをきちんとのばし、説教するような表情を顔に浮かべて、広大な地所にぽつねんと建っていた。その外観は、二軒の家の間に無理やり潜り込んで身を隠していたら、どこかの悪党が両側の二軒をかたづけてしまったというふうに見えた。

ジョンクィル伯母さんも、彼女が住む家とおなじく、肩幅の五倍の身長があり、極端に実際的で、飾りけがなく、ひとりぽつねんと立っていた。彼女は結婚を必要悪と見なしていたが、自身は一度も結婚したことがなかった。無情な世の摂理が、男と結婚しなければならないと定めていたからで、彼女にとって男性とはすなわち野卑な存在だったのである。ジョンクィル伯母さんは、喫煙、飲酒、悪態、賭博《とばく》、高笑いを是《ぜ》としなかった。なんに対して微笑《ほほえ》んでいるかを完全に理解できる場合にのみ微笑みを楽しみ、皮肉やあてこすりは信用しなかった。礼儀正しい笑い声を発することを自分に許すのは、およそ週に二度の割合——ただしそのあとは、表情をいかめしく凍りつかせた十分間で埋め合わせるべし。以上の特徴に加えて、ジョンクィル伯母さんはりっぱな人だった。傑物。

街までの道中、僕は、以下のような癇《かん》にさわる会話を車の中で聞かされた。

「まぬけ！　もっと気をつけて運転しろ！」とブッチ。

「だいじょうぶよ。ほんと。安心すぎてびっくりしてるくらい。いつもの彼はインディアンなんだから」萌葱色《もえぎいろ》の麻のジャケットにあっさりした白のスカート、光輪《ハロー》のような黄色い麦わら帽をかぶったマイクはとてもきれいだった。

ブッチのほうは、レースの縁飾りがついたボンネットをかぶり、瞳の邪悪な輝きと裏腹に、天使のようないでたちだった。白ウサギのアップリケを両側にあしらった水色のセーターに、ふわふわしたアンゴラの赤ちゃん靴。ブッチがこれを履《は》くと言い張ったのは、僕がネイビーブルーの上着を着ていて、そのあちこちに白い毛が落ちるのを知ってのことに違いない。僕の未熟なおむつ替えテクニックのおかげで、彼はいくらか居心地が悪かったんじゃないかと思う。それに、僕がその仕事を担当することになった理由は、少なからぬトラブルを引き起こすもとにもなった。プライバシーと所有権に関して、ブッチは厳格な考えの持ち主だったのである。彼にとって、マイクに入浴の世話やおむつ替えをさせるのは、僕がグレタ・ガルボに着替えさせてもらうようなものらしい。彼の主張をじっくり検討してから、僕は言った。

「ブッチ、そんなお上品なこと言ってると、ジョンクィル伯母さんの家で暮らすのは相当たいへんだぜ」

「とにかく言うとおりにしろ。でないと手を引くぞ。女にこんなふうにいじくられるのを我慢する気はないからな。なんだと思ってる——露出狂か？」

「嘘つきだと思ってる。なぜだか教えてやろうか。子供の代役をつとめるのが仕事だと言ったじゃないか。そんな考えで、どうしてその仕事がつとまる？　だれをだまそうとしてる？」

「なんだ、そんなことか。いやまあ、白状すると、もう何年もそっちの仕事はやってない。ほとほとうんざりしてな。もういいかげん年だし……まあ、想像がつくだろう。三十年ばかり前、取り替え子の仕事に出ていたときのことだ。女がわしのおむつを替えてる最中に、慈善裁縫会仲間のかわいこちゃんが六、七人、家にやってきた。そしたら女め、途中で作業を放り出し、みんなこっちに来て、かわいい赤ちゃんを見てちょうだいと言いやがった。わしはベビーベッドから飛び出し、床に落ちていたおむつをつかんで前を隠すと、女たちを思いきり罵倒《ばとう》して、出ていけと怒鳴った。そのせいでクビになったんだよ。お化け屋敷だとか病人用の皿洗いだとか、そんな仕事に回されるんだろうと思ってたが、違ったね——上は断固たる処置をとった。悔い改めるまで、このままの姿でいろと命じられたんだ」

「悔い改めたの？」マイクがくすくす笑いながらたずねた。

ブッチは鼻を鳴らした。「見りゃわかるだろう」とうなり声で答え、「常識的な礼儀を重んじたことを悔悛《かいしゅん》しろだと？　けっ」

玄関の呼び鈴を鳴らしたあと、ジョンクィルがドアを開けるまで、僕らは長いあいだ待たされた。伯母さんはそのあいだに、できものみたいに張り出した出窓から、女を見る目がない甥《おい》が結婚した相手のようすを観察して、初対面にふさわしい表情を準備していたらしい。

「ジョンクィル伯母さん！」元気よく叫んで前に飛び出し、彼女の頬にすばやくお決まりのキスをした。伯母さんは、彼女自身がナプキンを使うときとそっくり同じように、親族がなめし革のような自分の皮膚《ひふ》を使うことを期待している。ぱさっ。乾いた表面と乾いた表面の接触。水分は下品。

「で、こっちがマイクルだよ」と僕は脇に寄って紹介した。

「はじめまして」とマイクがしとやかに挨拶し、微笑んだ。

ジョンクィル伯母さんは一歩あとずさり、マイクを鼻孔から観察するような角度で頭をそらした。「なるほどね」と唇を動かさずに言う。マイクの顔から笑みが消え、痛みをともなう意思の力によってまた笑みが復活した。「どうぞお入り」と、伯母さんが不本意な響きのまじる口調でようやく言った。

僕らはぞろぞろと玄関広間を通過して客間に入った。居間ではなく、背おおいつき《アンティマカサー》のソファや貝殻の飾りを擁《よう》する、正真正銘の古風な前室。部屋の色調はセピア――明るい色はびっしり花が描かれた壁紙、暗い色は家具。椅子《いす》と硬そうなソファは、数カ月前にひどく出血したように見える。マントルピースに飾られたガラスケース入りの奇怪な干し草と枯れた花を見て、ブッチが吐きそうな声をあげた。

「素敵なおすまいですね」とマイクが言った。

「気に入ってもらえてなによりね」ジョンクィル伯母さんはそっけなく答えると、「子供を見せてちょうだい」と言って歩み寄り、ブッチを覗《のぞ》いた。ブッチは彼女に向かって顔をしかめた。「まあ、なんてこと!」

「かわいいでしょう?」とマイク。

「もちろんです」ジョンクィルは熱のない口調で言い、手持ちの表現ストックから適当なものを検索したあげく、「ぷくぷくおチビちゃん」鋭い人差し指でブッチのあごの先をこちょこちょする。ブッチはたちまち泣き出した。本物の赤ん坊の、猛々《たけだけ》しくかん高い泣き声。

「かわいそうに、長旅で疲れちゃったのね」とマイク。

ジョンクィルは、ブッチの爆発的な音量に顔をしかめつつも、マイクの示唆《しさ》を受け入れ、先に立って階段を登りはじめた。

「このクソ屋敷、みんなこうなのか？」ブッチがしゃがれ声で囁いた。

「ううん。知らない。黙って」とマイクが言った。耳のさとい伯母さんは階段の上でくるっとふりかえり、「ねんねんころり」と声に出して歌った。かがみこんでブッチの頭に顔を近づけ、かん高い声で、「好きなだけ泣けばいいわ、おチビさん！」

ブッチはひとつ鼻を鳴らしてから、言いつけにしたがった。

僕らが足を踏み入れたのは、簡素な内装の寝室だった。十九世紀に、眠るだけの目的で使われていたような部屋。したがって、眠る以外のことを考えている人間にとってはなんの魅力もないように設計されている。すべて灰色と白。部屋の中で唯一の色彩は、ベッド枠《わく》。ぴかぴかに磨かれたパイプオルガンだ。マイクは赤ん坊をベッドに寝かせて、赤ちゃん靴とシャツとセーターを脱がせた。ブッチは片手のこぶしを口に当て、全身をかたくして試練に耐えている。

「ああ、忘れるところだったわ。あなたが使っていた揺りかごが屋根裏にあるのよ」とジョンクィル伯母さん。「用意しておけばよかったわね。あなたの電報は急でしたよ、ホレース。今日来るなら、もっとはやく教えてくれないと」そう言ってきびすを返し、部屋を出ていった。

「ホレース！　いやまさか——おまえの名前はホレースか？」ブッチがうれしそうにたずねた。

「ああ」僕はぶっきらぼうに答えた。「だが、おまえはショーティと呼ぶんだぞ、チビ」

「なのにわしがおまえにパーシヴァルと呼ばれることをいやがっていたとはなあ」

部屋に揺りかごをしつらえてから、ブッチをそこに押し込んで昼寝をさせた。僕が不器用に毛布と格闘しているあいだ、マイクが義務的にかがみこんでブッチにキスをした。僕はとっさにブッチのあごをつかんで下に引き、キスがひたいに触れるようにした。ブッチは怒り狂い、僕の指を血がにじむほど強く嚙んだ。僕はその指をポケットに突っ込んで、「じゃあね、ぐずり屋さん！」と声をかけた。ブッチがげっぷを洩らし、ジョンクィル伯母さんは顔を赤くして退散した。

僕ら三人はキッチンに集まった。屋敷の中でいちばん快適な部屋からはるかに遠く離れている。「いったいぜんたい、あの子をどこで手に入れたの？」古風なガスレンジにかけてある、いいにおいのする鍋《なべ》を覗きながら、ジョンクィルがたずねた。

「近所の人の子供なんだ。とても貧乏だから、何週間か厄介払いできるのを喜んでる」

「もともと捨て子だったんです」とマイクがみごとなアドリブでフォローした。「その家の玄関ステップに置き去りにされてて。まだどこの家とも養子縁組はしてませんし」

「名前は？」

「ブッチと呼んでます」

「なんて下品な名前！」とジョンクィル。「ブッチなんていう名前の子供をわたしの家に入れるつもりはありませんよ。もっと上品な名前をつけてやらなきゃ」

そのとき、霊感が閃《ひらめ》いた。「パーシヴァルはどう？」

「パーシヴァル。パーシー」ジョンクィルは語感を試すようにつぶやいた。「そのほうがずっといいわ。そうしましょう。以前パーシヴァルという名前の知り合いがいましたよ」

「まあ――パーシヴァルって呼び名はやめたほうがいいんじゃないかしら」マイクは、あとで覚えときなさいよという目で僕をにらんだ。

「どうして？」僕は平然と言った。「素敵な名前じゃないか」

「ええ」とマイク。「素敵だけど」

「パーシヴァルの夕食は何時？」とジョンクィル伯母さんがたずねた。

「そう。じゃあ、わたしが食べさせるわ」

「あ、いえ、ジョンクィルお——ミス・ティミンズ。それはわたしたちの仕事です」

ジョンクィルはほんとうに微笑んだように見えた。「やってみたいのよ。あなたたち、それを逃げられない義務だと思ってるわけじゃないでしょ」

「おっしゃる意味がよくわかりませんけど」マイクがちょっと冷たい口調で言った。「わたしたち、あの子が大好きなんです」

ジョンクィルはじっとマイクの目を覗き、「そのようね」と驚いた口調で言うと、戸口に向かって歩き出した。ドアのところで立ち止まり、こちらを振り返って、「ミス・ティミンズと呼ぶ必要はありませんよ」と言ってから出ていった。

「まったく！」とマイクが言った。

「きみが勝ったみたいじゃないか、ベイブ」

「第一ラウンドだけはね、ハニー。それがわかってないとは思わないで。なんて変わったおばあさん！」レンジの前に行って、瓶《びん》詰めの裏漉《うらご》しニンジンを温めたり、ガラス瓶を加熱消毒してパイナップルジュースを注いだり、忙しく働きはじめた。この二、三日で、僕らは大量の育児書を読破したのだ！

だしぬけに、マイクが口を開いた。「伯母さんはどこ？」

「さあね。たぶん――わっ、まずい！」

二階からひからびた絶叫が響き、それにつづいて、廊下を正面階段のほうへ走っていく硬い靴音がした。僕らは裏の階段を一段飛ばしに駆け上がり、正面階段を降りていくジョンクィルの浮畝縞《うきうねじま》スカートを視界の隅に一瞬とらえた。僕らは寝室に飛び込んだ。ブッチがベビーベッドの中で、痙攣《けいれん》の発作でも起こしたかのように体を二つ折りにしていた。

「今度はなんだ？」と僕はうなり声をあげた。

「息を詰まらせてるのよ」とマイク。「ショーティ、どうしよう？」

知るもんか。マイクが駆け寄ってブッチの体をあおむけにした。顔が歪《ゆが》み、だらだら汗を流しながらあえいでいる。「ブッチ！　ブッチ――どうしたの？」

その瞬間、ブッチは呼吸を回復した。「ほっほっほ！」いつものウシガエルの声で咆哮《ほうこう》し、また息を詰まらせる。

「笑ってる」とマイクが囁いた。

「人をびっくりさせる方法としては、最高に風変わりだな」僕はむっつりとそう言って手をのばし、ブッチのしかめっ面をひっぱたいた。「ブッチ！　正気に返れ！」

「あいたっ！」とブッチ。「このくそバカ野郎。覚えてろよ」

「ごめんよ、ブッチ。しかし、窒息しかけてると思って」

「たしかに危なかった」ブッチはまた笑い出した。「どうしようもなくてな、ショーティ。だって、あの古漬け顔がやってきて、こっちをじろじろ見やがるんだぜ。わしもじろじろ見つめ返してやった。そしたらこっちにかがみこんできた。わしはにっこりした。向こうもにっこりした。口を開けてやった。向こうも口を開けた。手をのばして入れ歯をひっぱりだして放り投げてやった。ばばあの顔がスクラントンの街路みたいに、ぼこっと真ん中が陥没しちまった。汽笛を鳴らしてぶっ飛んでいったよ。しかしショーティ――マイク」またどうしようもない痙攣発作を起こし、「見せたかったよ、あの顔！」

僕ら三人の爆笑がようやく落ち着いたころ、ジョンクィルがまた入ってきた。「ちょっとペチュニアの世話をしてたものだから」とすました顔で言う。「さあ――夕食の用意ができましたよ。ありがとうね、赤ちゃん」

「第二ラウンド」と僕はどっちつかずのことを言った。

午前二時ごろ、廊下のほうからくぐもったどしんという音がして目を覚ました。片肘《かたひじ》をついて体を起こす。マイクはぐっすり眠っている。しかし、揺りかごはからっぽ。息を殺して悪態をつき、忍び足で廊下に出た。廊下の先のほうで、ブッチが高速ハイハイしている。二歩で追いつき、首根っこを捕まえた。

「いたっ！」

「黙れ！　どこへ行くつもりだ？」

ブッチは廊下の突き当たりのドアを親指で示した。

「だめだ、ブッチ。ベッドに戻れ。あっちへは行けない」

ブッチは懇願するように僕を見上げた。「だめ？　どうしても？」

「どうしても」

「なあ――ショーティ。大目に見ろよ」

「多めも少なめもない！　おまえの居場所は揺りかごだ」

「今度だけだ、頼むよ、な、ショーティ？」

僕はジョンクィル伯母さんの寝室のドアに不安な視線を投げた。「わかったよ、くそ。でも、急いでやれよ」

三日め、ブッチはストライキに突入した。そもそも野菜の裏漉しとスープの食事が気に入らないところへもってきて、その日の朝、肉屋の小僧が玄関口で、「ご注文のステーキ肉ですよ、ティミンズさん！」と叫ぶのを聞いて、小さなパーシヴァルの我慢の糸が切れた。

「新しいルールを決めたぞ」次に寝室で僕とふたりきりになったとき、ブッチはそう切り出した。「わしは搾取されている」

「搾取？　だれがなにを搾取してる？」

「おまえらだ。わしにステーキを食わせると約束しただろ？　いいか、ショーティ。おまえらが食わせるベビーフードはもううんざりだ。おかげで飢え死にしそうだぜ」

「じゃあどうしろって言うんだ？」僕はおだやかにたずねた。「お好みに合わせて焼いたものをお部屋におもちいたしましょうか、お客さま？」

「わかって言ってるのか、ショーティ？」ちっぽけな人差し指を僕のシャツの胸もとに突きつけて念を押し、「そっちは冗談のつもりだろうが、こっちは違うぞ。それに、いまおまえが言ったのはじつに名案だ。一日一食ステーキを要求する——この部屋で。本気だぞ、人間」

反論しようと口を開きかけたが、そのとき、赤ん坊の目の奥を覗いた。長年かけて磨き上げた頑固さ、抜きがたい強情さ。僕は肩をすくめて部屋を出た。

キッチンでは、マイクとジョンクィルがレーヨンのタフタに関する興味深い（とおぼしき）話に夢中になっていた。僕はその会話に無理やり割って入り、「いま思いついたんだけど、今夜の夕食、僕は二階でブ……パーシヴァルと食べることにするよ。伯母さんとマイクはふたりで親交を深めたほうがいいし、僕らは僕らで男同士の友情を深めると。下じゃ、男は少数派だからね」

ジョンクィルはこのとき、まぎれもなく微笑んだ。このところ、昔より楽に笑みが浮かぶようになってきたみたいだ。「いい考えだと思うわ。今夜はステーキなのよ、ホレース。焼き方はどうする？」

「直火《じかび》焼きで」とマイク。「ウェルダ——」

「レアで！」と口をはさみ、マイクに目配《めくば》せした。マイクはけげんな顔で口をつぐんだ。

そしてその夜、僕は二階の寝室で、不幸な乳児が僕の夕食を食べるのを見守っていた。舌鼓《したつづみ》を打ち、恍惚《こうこつ》のうめき声をあげながら、ブッチはさもうまそうにステーキを頬張った。

「で、これはどうしろと？」生温かくてネバネバの裏漉しした豆のカップを持ち上げ、僕はたずねた。

「わしは知らんよ」ブッチは口の中をいっぱいにして答えた。「おまえの問題だ」

窓辺に歩み寄り、外を眺めた。真下は、しみひとつないコンクリートの歩道。食欲をそそらないこのペーストを捨てたら、確実にバレる。「ブッチ——これ、僕のかわりにかたづけてくれないかな？」

ブッチは、僕のステーキの脂《あぶら》でてかてかのあごを突き出し、ためいきをついた。

「いや、けっこう」と満足そうに言う。「もうこれ以上、ひと口も食えんよ」

僕は豆のペーストをおそるおそる舌先にのせ、鼻をつまんで飲み下した。最後のひとしずくがのどを通り過ぎるまでのあいだ、ブッチに対するきわめて不愉快な思考を頭の中で大量にめぐらす時間があった。「なんにも言うなよ、パ、ー、シ、ー」とうなり声をあげる。

ブッチはにやっと笑っただけだった。僕は皿とカップをとって、戸口に歩き出した。

「なんか忘れてないか？」ブッチが眠そうな声で言った。

「なに？」訊《き》き返すと、ブッチがたんすのほうにあごをしゃくった。その上に哺乳瓶《ほにゆうびん》がのっている。中身はミルクにお湯を足してコーンシロップを加えたもの。「知ったことか！」と吐き捨てた。

ブッチがにやっと笑って口を開け、泣きはじめた。

「黙れ！」押し殺した声で怒鳴った。「女どもを呼び寄せて、僕にいじめられたとでも言うつもりだろ」

「名案だな。さあ、いい子にしてミルクをぜんぶ飲んだら、外に行って遊んでいいぞ」

僕はむなしく悪態をつきながら、哺乳瓶の乳首をはずし、中身を飲み下した。

「そいつは、ばあさんにわしをパーシーと呼ばせるように仕向けたお礼だ」とブッチ。

「あしたの夜もステーキをよこすんだぞ。じゃあな」

以上のようないきさつで、健康な大のおとなであるこの僕が、二週間近くのあいだ、ベビーフードを食べて暮らすことになった。いま僕が赤ん坊に対して抱いている深い尊敬の念は、このときの経験が出発点だと思う。あんな食事を与えられて文句ひとつ言わないとは、赤ん坊とはいかに善良な存在であるかという認識も、同時に確立された。いちばんつらかったのは、僕の食事をブッチがうれしそうに食べるのを見ることだった。いやまったく、三万ドルを稼ぐのは楽じゃない。

三週めに入ったころ、ブッチの声が変わりはじめた。マイクが最初に気づいて、僕のところへやってきた。

「どうかしたんじゃないかと思うの。前ほどたくましくも見えないし、声がかん高くなってきた」

「取り越し苦労だよ、別嬪《べっぴん》さん」僕は片腕をマイクの体にまわした。「あれだけ食ってて体重が減るわけないさ。それに肺活量もたっぷりある」

「それがもうひとつ」マイクはとまどったような口調で、「けさ、ブッチが泣いてて、なにがほしいのか見にいったの。話しかけて揺すったんだけど、五分もただ泣きっぱなし。それから急に起き上がって、こう言ったの。『なんだ？　どうした？　え？　ああ、きみか、マイク』って。なにがほしいのかきいたら、なんでもない、さっさと出ていけって」

「かつがれたんだよ」

マイクが僕の腕からするりと抜け出し、こちらを見上げた。金色の眉と眉が、雪のように白い眉間のクレバスの上でかすかに触れ合っている。「ショーティ……。彼、泣いてたのよ――本物の涙を流して」

おなじその日のこと、ジョンクィルが街へ行って、自分用の色鮮やかなドレスを半ダースも買い込んできた。それに、髪の毛にもなにかしたんじゃないかと思う。十五歳も若返ったような姿で帰ってきて、伯母さんはこう言った。「ホレース――あなた、昔は煙草《たばこ》吸ってたような気がしたけど」

「うん……まあ――」

「ばかな子ね！　わたしがいい顔しないと思って、それだけの理由で禁煙してるんでしょ！　家の中に煙草を吸う男の人がいるのは好きなのよ。家庭的な雰囲気になるから。ほら」

ジョンクィル伯母さんは僕の手になにかを押しつけ、赤い顔ときらきら光る目をして、逃げるように離れていった。彼女がくれたものに目を落とした。煙草ふた箱。いつも吸ってる銘柄じゃないが、こんなに深く感動したことはなかったと思う。

ブッチと話をしにいった。部屋に入ると、当人はうたた寝をしていた。わきに佇《たたず》み、寝顔を見下ろした。おそろしくちっちゃい。女たちはいったいなにを大騒ぎしてるんだろう。

まぶたの下の目はすごく大きく、ずっと閉じているのはたいへんじゃないかと思えるくらいだ。伏せたまつげは最高に繊細でやわらかそうに見えた。規則正しい寝息に、ときおり短い休止符が混じる。どういうわけか、聞き心地のいい音だった。そのとき、視界の隅でなにかが動くのが見えた――ブッチの手だ。握ったり開いたりしている。その手はまさしく薔薇色《ばらいろ》で、こんなに小さいのに、信じられないほどパーフェクトだ。僕は自分の手と彼の手を交互に見比べた。まったく信じられない……。

そのときブッチが目を覚まし、ぱっちり目を開けて足を蹴《け》った。最初は窓のほうを、次に反対側の壁を見た。ぐずり、唾《つば》を呑み、小さな泣き声をあげる。それから首をまわして僕のほうを向いた。長いあいだ僕を見ていた。深い瞳は完璧に澄んでいる。唐突に体を起こし、ブッチは頭を振った。「やあ」と眠そうに言う。

ひとりの人間が二度目を覚ますところを目撃したという妙な感覚に襲われながら、「マイクが心配してたぞ」と、来た理由を説明した。

「ほんとか？　おれはべつに――たいして変わりはないつもりだが。はっ！　おれの身にこんなことが起きるとはな」

「こんなこと？」

「話には聞いたことがあったが、まさかなあ……。ショーティ、笑うなよ」

毎晩のベビーフードと、食べられなかったステーキの山に思いを馳《は》せた。「心配するな。笑わないよ」

「つまりだ、おれが取り替え子だったって話はしただろ。取り替え子っていうのは妙な生きものなんだ。だれからも好かれない。ありとあらゆる厄介ごとを引き起こす。一晩中泣きつづけるから父親は怒り狂う。取り替え子だと知らない母親はパニックに陥るし、正体を知ったときには激怒する。取り替え子は、悪ガキらしくふるまうことでおおいに楽しむが、感情的な砂糖菓子はほとんど与えられない。わかるだろ。で、おれのケースだが……くそ、どうしても慣れないな！　よりによっておれかよ！……つまり、この家にいるだれかが、おれのことを……その……愛してるんだ」

「僕じゃないぞ」とすばやく言ってあとずさった。

「わかってるさ、おまえじゃないのは」ブッチは、小鳥のように目玉を動かして僕を見ると、おだやかに言った。「おまえ、けっこういいやつだな、ショーティ」

「はあ？　なにを──」

「とにかく、だれか女に愛された取り替え子は、これまで生きてきた歳月も記憶もなくして、本物の人間の子供になると言われてる。しかしそのためには、自分が入れ替わった子供としてじゃなく、自分自身として愛されなきゃいけない」ブッチは落ち着きなく身じろぎした。「おれは……自分の身に起きてることにどうも慣れない……慣れることができないんだ。でも……ああ、くそ！」つらそうな表情が浮かび、ブッチはやるせない目で僕を見た。僕は状況をひと目で見てとった。

　数分後、僕はマイクをつかまえた。「渡すものがある」と言って、まるめた産着《うぶぎ》一式をさしだした。

「いったい……ショーティ！　まさか――」

　僕はうなずいた。「ブッチは赤ちゃん返りしてる」

　その後、マイクがおむつを洗濯しているあいだに、ブッチの言葉を伝えた。僕が話しているあいだ、マイクはじっと黙って耳を傾け、話が終わっても口を開かなかった。

「マイク――もしこのとてつもなくばかげた話に多少の真実があるとしても、きみじゃないよな？　彼に変化をもたらしたのは」

　マイクは長いあいだじっと考え込むような顔をしていたが、やがて口を開き、「彼、すごくキュートだと思うわ、ショーティ」と言った。

　マイクの肩をつかんで、くるっと振り向かせた。まばゆい髪の毛を手首でうしろに払った拍子に指が触れたらしく、こめかみに石鹼《せっけん》の泡がついていた。

「この家でナンバーワンの男はだれだ？」と囁き声でたずねた。マイクは笑って「莫迦ね」と言い、つま先立ちになって僕にキスした。ちょっとした女だ。

この一件全体が、なんだかおかしくてしようがなかった。

約束の三十日が過ぎ、僕らは荷造りした。ジョンクィルが手を貸してくれたが、こんなに生き生きしている伯母さんを見るのははじめてだった。いっしょにいる時間の半分は笑いが絶えず、ときには文字どおり腹を抱えて笑い転げた。そして昼食の席で、こう切り出した。

「ホレース――小さなパーシーを家に帰すのが心配なのよ。彼を育ててる人たちはろくでなしで、いなくなっても気にしないと言ったでしょ。一週間ぐらいのあいだ、わたしに預けて、そのあいだにそこがどういう家庭なのか、ほんとうに彼を返してほしがってるかをたしかめてほしいの。もしそうじゃないなら……ええと、彼がちゃんとした家で育つようにしてやりたいわ」

僕とマイクは顔を見合わせた。マイクが天井の、寝室のほうを見上げた。僕はさっと立ち上がった。「本人にきいてみるよ」と言って階段を上がった。

ブッチは揺りかごの中にすわって、太陽光線をつかまえようとしていた。

「なあ」と声をかけた。「ジョンクィルがおまえに残ってほしいと言ってるぞ。どうする?」

ブッチは僕を見た。その視線は、百パーセント混じりけなしに、赤ん坊のまなざしだった。

「どうだい？」

ブッチはたいへんな精神力をふりしぼるような表情で、唇をぎゅっと結び、深く息を吸い、びっくりするほど長く息を止めてから、爆発するような勢いでたった一語を吐き出した。「パーシー！」

「わかったよ」と僕は言った。「じゃ、元気でな」

彼はなにも言わず、太陽光線遊びに戻った。

「彼はＯＫだって」とテーブルに戻って僕は言った。

「赤ちゃんとごっこ遊びするような男だとは思わなかったわ」とジョンクィルが笑った。「変われば変わるものね。マイクル、おねがい——手紙を書いてね。あなたたちが来てくれてほんとによかったわ」


こうして僕らは三万ドルを手に入れた。あばら屋——いまはもう、僕らのあばら屋だ——に帰り着くなり、いや、家族はパーシーを返してくれとは言ってない、彼の名字はフェイ（『妖精』の意味がある）だと書いた手紙を出した。おりかえし、ありがとう、赤ん坊はわたしが養子にしますと書いた電報が届いた。

「ブッチちゃんが恋しい？」と僕はマイクにたずねた。

「ううん」と彼女は言った。「たいして。ていうか、貯めてるの」

「おお」と僕は言った。

ミドリザルとの情事

大森望 訳

あるところに、有能な看護婦がいた。彼女は二十四歳で仕事をやめると、政府機関で要職に就《つ》く六フィート七インチの大男と結婚した。夫が帰宅するのは週末だけ。彼の名はフリッツ・リース。病んだ人間、悪い人間、ふつうと違う人間に対して、たいへん理解のある男だった。そういう人間を理解することが彼の仕事だったのである。

ある日曜の夜、彼は妻のアルマをともない、外の空気を吸うため、川に面した小さな公園へと散歩に出かけた。公園には噴水とベンチがあり、そこに腰かけて、向こう岸できらめく光や花壇やその他いろいろを眺めることができる。この夜は、総勢八人から成るちんぴらの一団が、手すりのところにいるだれかをてんでに蹴《け》り飛ばし、半殺しの目に遭わせていた。フリッツ・リースはたちまち状況を見てとり、なにをすべきか決断すると、大きなストライドの三段跳びでそのまっただ中に分け入った。ガキどものひとりが被害者を突こうとしていたほうきの柄《え》を、リースは寸前で横からひっつかんだ。そのとき、ちんぴら全員がリースの体軀《たいく》を見て、たちまちもうお開きだとさとった。彼らは、アルマまで危険な存在だと思っているかのように、うしろに立っていた彼女を大きく迂回《うかい》して、その場から逃げ出した。

アルマは、犠牲者のかたわらにひざまずくフリッツのもとに駆け寄り、その体をあおむけにするのに手を貸した。フリッツの胸からポケットチーフをとって、半開きになった男の口から垂れる血を拭い、折れた歯をとりだし、頭を横に向け、熟練した看護婦が熟練しているその他さまざまな処置を施した。

「どこか骨折してるか？」

アルマはイエスと答えた。「片方の腕。内臓も損傷してるかもしれない。救急車を呼ばなきゃ」

「うちに連れて帰るほうが早い。おい、きみ！　もうだいじょうぶだ。さあ、立たせるぞ！」フリッツが体を抱えて立たせたときには、男はもう目を開いていた。

ふたりは両脇から肩を貸して男の体を支えながら、大通りをまたぐ歩道橋の階段を登らせた。フリッツの言ったとおり、救急車を呼んだ場合より四十分も早く、ふたりのアパートメントへ帰り着いた。

アルマは電話をかけようとしたが、フリッツにとめられた。「うちで処置できる。

パジャマを持ってきて」フリッツは、自分の巨大な片腕にもたれてぐったりしている傷ついた男を見やり、「きみのパジャマのほうがよさそうだ。本人は女物でも気にしないだろう」

ふたりは男の服を脱がせて体の血を拭《ふ》きとり、骨折した腕に副木《そえぎ》を当てた。怪我《けが》の状態はそれほどひどくない。あばらと尻、それに顔にも痣《あざ》ができているが、これでも運がよかったほうだろう。

「静養一週間と歯医者一回で、こんな災難に遭ったとはだれにもわからなくなるさ」

「この人にはわかるわ」

「そりゃそうだ」

「いったいどうしてこんな目に遭ったのかしら」

「ミドリザルだよ」

「まあ」とアルマは言い、ふたりは眠りに就いた男を客間に残して寝室に引き揚げた。

午前五時、フリッツが静かに起き出して服を着替え、スーツケースをベッドの横にどしんと置いてから、行ってきますのキスをしようとベッドに身をかがめたとき、ようやくアルマは目を開けた。

アルマは夢うつつで夫とキスを交わしてから、やっとはっきり目を覚まして、「フリッツ！　あなたまさか――ふだんどおりに出かけるつもりじゃないでしょうね」

べつにかまわないだろうとフリッツは答え、アルマは来客用の寝室のほうを指さした。「あの人とふたりきりに――」

フリッツは笑って、「だいじょうぶさ、ハニー。専門家の見立てを信じてくれ。あいつのことならなんの心配もないよ」

「でもあの人が……わたし……ああ、フリッツ！」

「なにかあったら電話すればいい」

「ワシントンに？」アルマはベッドに身を起こし、胸の前にシーツをかき寄せた。「入院させればいいじゃないの。なにもうちで――」

フリッツはたいそう辛抱強い性格で、アルマはときどき莫迦《ばか》にされているような気になることがある。「体の具合がよくなったら、おれが直接話をして、力になってやりたいんだよ。病院がどんな場所かはきみがいちばんよく知ってるだろう。きみはただ、あいつの面倒をみて、おれと話をするまではここを出ていかないように伝えるだけでいい」それからフリッツは、とてもやさしくて愛情に満ちた言葉を囁《ささや》き、アルマはもう口をつぐむときだとさとった。「じゃあ、この話はこれでおしまい。いいね？」

そこでアルマはその件について口をつぐみ、フリッツはワシントンに戻った。

アルマのパジャマはサイズが小さかったが、彼が着られないほどではなかったし、年齢もアルマとほぼおなじだった（フリッツ・リースは妻よりもかなり年上だった）。

アルマが好きな響きの名前と、小さくて強い手の持ち主だった。月曜は一日中、ぼうっとしたような状態で過ごし、ほとんど口をきかず、エッグノッグやコンソメスープやおまるに対して感謝の笑みを浮かべるだけだった。火曜日にはベッドから起き出して歩けるようになった。クリーニングと修繕に出してあった服がもどってきたので、彼はそれを身につけ、ふたりは日がな一日すわっておしゃべりした。アルマはたっぷり本を読み、声に出して読んでやった。レコードもたっぷり聴かせてやった。アルマが好きなものならなんでも、彼はアルマ以上にそれが好きだった。水曜日、アルマは彼を歯医者に連れていった。午前の診療では歯が欠けたあとを削って型をとり、午後には樹脂《じゅし》製の仮歯をかぶせてもらった。その頃には唇の腫《は》れも引いていたから、歯が治ったあとは、アルマはふと気づくと彼の口元をぼうっと見つめて過ごしていることがよくあった。陽光を浴びて輝く髪を見ながら、この人の髪は闇《やみ》の中でも光るんじゃないかと思った。出身をたずねても、どういうわけかまともな答えは返ってこなかった。ちょうど大笑いしているときだったので、そのせいだったかもしれない。ふたりはいっしょになってよく笑った。ともあれ彼の出身地は、スパゲッティがない土地らしい。とあるイタリアン・レストランの夕食に連れ出したとき、アルマは麵《めん》をフォークに巻きつけて食べる食べ方を教えてやらなければならなかった。ふたりはそのことでもおおいに笑い、彼はたっぷりスパゲッティを食べた。

水曜の夜——遅くなって——アルマは夫に電話をかけた。

「アルマ！　どうしたんだ？　だいじょうぶか？」

アルマは答えず、それから二度、夫に名前を呼ばれたあと、囁くような声でようやく言った。「ええ、フリッツ。だいじょうぶよ。フリッツ、こわいの！」

「なにが？」

アルマはなにも言わなかったが、フリッツは妻が言いたいことを理解した。

「それは……とにかく、なんて名前なんだ、あいつは？」

「ルーリオ」

「ジューリオ？」

アルマは歌うように、「ルー・リ・オ」

「ああ、わかった。で、なにをされた？」

「べ、べつになにも」

「だったら……なにかされそうでこわいのか？」

「まさか、違うわ！」

「そうだろう。ちゃんとわかってたんだ、出かける前から。でなきゃあいつを家に置いていったりしないよ。じゃあ、つまりこういうことだな。あいつはなにもしてないし、これからもなにもしないときみは思ってるし、おれも思ってる。だったら——こん夜中にどうして電話してくる？」

アルマはなにも言わなかった。

「アルマ？」

「フリッツ」早口のかすれた声で、「帰ってきて。いますぐ帰ってきて」

「子供じゃあるまいし！」

「三分経過しました。通話を終了される場合はお知らせください」

「はい」

「アルマ！　外からかけてるのか？　どうして家の電話を使わない？」

「彼に聞かれたくなかったから」とアルマは囁き声で言い、「じゃあね、フリッツ」

夫はまだ言い足りないことがあったかもしれないが、アルマは電話を切り、家に帰った。

木曜日、電話でタクシーを呼び、ピクニックの支度をして海岸へ出かけた。泳ぐには寒すぎたが、ふたりは一日の大半を砂の上にすわって話をしながら過ごし、ときどきいっしょに歌を歌った。

「こわい」とアルマはまた言ったけれど、今度はひとりごとだった。一度、ふたりはフリッツの話をした。どうして袋叩きにされたのかとたずね、わからないと彼が答えると、「フリッツは知ってるわ。あなたはミドリザルなんだって」とアルマは言い、そのわけを説明した。「ジャングルでサルを一匹捕まえて体を緑色に塗ると、ほかのサルたちがよってたかって嚙《か》み殺しちゃうんだって。自分たちと違うから。危険だからじゃないのよ。一匹だけ違うからっていうだけの理由」

「どう違うんだろう」ルーリオは静かな声で、自分自身についてたずねた。

その答えならいくつも思いついたけれど、どれもこれも自分自身の心の中だけの考えだったから、アルマはそれを口にしなかった。フリッツは知ってるとだけ、またくりかえした。「彼が力になるわ」

彼はアルマを見やって言った。「きっと、いい人なんだね」

アルマはその言葉をじっくり考えてから、「とても理解力のある人よ」

「ワシントンではなにを？」

「社会復帰プログラムの専門家なの」

「なんの社会復帰？」

「人間」

「ああ……土曜日が待ち遠しいな」

アルマは彼に言った。「愛してる」

彼が振り向くと、アルマは目をまんまるにして、指環《ゆびわ》が唇に食い込むほど強く、左手のこぶしをぎゅっと口に押し当てた。

「本気じゃないよね」

「言うつもりじゃなかったのに」

そのあとと、そして金曜日、ふたりはいっしょに過ごしたが、電気スタンドのコードの中を通っている二本の電線のように、たがいに触れ合うことはけっしてなかった。ふたりは動物園に行き、ルーリオは動物たちを眺めては子供のようにはしゃいだが、サルの檻《おり》の前だけはふたりとも黙りこくって足早に通り過ぎた。時間がたつにつれてふたりとも言葉少なになり、夕食の席ではほとんど口をきかず、そのあとはたがいの顔を見ることさえやめてしまった。その夜、闇がいちばん深い時刻に、アルマは彼の部屋に行ってドアを開け、内側からドアを閉めた。電気はつけなかった。

「どうなってもいい……」とアルマは言い、「どうなってもいい」ともう一度言って、囁くようなすすり泣きを洩《も》らした。

ルーリオがアパートメントにひとりでいたとき、フリッツが帰宅した。

「買いものに出かけてます」とルーリオは大男の質問に答えた。「お帰りなさい、リースさん。よかった、やっとお目にかかれて」

「フリッツだ」とフリッツは呼び名を指示した。「すっかり元気になったみたいだな。アルマはちゃんと面倒をみてたかい?」

　ルーリオは部屋が明るくなるような笑みを浮かべた。

「名前はなんだっけ？　ジューリオ？　ああ、そう、思い出した、ルーリオだ。さあて、ルーくん、ちょっと話をしようじゃないか。そこにすわって、顔をよく見せてくれ」フリッツは長々と若者の顔を眺めまわしてから、口の中でなにかつぶやき、満足したようにうなずいた。「きみは自分のことが恥ずかしいんだろ？」

「え？　恥ずかしい？　いやその――べつにそうは思いませんけど」

「ようし！　だったらそんな長い話をしなくて済むな。もっと手短に済ませるために、まず最初にはっきりさせておこう。きみがどういう人間かはよくわかってるから、隠す必要はないんだよ。おれにとってはまるっきりどうでもいいことだし、穿鑿《せんさく》するつもりもない。いいかい？」

「わかってるんですか？」

　フリッツは呵々大笑《かかたいしょう》した。「そう心配するなよ、ルーイ！　会う人間みんながおれみたいに真実を見抜くわけじゃない。おれの場合は、人間を見て、理解するのが仕事だからな」

　ルーリオは神経質に身じろぎした。「人間を見るってどういうことです？」

「手のかたち。歩き方、すわり方、感情の表し方、声の響き。ほかにもいろいろある。どれもささいなことだよ。ひとつふたつ、いや五つ六つとりだしても、なんの意味もないかもしれない。しかしぜんぶ合わせると――きみのことがわかる。きみという人間が理解できる。質問してるんじゃない、教えてるんだ。おれにはどうでもいいことだよ。おれなら、きみが二度と袋叩きにされずに済むにはどうふるまえばいいかを教えてやれる、それだけの話だ。教えてほしいか？」

ルーリオはなんの話だかさっぱりわからず、途方に暮れた。フリッツは立ち上がり、ジャケットとシャツを脱ぐと、それをカウチの隅に放り投げ、大きな椅子《いす》にゆったり腰を落ち着けて体をくつろがせた。話すことが好きで、なにを言うべきかよく知っている男の口調で、フリッツは話しはじめた。前に何度もおなじことを話したし、自分が正しいことも、自分がうまく話せるのもわかっていた。

「人間の中で一生暮らすくせに、人間に関するごく単純な事実を死ぬまで知らない人間がおおぜいいる。つまり、人間はおおぜい集まると人間じゃなくなるって事実だ。集団は怪物なんだよ。もし、ある集団をひとつの生き物と見なして、そのＩＱを知りたいと思ったら、集団に属する人間の知性を平均してから、人間の数で割ればいい。つまり、五十人から成る集団なら、みみず一匹以下の知性しかないってことになる。人間がひとりなら、そこまでのレベルの残酷さや無節操に陥ることはぜったいにありえない。集団は、自分たちと違っているものならなんでも危険だと考える。違っているものはなんでも八つ裂きにすることで自分たちを守れると考える。しかも、危険だと見なされる差異は、時代の移り変わりにつれて変わる。ひげを生やしているせいで集団に殺された人間もいれば、ひげを生やしていないことで集団に殺された人間もいる。口にした一連の単語はすべて正しいのに、その順番がまちがっているというだけの理由で殺された人間もいる。なにを身にまとうか、まとわないかの違いも、殺される理由になる。衣服、刺青《いれずみ》、肌」

「なんて……ひどい」とルーリオが言った。

「『なんて……ひどい』」フリッツはその口調を完璧な正確さで、完璧な侮辱を込めて再現し、いつもの吠《ほ》え猛《たけ》るような笑い声を轟《とどろ》かせてから、気を悪くするなと言った。「まさしく、いまのきみの台詞《せりふ》こそ、おれが言いたいことの要点だ。だが、その話はあとにしよう」椅子の背にゆったり体を預けて、フリッツは演説を再開した。「さて、集団を刺激するあらゆる〝危険な〟違いの中でも、いちばんその度合いが強く、いちばん反応が迅速で、最悪の結果を招くのは、性的な差異だ。人間はだれしも、自分がどちらの性に属しているかを決定し、しかるのち、死ぬまでずっと、可能なかぎり公然と、その性になるべく努力しなければならない。ささいな例を挙げれば、男は男らしい服をまとい、女は女らしい服をまとう。その一線を越えてしまうと、哀れな末路をたどることになる。男は、男らしい外見と男らしい行動を求められる。権利じゃない。義務なんだよ。そして、男性社会がルールや規則としてどんなに妙ちきりんなものを採用しようと——騎士なら肩まで届く髪、シーク教徒なら腰までの髪、ババリア人ならクルーカットとか——その規則を遵守しなければならない。さもないと、とんでもないことになる。さてそこで、きみのような人間についてだが」

フリッツは身を乗り出し、速射の練習をする狙撃手のように長い人差し指を曲げてみせた。

「きみは、ほかのあらゆる人間とおなじく、きみという人間だ。しかし、きみがきみであることは問題じゃない——そんなのは自明のことだからね——きみがどんなふうに扱われるかが問題なんだ。

きみみたいな人間とふつうの人間との唯一の大きな違いは、長期的に見るとこういうことだ。ふつうの人間は自分の男性性を誇示し、それに固執しなければならないのに対して、きみたちはそうしなくてもいいと思っている。しかしおれが言いたいのは、とにかく人前では、つねに百パーセントそうしなければならないということだ。まわりに自分の同類しかいないときなら、心ゆくまでなよなよしたりくすくす笑ったり黄色い声をあげたりすればいい。しかし、そういう態度をふつうの人間に見られることはぜったいに避けなきゃいかん。まあ、そんな態度を一切とらなければなおいいんだが」

「ちょ、ちょ、ちょっと」ルーリオが叫んだ。「待ってください。その話が僕となんの関係があるんです?」

フリッツは目を大きく見開き、それからまぶたを閉じてクッションにぐったり身を沈めた。心底うんざりした声で、「まあとにかく話を聞け。ようやく山場にさしかかるところで話の腰を折って、また最初からやりなおさせる気か」

「じゃなくて、ただどうしてそんなことを——」

「黙ってすわってろ!」フリッツは怒鳴りつけた。彼は怒鳴りつけることに慣れた男だった。「その女顔《おんながお》をぶん殴られずに人間社会で生きていく方法を知りたいのか、知りたくないのか、どっちだ」

ルーリオは青ざめた顔でしばし立ちつくしていた。明るい瞳が小さくなり、怒りをたたえて細められた。フリッツの質問の意味がすぐには呑み込めず、時間をかけて頭にしみこませなければならないというふうだった。ゆっくりと、ルーリオはまた腰を下ろした。「じゃあ、つづきをどうぞ」

フリッツはよしよしと言うようにうなずいた。「おれは下手な嘘をつくやつが大嫌いなんだよ、ルーイ。きみはさっき、ばれるに決まってる嘘をつこうとした。きみのことを理解している人間には、ぜったいに見破られるぞ……。まあいい。これがおれからのアドバイスだ。男になれ。じいさんでも男の子でもなく、大人の男になれ。そのために、プロのフットボール選手になったり、胸毛を生やしたり、女ならだれでも片っ端から口説いてまわったりする必要はない。やるべきことはせいぜい狩りとか釣りとか——でなきゃ、やった経験があるような口をきくだけでもいい。いい女とすれ違ったらふりかえってまじまじと見つめるとか、まあその程度のことだ。夕陽《ゆうひ》に心を動かされたら、うなり声なり乱暴な言葉なりでそれを表現しろ。『あのベートーベンってやつは、やけにいかした交響曲を書くもんだぜ』とかな。人気のあるプロ野球チームみたいなのはべつにして、負け犬はぜったいに贔屓《ひいき》するな。ほかの男に対しては、いつもなにかでむかついてるような態度をとり、向こうがちょっとでも謝罪するような言葉を口にしたら、その態度をさっと改めるんだ。むかついてるような態度だぞ、ルーイ。いらいらした態度やむしゃくしゃした態度じゃない。そして、女どもには近づくな。女は十人のうち九人まで、おまえみたいなやつを正しく見分ける直感力を持っている。あとのひとりはおまえに惚《ほ》れちまうが、それ以上のお笑いぐさはないからな」

「つまりあなたは」と、ややあってルーリオは言った。「人間が嫌いなんだ」

「おれは人間を理解している。それだけだよ。おれに嫌われてると思うか?」

「嫌うべきかもしれません。僕はあなたが思ってるような人間じゃないから」

フリッツ・リースは首を振り、口の中で毒づいた。「ようし。わかった。薄っぺらいセロファンの仮面をかぶってるほうが気分がいいって言うなら、そうすればいいさ。

きみがどうしようがおれの知ったことじゃない。おれが言ったとおりにするなら、男の世界で生きていける。いままでどおりにするなら、脳みそを蹴り潰《つぶ》される最後の瞬間にでも、おれのアドバイスは正しかったと認めてくれ」

「教えてくれてありがとう。そのことを調べるためにぼくはここへ来たんですよ」

錠がカチリとはずれる音を聞いてフリッツはぱっと立ち上がり、玄関口に駆け寄った。アルマだった。フリッツは妻の手から荷物を受けとり、キスした。キスしているあいだじゅう、アルマは夫の肩ごしに居間のルーリオを見つめ、キスが終わるなり歩いていって居間の戸口に立った。フリッツがそのうしろに佇《たたず》み、見守っている。ルーリオはゆっくりと顔を上げてアルマを見ると、はにかむような笑みを浮かべた。

フリッツは妻に歩み寄って肩に手をかけ、こちらを向かせた。いまこの瞬間の妻の顔を見なければならなかった。それを見たとき、フリッツは下唇を軽く嚙み、「おお」と声をあげてから自分の椅子に戻った。彼はものごとの理解がはやい男だった。

アルマは夫を無視し、ルーリオだけを見つめていた。「彼、あなたになにを話してたの？」

ルーリオは答えなかった。カーペットだけを見つめていた。フリッツは椅子からぴょんと立ち、鋭い声で言った。「さあ、話してやったらどうだ」

「なぜ？」

「話すと約束しろ、一言一句洩らさず。そしたら女房に車を貸して、きみを街の外まで送らせてやる。この街の人間じゃないだろ？　ああ。きみらふたりは、たがいにそうする義務がありそうだ。どうだい、ルーイ？」

「フリッツ！　あなた、気でも違――」

「そいつを説得して、言ったとおりにしたほうがいいぞ、ハニー。ふたりきりで会える最後のチャンスなんだから」

「ルーリオ……」アルマは囁いた。「行きましょう、じゃあ」

ルーリオは大男をにらみつけた。フリッツはにやりと笑って、「一言一句洩らさずだぞ、忘れるな。帰ってきたら女房を尋問する。もしちゃんと話していなかったら、おまえのかわりに女房に罰を与えるからな。アルマ、二、三時間で済ませろよ、いいな？」

「じゃ、行きましょう」アルマは硬い声で言い、ふたりは家を出た。フリッツは冷蔵庫からビールをとってくると椅子にどっかと腰を下ろし、げらげら笑いながら、胸を掻《か》きながらビールを飲んだ。

車に乗り込むと、ルーリオは「アップタウン、橋を渡って」と言ったきり黙り込み、料金所までずっと沈黙がつづいた。車が北に向かって走り出すと、ようやくまた口を開き、ルーリオはすべてを語った。アルマはその話が終わるまで口をはさまなかった。そして最後に、「そんな下劣なこと、よく黙って言わせておいたわね」

ルーリオは苦い笑い声をあげた。「言わせておいた？……あの人がなにかをこうと理解したら――それは――そういうことなんだよ」

アルマは二の句が継げなかった。たしかにそれは、彼女自身がいやというほどよく知っていることだった。

「でも、どっちにしても、たぶん僕はミドリザルなんだ。まあ……感謝すべきなんだろうな。僕みたいな連中がどこに隠れればいいか、開けた場所に出てきたときはどんなふうにふるまえばいいかを教えてくれたんだから。でなきゃ、もうあきらめるところだった」

「どういう意味？」

ルーリオは答えず、顔をそむけて外を見ていた。右側の道路脇をチェックしているらしい。

そしてとつぜん、「ここだ」と言った。「止めて」

アルマは一瞬びくっとしたが、車を歩道に寄せて止めた。橋の北側に新しいパークウェイが建設され、数マイルにわたって旧道と並行して走っている。新旧の道路のあいだに、建設機械に踏み荒らされた無用の土地が無人のまま雑草だらけで帯状に残されている。アルマはそこを見やり、ルーリオに視線を戻し、口を開くつもりでいたとしても、彼の表情を見て思いとどまった。ルーリオの顔は、哀《かな》しみと焦《こ》がれとなにかべつのもの——一種の陰鬱《いんうつ》な笑いに満たされていた。

「もう帰るよ」

アルマは顔を伏せ、ハンドルを握る自分の手を見つめたが、とつぜんそれがぼやけて見えなくなった。ルーリオが腕に手を触れ、やさしく言った。「乗り越えなきゃ駄目だよ。無理なんだ。どうしたってうまくは行かない。きみは死んでしまう。ご主人のところに戻ったほうがいい。彼のほうがきみの必要を満たせる。僕には無理だ、ぜったいに」

「やめて」アルマは囁いた。「やめて。やめて」

ルーリオが深いためいきをつき、両腕を体にまわしてキスした。荒々しく、やさしく、狂おしく、顔に、口に、舌に、耳に、首に、そしてそのあいだじゅう、飢えたように体をまさぐりながら。アルマは彼にしがみついて泣いた。ルーリオは彼女の腕を自分の体からもぎ離し、片手になにかを押しつけて車から飛び出すと、路肩を突っ切り擁壁を飛び越えて姿を消した。低い壁だった。なにかのうしろに隠れたわけでも、なにかの中に入ったわけでも、遠く離れて見えなくなったわけでもない。ただ、消えた。アルマは二度、彼の名を呼び、それから車を降りて擁壁に駆け寄った。影もかたちもなかった——雑草、荒れた地面、茂みがひとつふたつ。アルマは両手をもみ合わせ、そのとき、ルーリオから渡されたもののことを思い出した。透明のディスク。なんの変哲もない、懐中電灯の平べったいレンズみたいに見える。それを二度ひっくり返してみてから、衝動的に目の前にあてがって覗《のぞ》いた。

ルーリオがいた。なにかの……機械の中にうずくまっている。

機械が発進し、行ってしまったとき、ガラスのディスクも存在をやめ、そして彼のものはなにひとつ残らなかった。しばらくのあいだ、アルマはとても耐えられない、もう生きていけないと思った。だが、しかるべき時間が過ぎたのち、大きな哀しみを経験した人間ならだれでも知っている思いが訪れた。どんなものを失ったにせよ、肺と心臓は動きつづける。そしてまわりでは鳥が空を飛び、車が走り過ぎ、人々はあいかわらず金を稼ぎ、魂を失い、ヘルニアを患い、しあわせを感じ、床屋で髪を切る。

アルマがその段階を通過したときには、もうずいぶん遅くなっていた。体から力が抜け、麻痺《まひ》したような状態だったけれど、車を運転することはできたので、アルマは細心の注意を払って車を運転し、まもなくまた考えられるようになったので、同じように細心の注意を払って考えをめぐらし、家に帰り着いたときには、何度もリハーサルした「ただいま!」を完璧に楽々と言うことができた。

表情はリハーサルし忘れていたかもしれない。フリッツ・リースは、理解力に富んだ上半身裸の巨体を大きな椅子から持ち上げ、筋肉と思いやりの大波のようにこちらに寄せてきた。妻の手をとって静かに笑い、カウチへと導いた。アルマは隅のクッションの上で縮こまり、じっとすわったまま、その波が好き放題に自分を押し流すのを待ち受けた。フリッツはすぐ近くでカウチのへりに腰かけると、身を乗り出して壁をつくり、彼女を外界から遮断して、太い前腕とこぶしをカウチの横のテーブルに置いた。彼はひとりきりでアルマを包囲した。「アルマ……」と囁いたあと、フリッツは辛抱強く待ちつづけ、とうとうアルマは夫と目を合わせた。

「怒ってないよ」とフリッツは言った。「信じてくれ、ハニー。よかったと思ってるんだ、きみがだれかをそんなに……愛することができて。それはつまり、きみが生きていて……憐《あわ》れみ深くて――アルマ」また静かに笑って、「白状すれば、もちろんほっとしてるさ。結局はあいつが――女だったことに。相手が本物の男だったら、自分がなにをしていたかわからない」

そのあいだじゅうずっと、彼女の目は夫の目を見つめていた。いまやっとアルマは視線を動かし、エンドテーブルの磨かれた板の上に横たわるどっしりした裸の腕を見た。見るほどに魅惑が募る。

「じゃあ、統計に基づく知性、すなわちこのおれに一ポイントだな。対戦相手は、きみの期待を裏切った女の直感。なにを見てる？」

アルマは夫の前腕を見ていた。ほとんど意識しないうちに、そこに手がのびていた。返事はしなかった。「もっと悪いことになっていたかもしれない。あいつと暮らすことを想像してみろ。詩だの金髪だのに酔わされてその気になったあげく、いざってときには……ああ、行きどまり。そんなの、とても無理だろう」

「とても無理だったわ」とアルマは低い声で言った。夫の前腕に片手をのせ、顔を上げてこちらを見つめる彼の目を見て、恥ずかしそうにさっと手をひっこめた。夫の腕からどうしても目を離せない。見ているうちに、ひとりでに笑みが浮かんでくる。リースは大男だったから、その前腕は長さが十七インチ、直径が五インチ半ぐらいあった。「まず不可能よ」とつぶやく。「それと同じぐらいのサイズだったもの」ああもう、ほんとにこのままのサイズ——と、アルマは狂おしく思った。

「いい子だ！」フリッツは機嫌よく言った。「さあ、今から四十八時間はぼんやり思いにふけっていいぞ。それが過ぎたら……」

フリッツの声が小さくなり、途切れた。アルマの狂おしさが胸の奥底から表情へと浮かび上がり、それが笑いに変わった——笑いの洪水に、矢群に、斉射に、轟きに、弾幕に。

「アルマ！」

たちまち笑いはやんだが、アルマの唇は歪《ゆが》んだままで、瞳はきらきらしていた。

「戻って、ミドリザルたちを殺しはじめたほうがいいわよ」と抑揚のないきつい声で言う。「あなたが上陸拠点を与えたんだから」

「なんだと？」

「あなたにはすごくちっちゃい部分があるってことよ、フリッツ・リース」とアルマは言って、またいっそうけたたましく笑い出し、フリッツにはそれをなだめることができず、止めることができず、耐えることもできなかった。服を着替えて荷造りを済ませると、フリッツは玄関から、妻の笑い声の轟きと輝きに向かって、「きみのことがわからない。さっぱり理解できないよ」と言い、そしてワシントンへ戻った。

旅する巌《いわお》

大森望 訳

「クライアントの原稿をきっちりとってくるエージェントなら、ほかにいくらでもいるんだがな」電話の声が皮肉っぽい口調で言った。

「ああ、ニック。しかし――」

「じっさい、よそのエージェントに話を振ってみたんだが、あの天才の短篇をとるためなら、なにもかもおっぽり出して自宅に駆けつけて――」

「駆けつけたとも！」

「駆けつけたのは知ってるさ。で、どうなった？」

「新作が手に入った。けさ届いたよ」

「まったく、きみは本物の作家の扱い方ってものがまるでわかってない。必要なのは――なにがどうしたって？」

「新作が届いた。いまここにある」

間《ま》。

「シグ・ワイスの新作？　冗談抜きで？」

「冗談抜きで」

乾いた唇を舌で湿しているのか、電話がまたしばし沈黙した。

「つい昨日も、ジョーと話してたんだよ。ワイスみたいな気分屋の作家先生から原稿をとれるエージェントがこの町にいるとしたら、そいつは大ベテランのクリスリー・ポストだけだろうってね。いやまったく。ジョーもきみのことは高く評価してるんだよ、クリス。きみぐらいジョークのわかる男は——その新作、長さは？」

「九千語」

「九千語か。ちょうどぴったりの空《あ》きがある。ところで、一語あたり一セント分の上乗せができるようになった話はしたっけ？　ワイスの新作なら、たぶん一セント半は行ける」

「初耳だな。このまえ会ったときに聞いた話じゃ、原稿がだぶついてて、払えるのはせいぜい——」

「ああ、いや、クリス。あのときはちょっと——」

「じゃあな、ニック」

「ちょっと待て！　その原稿、いつ送って――」

「またな」

　クリスリー・ポスト文芸写真エージェンシーのオフィスは静かになった。それから、ネイオーミがくすっと笑った。

「なにがおかしい？」

「べつに。最高だったわ。四年も前から、あなたが編集者に門前払いを食わせる日を待ってたの。とくにあいつにね。その原稿、ニックのところにまわすの？」

「いや」

「やったあ！　じゃあどこ？　高級誌《スリック》？　どうするつもり？　入札にかける？」

「原稿は読んだ？」

「いいえ。届くなりあなたに渡したから。きっとすぐに目を――」

「読め」

「な――いま？」

「いますぐ」

　ネイオーミは、窓際の自分のデスクに原稿を持っていった。「タイトルは陳腐ね」

「ああ、陳腐だよ」

　クリスはむっつり腰を下ろしたまま、ネイオーミを見つめた。小柄なのに均斉のとれたプロポーション。やわらかそうな髪は、驚いたことに、見た目とおなじく手ざわりもソフト。腕の長さより近くには寄らせてくれないが、そうは言ってもネイオーミの腕は短い。忠実で、気まぐれで、薄給の彼女が、ふたりとも声に出しては言わないものの、この会社を動かしている。クリスはシグ・ワイスのことを考えた。

どんなエージェントも、シグ・ワイスのような作家を夢見ている——薔薇色《ばらいろ》の、見果てぬ夢。毎日毎日、クズ原稿の海を泳ぎながら、いつの日か、なにかを——誠実さとか、高潔さとか、高い原稿料とかを——意味する原稿に出くわすことを願っている。口でなんと言おうと編集者たちがほんとうはどんな原稿をほしがっているかを見定め、自分以外の人間が話すことには聞く耳を持たない作家たちにそれを伝えようと努力する。金を融通してやり、カウンセラー役をつとめ、作家が自分自身に対してつく嘘《うそ》に相槌《あいづち》を打ってやる。作家が売れない作品を書いたら、それはエージェントの責任。作家が売れる作品を書いたら、それは作家の功績。そして、作家が一発当てたら、作家はべつのエージェントに乗り換える。だれからも好かれない存在、それがエージェントだ。

「出だしはずいぶん冴《さ》えないわね」とネイオーミが言った。

「ずいぶん冴えないよ」とクリスはうなずいた。

それから、それが起こる。一通の原稿に、控えめな短いメモがついている。「はじめて書いた小説です。自分ではよくわかりませんが、たぶんまちがいだらけだと思います。もしちょっとでも見所があるとお思いでしたら、ご助言にしたがっていくらでも手を入れるつもりですので、よろしくお願いします」そして原稿を読みはじめると、たちまち物語にぎゅっとのどを締めつけられ、骨を揺さぶられ、心臓の鼓動がリンパ腺を伝わり、最後にはとうとうノックアウトされて、ぐったりとしあわせな気分で息をあえがせる。

その原稿を編集者に送ると、即決で売れて、電話してきた編集者は畏敬《いけい》に満ちた口調でくどくどと感謝の言葉を述べ、その話を聞きつけたアンソロジストが雑誌にも載らないうちからリプリント権を買い、業界に噂《うわさ》が広がり、ラジオ化権とTV化権とポルトガル語翻訳権が売れる。そして作家が手紙をよこし、あなたの力がなければけっしてこんな成功は望めませんでしたと表現力豊かな文章で感謝を捧げる……。

これがエージェントの夢であり、クリス・ポストのクライアントである作家、シグ・ワイスと「旅する巌《いわお》」によって、その夢が実現した。しかし、あらゆる夢の筋書きと同様、この夢にも意外な結末がついていた。突然の、不快な目覚め。

原稿の注文が殺到し、クリスは書かせると約束し、そして待った。手紙を書いた。電報を打った。長距離電話をかけた（近所の家に。ワイスの自宅には電話がなかった）。新作は上がらなかった。

　そこでクリスはワイスに会いに出かけた。このプロジェクトに六日間を空費した。もともとはネイオーミのアイデアだった。「彼、トラブルに直面してるのよ」と、彼女は自信たっぷりに言ったものだ。「あんな小説が書けるのは繊細な人に決まってる。慎み深くて寛大で、たぶんほんとにシャイでほんとにハンサムな人。だれかにだまされてるんだわ、きっとそう。利用されてるのよ。クリス、本人と直接会って、なにが問題なのかを突き止めてきて」

「はるばるターンヴィルまで出張しろって？　まいったな。おいおい、場所がどこだか知ってるのか？　それに、留守のあいだ、会社はどうする？」と、答えを知らないような口振りでクリスはたずねた。

「わたしがなんとかやってみるわ、クリス。でもあなたは、シグ・ワイスがどうしちゃったのか、ようすを見にいかなきゃ。彼は——この会社がはじまって以来、最大の事件なんだから」

「妬《や》けるね」とクリスは言った。じっさい、嫉妬《しっと》していたから。

「莫迦《ばか》なこと言わないで」とネイオーミは言った。じっさい、莫迦なことではなかったから。

　そこでクリスは出発した。乗り継ぎにしくじって空港で一夜を過ごし、持参したポータブル・タイプライターを盗まれ、茶色のスーツとおそろいの茶色の靴を荷物に入れ忘れたことに気がついた。一度はひげ剃《そ》りクリームで歯を磨き、一度はぎしぎし軋《きし》む田舎《いなか》のバスを乗りまちがえて信じがたいほど典型的な田舎町にぎしぎし到着し、またべつのバスでぎしぎし出発した。ターンヴィルの町とは、店の外にガソリンポンプを擁する一軒の雑貨屋と、その向かいにある、もう使われていない搾乳小屋とを意味するらしく、ようやくたどり着いてもちっともうれしくなかった。クリスは雑貨屋に行って質問した。

店主は紋切り型の極致だった。「なんが用ぐね、おわけーの。そうさの——都会の人っけ、じゃろ？　かっ！」

クリスはなんとなく襟《えり》をいじりながら、どこかに都会人の標識でもついてるんだろうかと思った。「シグ・ワイスって人を探してるんだけど。知りませんか？」

「スってるとも。ありゃ最低のクーソやろだ。わスだったらあんなのには近づかね」

「それはどうも」クリスはむっとした。「どこに住んでるんです？」

「あれになんの用な？」

「最低のクソ野郎に関する全国調査を実施してるんですよ。彼の住所は？」

「スたらぴったりの場所へ向かってるな、かっ！　つきあってる友だち連中を見れば、どういう人間だかわがる」

「彼の友人がどうかしたんですか?」と、はっとしてたずねた。

「あれに友だちなんぞおるもんか」

クリスは目を閉じて大きく深呼吸した。「彼の住まいは?」

「この道の先、すぐ。二マイルか、もうちょい。あっちだ」

「ありがとう」

「撃《う》たれるぞ」と店主は楽しげに言った。「じゃが、ちいとも心配はいらんて。弾《たま》に詰めてるのは岩塩じゃがらの」


クリスは二マイル少々の登り坂を一歩一歩とぼとぼと歩いた。疲れていたし、履いている靴と言えば、ぴかぴかの輝きをべつにすると、デスクの上に小さな染みをつくることだけを目的にデザインされたものだった。坂道を登っているあいだは暑かったが、丘のてっぺんにたどりつくと、向こう側から冷たい風が吹いてきて、脇《わき》の下に角氷を詰めた袋をはさんでいるような気分になった。道路脇に立つ亜鉛めっきしたブリキの郵便箱にはS・WEISSの文字。ブリキのへりはひどく腐蝕《ふしょく》している。川を見下ろす近くの崖《がけ》には、浅い足場がいくつか。クリスはためいきをつき、また歩き出した。

密生する下生えのあいだを縫うように、かろうじて判別できる踏み分け道がつづいている。木々のあいだから、斜めになった屋根板が見えた。四十フィートばかり進んだところで、雷鳴のような爆発音が轟《とどろ》き、ずたずたになった青葉が頭と肩に落ちてきた。思わず舌を嚙《か》み、クリスは頭から先に木の幹にダイブし、闇《やみ》に包まれた。目の裏側で動きまわるすさまじい頭痛がクリス自身よりはやく意識をとりもどした。クリスはさっき倒れた場所に横たわっていた。細長い目をした手足の長い若者が、十フィート向こうにしゃがんでいた。いつでも撃てるようにショットガンを小脇に抱えて手首で支え、反対の手で器用にクリスの札入れを探っている。

「おい」とクリスは言った。

男は札入れを閉じ、クリスのずきずきする頭のすぐ横の地面に投げた。「じゃあ、あんたはクリスリー・ポストか」男はうんざりしたような声で言った。「きみは——きみはシグ・ワイスじゃないよな」

クリスは体を起こし、うめき声をあげた。

「じゃあだれだ?」男はけんか腰で聞き返した。

「わかった、わかった」クリスは疲れた声で言った。札入れをとってポケットにしまい、木の幹の助けを借りて立ち上がった。それに手を貸そうともせず、用心深い態度で自分も立ち上がったワイスに向かって、「どうして撃った?」

「許可証はある。ここはおれの土地だ。当然だろ？　自分で木にぶつかっといて、おれのせいにする気か？　なんの用だ？」

「話がしたかっただけなんだ。遠路はるばる訪ねてきたんだよ。こんな歓迎を受けると知ってたら、来やしなかった」

「来てくれと頼んだ覚えはない」

「頭ががんがんしてる最中に議論する気はないよ」クリスは静かに言った。「中に入れてくれないか。頭が痛くて」

　ワイスはしばし考え込むような顔になった。それからきびすを返し、「来い」というなるように言って、家に向かって大股に歩き出した。クリスは痛みをこらえてそのあとについていった。

　灰色の猫が小道を横切り、丈の長い草のあいだにうずくまった。ワイスは気にもとめないふうだったが、その脇を通るとき、右足をさっと出して、猫を空中に蹴《け》り上げた。猫は木の幹にぶつかって落ち、ぼうっとしたように横たわっている。クリスは怒りの声をあげ、猫のそばに駆け寄った。猫はおびえたように身を引き、よたよた起き上がると、林の中へと逃げていった。

「あんたの猫か？」ワイスが冷たく言った。

「いや。もしあれが――」

「だったら気にすることはないだろう」ワイスは平然と自分の家に歩いてゆく。

クリスは、頭痛とないまぜになって荒れ狂うショックと怒りを抱えてしばし立ちつくしていたが、やがてワイスのあとを追って歩き出した。こんなところに突っ立っていては――あるいは、きびすを返して歩み去ったのでは――はるばるやってきた甲斐《かい》がない。

家は古く、小さく、頑丈そうだった。自然石を積み上げた石組みで、どっしりした梁《はり》が低い天井を支えている。巨大な窓が山腹を見晴らし、その向こうには、どこまでもつづく遠い山並みの息を呑むような景観が広がっていた。素朴な家具は実用一点張り。煖炉《だんろ》についた自在鉤《かぎ》も、飾りではなく、実際に使われているようだ。カーテンも、カウチのカバーも、お洒落な敷物もない。住み心地は悪くなさそうだが、あくまでも簡素な造りの家だった。

「すわってもいいかな」クリスは皮肉っぽい口調で言った。

「どうぞ」とワイス。「それに、息をしてもいいぞ、そうしたければな」

クリスは、枝編み細工の大きな椅子《いす》に腰を下ろした。見かけよりずっとすわり心地がいい。「いったいどうしたんだ、ワイス?」

「どうもしないさ」

「どうしてこんなことになってる? なんでそんな喧嘩《けんか》腰なんだ? 話も聞かずにズ

ドンと一発なんて流儀をどこで覚えた？　いったいなにを考えてる？」

「自分の生活を守ることさ。だれも二度とは邪魔しない。一発ズドンとやれば、二度とは戻ってこない。あんたもな」

「ああ、もちろん」クリスは声を荒《あら》らげた。「でも、どうしてそんなにカリカリしてるのか、それが知りたい。まともな人間なら、そんなふうにふるまったりしない」

「もういい」ワイスはごく静かにそう言い、クリスは相手がこのうえなく真剣であることをさとった。「おれがここでやってることも、その理由も、あんたには関係ない。だいたいなんの用だ？」

「どうして新作を書かないのか、その理由を訊《き》きにきたんだよ。それが仕事だからね。あんたは僕のクライアントだ」

「あんたはおれのエージェントだ。こっちの言い方のほうが好きだね」

クリスはオリンピック選手級の努力でその発言を無視した。

「『旅する巌』は相当なセンセーションを巻き起こした。かなりの金額が懐に入ったはずだ。もっと書けば、もっと稼げる。カネが嫌いなのか？」

「そんなやつがいるもんか。なんの文句もないよ」

「よし。だったら新作を書いてくれ」

「準備ができたら書いて送る」

「それはいつ?」

「知るか」ワイスが吠《ほ》えた。「いつだろうが、書く気になったときだ」

それからクリスは、長々と語ってきかせた。出版業界の表と裏を滔々《とうとう》と弁じ、パルプ雑誌に売れた短篇一本がこんなに話題を集めるのがいかに異例のことであるかを説明し、スリック雑誌やハリウッドに進出したらどうなるかを指摘した。「どうしてそんなことができたのか見当もつかないが、あんたは宝の山に通じる最短ルートを見つけたんだよ。しかし、宝に手を触れようと思ったら、次を書くしかない」

「わかった、わかったよ」とようやくワイスは言った。「あんたはおれを売ってくれた。新作はあんたに渡す。それでいいだろ?」

「それともうひとつ」クリスは立ち上がった。気分はよくなったし、ビジネスの話が終わった以上、もう怒ってもいい。「あんたみたいな男が、『旅する巌』みたいな小説を、ここみたいな場所でどうして書けたのか、それが知りたい」

「書けちゃおかしいか」

クリスは波打つ碧《あお》い彼方《かなた》を見やった。「あの短篇は、僕がいままでに読んだどんなものより純粋な人間性に満ち満ちていた。それに――ああくそ――あれはやさしい物語だった。作品を読めば、ふつうは作者の姿がイメージできる。作家や小説と四六時中つきあうのが僕の商売だからね。あの短篇は、こんな場所で書かれた小説じゃない。

それに、あんたみたいな男が書いた小説じゃない」

「じゃあどこで書かれたんだ?」ワイスはとても静かな声でたずねた。「それに、だれが書いた?」

「いや、喧嘩を売る気はないよ」クリスは疲れた声で言った。そこに含まれた侮蔑《ぶべつ》の響きが、ワイスを驚かせたらしい。「そんな些細《ささい》なことでいちいち突っかかってると、いざってときに弾切れになるぜ」

ワイスは答えず、クリスは話をつづけた。

「作者があんたじゃないと言ってるわけじゃない。言いたいのはつまりこういうことだよ。あの小説が夢想されたのは、どこか静かな場所——朝露《あさつゆ》に濡《ぬ》れた花の香りがするような場所だって気がする。すべてが正しくて、病んだものや不均衡なものが存在しない場所。そして、あの小説の作者は、そういう場所にぴったりフィットしている。作者はあんたかもしれないが、だとしたら、『旅する巌』を書いたときから人が変わったんだ」

「たいそうな物知りじゃねえか」抑えたうなり声は百パーセントの侮蔑というわけでもなく、クリスはなんとなく、自分がポイントを上げたと感じた。それからワイスは言った。「さあ、もう帰れ」

「喜んで」クリスは戸口で立ち止まり、「飲みものをありがとう」

崖のところまでやってきて、クリスはふりかえった。ワイスは小屋の角に立って、こちらを見ていた。

とぼとぼ歩いて、ターンヴィルという名の十字路まで引き返し、例の雑貨屋に立ち寄った。「おんやまあ」と店主が声をあげた。「引き倒されてめった斬《ぎ》りにされた木みてえな顔じゃが。かっ！」

「かっ！」とクリス。「たしかに。あれはクーソやろだったよ」

店主はひざをぽんと叩き、のどをぜえぜえ鳴らした。「おんや、そいつは傑作だが。こっちへ入りなし、おわけーの。頭に蝦蟇《がま》の油を塗ってやるがね。冷えたビールでも？」

クリスはごくりと大きくのどを鳴らして歓迎した。蝦蟇の油とはベンゾカイン軟膏《なんこう》のことで、塗ってもらうとたちまち痛みが消え、ビールがカンフル剤になった。クリスは老人を見直した。

「山でひでえ目に遭ったんけ」と老人。

「黒後家蜘蛛《くろごけぐも》と一枚のシャツを分け合うぐらいのね。あの男、なんであんな性格に？」

「だれもスらね。八年ばかり前に越スてきた。ずっとああだ。戦争のせいだて言うやつもおるが、外地へ行く前からああいう男じゃったの。とにかく人間嫌い、そんだけのことス。郵便配達のトム・サケットじいさんいわく、ワイスは胆嚢《たんのう》を酢の瓶《びん》にとりかえたんだと。かっ！」

「かっ！」とクリス。「生計はどうやって？」

「毎月、小切手が届く。どっかの信託銀行から。うちで現金化スてる。たいした額じゃないが、暮らしは立つ。仕事はなんもスてね。たまに狩りをスて、このへんの山をしょっちゅううろつきまわっとる。本を読む。かっ！　じゃけんど面倒は起こさん。自分の領地にひきこもっとるからな。他人が踏み込んでくるのを嫌うだけじゃが。お、バスが来たぞ」

「神様！」とネイオーミが言った。

「呼んだ？」とクリス。

ネイオーミはそれを無視して、「これ聞いて」と原稿を朗読しはじめた。

「ジェットを噴かし、大気を切り裂く轟音《ごうおん》と共に、バット・ダートスンが急降下して来た。ここはソルから七十億光年彼方のちっぽけな惑星、ブブルルズズナジ。バットは着陸に備えてスーパーハイパードライヴを切り……その刹那《せつな》、背の高い瘦《や》せたスペースマンが尾部から姿を現した。宇宙焼けした手に陽子ガン・ブラスターを構えている。『操縦コンソールから離れろ、バット・ダートスン』長身の見知らぬ男は低い声で囁《ささや》いた。『知らないだろうから教えてやる。貴様が宇宙を飛ぶことはもう二度とない』」

ネイオーミは茫然《ぼうぜん》とした顔でクリスを見上げ、

「これがシグ・ワイスの新作？」

「それがシグ・ワイスの新作だ」

「あのシグ・ワイスの？」

「あのシグ・ワイスのだよ。ぱらぱらめくってみればいい。まるまる九千語、ぜんぶその調子。さあ——つづきを読めよ」

「だめ」とネイオーミ。否定ではなく、感嘆詞だった。「これ、どこかに送るの？」

「ああ。シグ・ワイスのところにね。原稿をまるめて、ショットガンに詰めろと言ってやる。ハニー、あいつは一発屋だったんだ」

「そんなこと——そんなことありえない！」ネイオーミは燃え上がった。「クリス、そんなにあっさり見捨てちゃだめ。たぶん次のは……もしかしたらあなたのアドバイスで……まあでも……」と原稿に視線を戻し、「……ひょっとしたらそれが正解かもね」と締めくくった。

クリスは疲れた声で、「食事に出ようか」

「いいえ。あなたはランチの先約」

「僕が？」

「ミス・ティリー・モロニーと。危険はまずないわ。平均的な独身アメリカ人女性。

ほんとの話よ。去年、そういう人物として、世論調査対象に選ばれたの。身長五フィート五インチ、カレッジ通学歴二・三年、二十四歳、茶色の髪、青い瞳、その他いろいろ」

「体重は？」

「34Ｂよ」ネイオーミは先まわりして答えた（34Ｂはブラのサイズ。日本式のサイズ表示では75Ｂになる。バスト九十センチぐらい）。「それだけじゃなく、ヴィクトリア朝様式の屋敷みたいな統一された外観」

クリスは笑った。「で、僕はそのミス・ティリー・モロニーとなにをするんだい？」

「金持ちなのよ。前に話したでしょ――《サタデー・レビュー》の個人広告。覚えてない？『基本的な性格が変わることはあるのか？　悪魔が聖人に変わった本物の例に１０００ドル』」

「ああ、あれか。ターンヴィルでワイス療法を受けた話をしたあと、彼女に連絡するって名案をきみが思いついたんだっけ」クリスは原稿を振ってみせ、「これを読んでもまだ気が変わらないかい？　そりゃね、『旅する巌』vs.猫蹴飛ばし男のワイス氏って見方も成り立つよ。何年も前から猫や人間を蹴り飛ばしてきたっていうあのご老人の証言を採用するならね。しかし、僕の経験から言わせてもらえば」クリスはもうほとんど治りかけているひたいに手を触れて、「あれはむしろ、聖人が悪魔に変わったケースだよ」

「彼女の広告は、恒久的な変化に限定するとは書いてない。一時的な変化だって変化のうちでしょ」とネイオーミが指摘した。「試してみる価値はあるわ。あなたならうまく言いくるめられる」

「そりゃありがとう。でも、実地に試してみる前に、どういう女性なのかが知りたいね。個人的には、奇人変人の類《たぐい》だと思うけど。神秘主義者とか。彼女のこと、なにか知ってる？」

「電話で話した。去年、写真を見た。平均的独身アメリカ人女性なんだから、少々おかしくてもいいわけよ。そのおかげでアメリカは立派な国になったんだから」

「きみのマキャベリズム症候群にはかなわないね。僕としてはパスしたいんだけど」

「だめ。いいじゃないの、べつに。もっと不細工なお嬢さんたちと食事やワインをつきあってるくせに」

「まあね。熱っぽく迫ったら、デートのチャンスがあるかな」

「あなたって最低。さあ、ネクタイを直して、髪の毛に櫛《くし》を入れて。そりゃまあ、いかれた話に見えるけど、そんなのこの業界じゃ珍しくないでしょ。なにを失うっていうの？　せいぜい昼食代だけじゃない」

「貞操《マイ・オナー》を失うかも」

「作家エージェントに貞操なんかありません」

「例の雑貨屋のわが友人ならこう言うだろうね。『かっ！　背後の守りはどうした、おわけーの？』」

「喜んで《マイ・オナー》」

　褐色の髪も、それとよく合うテーラード・スーツも、きちんと整えられていた。ブルーの瞳はきわめて濃い色。それ以外のすべては、平均的独身女性の称号にふさわしいものだが、声だけは例外で、トロピカルなショールのように言葉はくっきりしているくせに、ハスキーな響きがあった。全体的な雰囲気をひとことで形容すれば、おだやかな内気さ。クリスは彼女のためにレストランの椅子を引いてやった。そんなことをする気になるのは七回に一回だから、クリスとしては敬意のあらわれだった。

「頭がおかしい女だと思ってるでしょ」テーブルにつき、それぞれの飲みものが来てから、彼女はそう切り出した。

「僕が？」

「ええ、そう思ってる」彼女はきっぱり言った。クリスもそう思っていた。

「まあその、あなたの広告を読むかぎり、その判決を保留するのはちょっとむずかしいかもしれない」

　彼女はにっこりした。きれいな歯並びだった。「そう思うのは無理ないわ、あなたも、それに広告に応募してきた他の八百人ぐらいの人たちも。基本人格の変化っていうアイデアのほうがずっと途方もないことなのに、どうしてみんな、千ドルのことばかり気にするのかしら」

「たいていの人間は、千ドルがもたらす変化のほうを体験したいからじゃないかな」

喜ばしいことに、彼女は笑っているあいだも筋の通った話ができるという珍しい能力の持ち主だった。「たしかにそうね。僕と結婚して人格を変えてほしいっていう人までいたくらいだから。その人、自分はれっきとした悪魔だと請け合ったのよ。でも――あなたのケースの話をして」

クリスは詳細に説明した。シグ・ワイスが書いた信じられない短篇と、それが巻き起こしたセンセーション、読者の心の中にある爽《さわ》やかで豊かなものすべてに深く訴える作風。それから、その小説を書いた男の人となりを説明した。

「この業界では、ありとあらゆるまぐれあたりがある。浅薄で音痴の実利主義者が気まぐれにちゃちゃっと書いたものが、すばらしいメロディを奏でたりね。その小説を読み、作者と会ってみて、こいつにこれが書けたはずがないと断言したりする。でも、書いたのはわかってるんだ。そういう経験なら何度もしてきたし、そういう事例が証明するのは、ひとりの人間には、傍目《はため》にはわからない隠れた面があるというだけのこと――そいつの中で本物の変化が生じたわけじゃない。でも、ワイスは違うんだ。彼のケースは、人格変容説を適用しないと説明がつかないと思う。誓って言うけど、彼みたいな男は、『旅する巌』の特徴になってるような感情や説得力を断じて持ちえない」

「『旅する巌』なら読んだわ」彼女の下唇がこんなにふっくらしてるなんて、いままで気がつかなかった。もしかしたら、一瞬前までは違ったのかもしれない。「美しい話だった」

「さあ、今度はきみの広告の話を教えて。そういう根本的な変化——悪魔が聖人になるような例は見つかった？　それとも、あれはただの願望？」

「そういう実例はひとつも知らない」と彼女は認めた。「でも、それが起こりうることは知ってる」

「どうして？」

　彼女は間を置いた。耳を傾けるような顔になり、それから、「言葉では説明できない。わたし……そういう効果をもたらしうるものがあると知ってるの、ただそれだけ。その場所を突き止めたいのよ」

「わからないな。シグ・ワイスがそんなものの影響を受けたと思ってるわけじゃないだろ？」

「本人に訊《たず》ねてみたいの。その効果に多少なりとも持続性があるかどうかを知りたいから」

「僕の知るかぎりでは、ないね」クリスはむっつりと言った。「僕がさんざんな目に遭わされたのは、彼が『旅する巌』を書いたあとで、書く前じゃない。ただし……」

クリスはワイスの最新作のことを話した。

「『旅する巌』を書いたときとおなじ状況下でそれを書いたんだと思う？」

「違うと考える理由はないね。ワイスはきっちりした生活習慣を持ってるし。たぶん――ちょっと待った。帰りぎわ、僕がなにかひとこと言ったら……ええと、なんだっけ……」クリスは両のこめかみを叩いた。「……『巌』は、どこかべつの場所でべつの人間が書いたように読めるとか、そんなことを言ったんだよ。そしたらワイスは怒り出さなかった。老賢者でも見るような目で僕を見た。痛いところを突かれたっていう感じだった」

また、なにかに耳を傾けるような表情が彼女のなめらかな顔をよぎった。それからはっとしたように顔を上げ、「彼はなにか……」目を閉じ、意識を集中するような顔になり、「受信機を持ってなかった？　つまり――短波ラジオとか――無線――高周波治療器とか――温熱治療器とか――ええと……その……どんなものでもいいけど、なにか電波を出すようなもの」

「どうしてそんなことを？」

モロニーは目を開け、内気な笑みをこちらに向けた。「ちょっと頭に浮かんだだけ」

「面と向かって言うのもなんだけど、ミス・モロニー、きみにはときどきぞくっとさせられるね」と思わず口走った。「ごめん。言っちゃいけないことだった。でも――」

「いいのよ」とあたたかく答える。

「声が聞こえるの？」

モロニーはにっこりした。「RFジェネレータは？」

「どうかな」クリスは必死に思い出そうとした。「電気は使ってる。ラジオもあるんじゃないかな。あとはよくわからない。隅々まで案内してもらったわけじゃないし。どうしてそんな質問をするのか教えてくれる？」

「いいえ」

抗議しようと口を開きかけたが、彼女の表情を見て口を閉じた。

「ワイスのことはどうするつもりなの？」

「縁を切るよ。ほかにどうしろと？」

「ねえ、お願いだからそれだけはやめて！」クリスの袖《そで》に片手を置き、「お願い！」

「じゃあどうしろと言うんだい？」クリスはちょっとむっとして聞き返した。「『巌』みたいな傑作の次にあんな駄作を書いてくる作家は、愚か者どころじゃない。大莫迦者だよ。そんなクライアントは使いものにならない。こう見えても忙しいんだ。面倒なことはほかに山ほどある」

「それに、ワイスにはひどい目に遭わされてるし」

「それはべつに――まあ、そうかもしれないな。彼が人間らしくふるまってれば、僕も進んで面倒を引き受けて、彼の愚作をきちんと分析し、アドバイスしたり励ましたり鼻水を拭いてやったりしたかもしれない。でもあんな男が相手じゃ――やなこった！」

「ワイスの中には、『巌』みたいな小説がまだあるわ」

「そう思う？」

「ええ、わかってる」

「自信満々だな。きみの……声がそう言ってるのかい？」

モロニーは秘密めかした笑みを小さく浮かべてうなずいた。

「かつがれてるんじゃないかって気がしてきた。ほんとはワイスを知ってるんじゃないの？」

「まさか！　それに、かついだりしてない。ほんとに。信じて！」純粋にとり乱した表情になった。

「信じる理由がないよ。だって、どう見てもおかしな話じゃないか、ティリー・モロニー。まず根本的なことをはっきりさせるべきだと思うね」モロニーはたちまち不安そうな顔になり、クリスは自分が優位に立ったことを知った。彼女が具体的になにを求めているのかはともかく、なにかをしてほしがっているのはまちがいない。それを徹底的に利用してやろう。「教えてくれ。ワイスにどうして興味を持つ？　その人格改造マシンはどういうものなんだ？　なにを追いかけてて、手がかりはなに？　それに、僕になにをさせるつもりなんだ？　最後の質問はこう言い換えてもいいね。『僕にどんなメリットがある？』」

「あ、あなたって……いつもいい人ってわけじゃないのね」

クリスはもっとおだやかな口調で、「最後の質問は、べつに意地悪で言ったわけじゃない。僕の誠実さに訴えようとするきみの良識に訴えようとしただけさ。自分でも他人でも、利害関係者のそれぞれにどんな利益があるのかを知ることで、つねに誠実さを判定できる。利他主義と本物の誠意とは相互排他的だからね。さあ、話して。お願いだから話してください」

またあの天の声を聴くような独特の表情。それから大きく深呼吸して、「たいへんな思いをしたわ。最低だった。とても信じられないぐらい。手紙や電話にいちいちぜんぶ答えた。奇人変人や狼《おおかみ》や狂信者たちと面談した。それぞれ自分なりの理屈を用意して、いつでも悪魔を聖人に変えてみせますっていう勢い。証拠はちゃんとあるって、みんなべらべらまくしたてる。自分自身が証拠だっていう人もいれば、知り合いのだれかれだって人もいる。よくよく聞いてみると、その証拠は決まって、禁酒に成功したアル中だったり、クリシュナ教徒に改宗したおかげで――火曜日からは――奥さんを殴らなくなった男だったりするの……」口をつぐんで鼻から息を吸い、半分怒ったような笑みをこちらに向けた。クリスは彼女に対する好意があたたかな波のように体に広がるのを感じた。「それだけの苦労をして、あなたのケースがはじめてなのよ。わたしが探してるものがほんとに実在するかもしれないと思わせてくれたのは」

ティリー・モロニーは急に身を乗り出した。

「あなたが必要なの。あなたはシグ・ワイスや彼の仕事と密接な関係を持ってる。わたしがひとりで彼を追おうとしても――どこから手をつけていいのかさえわからない。しかも、ことは急を要するのよ。わかってちょうだい――緊急なの！」

クリスはダークブルーの瞳の奥深くを覗《のぞ》き、おもむろに言った。「よくわかった」

「もしも……もしもわたしがあるたとえ話をしたら、それについて質問しないと約束してくれる？」

クリスはしばし手の中のフォークをいじり、それから口を開いた。

「前に聞いた話なんだけど、あるところに片足の男がいてね、『どうして足をなくしたの？』と近所の子供たちがしじゅう質問していた。歩いてるとあとを追いかけてきて叫んだり、うるさくつきまとったりして、いつまでもやめない。男はいいかげんうんざりして、ある日、子供たち全員を呼び集めると、おれがどうして片足をなくしたのかほんとに知りたいのかと質問した。子供たちは声を合わせて『うん！』と叫んだ。そこで男は、いまそれを話したら、もう二度と質問しないかと訊ね、子供たちは、うん、もうしないと熱心に約束した。『よしわかった』と男は言った。『噛みちぎられたんだ』そしてくるっとうしろを向くと、すたすた歩いていってしまった。だから、きみが要求した約束について言うと——答えはノーだよ」

彼女は残念そうに笑った。「わかった。とにかく、お話は聞いてもらうわ。でも、それがまるまるぜんぶじゃないことと、わたしがぜんぶ洗いざらい話すわけにはいかないってことはわかってほしいの。だから、あんまり細かく穿鑿《せんさく》しないで」

クリスはにっこりした。彼女の瞳に映る自分の笑みを覗き、われながらいい笑顔だと思った。「いい子にしてるよ」

「いいわ。あなたのクライアントにはSF作家もたくさんいるんでしょ」

「たくさんじゃないよ。ベストの作家だけ」とクリスは控えめに答えた。

ティリー・モロニーはまたにっこりした。ふたつのえくぼがつくる曲線がその笑みを括弧《かっこ》に入れる。クリスはその笑顔が好きだった。「この話は、あるSF小説のプロットだってことにしましょう。どこからはじめたらいいかしら……」

「むかしむかし……」とうながした。

ティリーは子供のような笑い声をあげてうなずくと、「むかしむかし、よその銀河系に、とても進んだヒューマノイド種族がいました」と語りはじめた。「彼らは戦争をした――何度も何度も。彼らは闘争本能を抑えるすべを学んだけれど、それでもたまに手に負えなくなったり、もっと悪いときは戦争が勃発したりする。彼らはいろんな武器を開発した――それと比べたら、水爆がキャンプファイアに見えるぐらいの武器をね。惑星を粉々にする兵器とか、太陽を爆発させる兵器とか。わたしたちにはおぼろげにしか理解できないような技術も実現した。時間そのものを局所的に歪《ゆが》めたり、ある星系の重力磁場の極性を統一したり」

「そういうややこしそうな話、よくすらすらしゃべれるね」

「いまだけはね」モロニーははにかみがちに答えた。「とにかく、彼らは究極の兵器を開発した――ほかの兵器がみんな時代遅れになっちゃうようなものを。つくるのはものすごくたいへんだったから、実際に製造されたのはほんの数基だけ。設計上の秘密はすでに失われてしまい、残った利用可能なストックがたまに使用されるだけ。そしていま、それを使うときがまた訪れようとしている――地球上で、ってことじゃないのよ。わたしたちが抱えてるトラブルなんて、彼らにとっては蚤《のみ》が跳ねた程度だから。こっちは重要な問題なの。

さて、ある貨物船が超空間ドライヴを使ってある銀河からべつの銀河へと旅していた。十億にひとつのとてつもない偶然で、その貨物船は、通常空間に出たとき、ある小惑星と衝突した。大きな小惑星じゃなかったから、船が木っ端《こぱ》みじんになることはなかった——難破しただけ。その貨物船は、問題の超兵器のひとつを積んでいた。難破船を追跡するには何千年もかかったけど、彼らはなんとかコースを特定した。船は近隣のとある惑星に落ちた可能性が高い。捜索活動がはじまった。

問題の兵器は、探知可能な放射線は出していない。でも、シールドされた状態では、近づいてくる生体組織に特異な影響を与えるの」

「悪魔を聖者に変えるような？」

「とにかく……特異な影響なのよ。さて」彼女は指をかざした。「この兵器の性質が明るみに出て、まちがった人間の手に落ちると、この地球に壊滅的な影響をおよぼしかねない。地球には、要求が満たされないと自滅することも辞さないほど常軌を逸した狂人たちがいるから。第二点。もしこの兵器が地球上で使用されたら、いまわたしたちが知っているこの星が存在をやめてしまうばかりでなく、この兵器をどうしても必要としている人々がそれを利用できなくなる」

クリスは彼女を見つめたまま、つづきを待った。彼女は口をつぐんでいる。とうとう唇をなめ、クリスは口を開いた。「シグ・ワイスがその兵器に偶然出くわしたと言いたいのか？」

「SFのプロットだと言ったはずよ」

「いったいどこからその……情報を？」

「SFの話」

「クリスは唐突に破顔した。「いい子にするよ」とまた言って、「僕になにをしてほしい？」

　彼女の瞳がきらきらと輝いた。「あなたって、エージェントらしくないのね」

「英領の植民地に住んでたころ、現地のイギリス人からよく言われたよ、アメリカ人らしくないねって。そう言われるたびに、ちょっと侮辱されたような気分になった。まあいいや。どうしてほしい？」

　彼女はクリスの手を軽く叩き、「ワイスに『巌』みたいな新作を書かせることができないかやってみて。もし新作が書けたら、どこでどうやって書いたのかを調べて、わたしに連絡して」

　ふたりは立ち上がった。クリスは彼女に手を貸して薄手のジャケットを着せた。「ねえ」と声をかけ、彼女が笑顔で見上げると、「きみはちっともミス・アベレージに見えないね」

「あら。でも、そうだったのよ」と彼女は低い声で答えた。「そうだったの」

七月十五日付電報
ターンヴィル在住
シグ・ワイス様宛《あて》

以下の文面は、過日、貴兄が示した甚だしく礼儀を欠く態度とは無関係であることをご理解いただきたい。貴兄の土地に私が侵入したことに鑑《かんが》みれば、貴兄のとった行動は理解できる。あの一件は水に流そう。貴兄ももうお忘れだと思う。貴兄のでは仕事の話を。先だって送られてきた原稿は、私がこの業界に身を投じてからの十四年間に見た中で最も侮辱的な文書だった。エージェントに対する侮辱はこの業界にありふれた慣行だが、自らに対する侮辱は言い訳が立たない。それこそ、貴兄がやったことだ。可能なら、腰を据えてあの短篇を読み、それから「旅する巌」を読み返してみることをお薦めする。私の評は無用だろう。唯一の助言は、貴兄が第一作を書いた時の状況を正確に再現すること。貴兄がそれを実行するまで、またそうしないかぎり、連絡は不要。例の第二作はどの出版社にも見せていない。心から感謝してほしい。

クリスリー・ポスト

ネイオーミが口笛を吹いた。「これぜんぶ——通常電報で？　夜間電報にしたら？」

クリスは壁と天井が接するところに向かって微笑《ほほえ》んだ。「通常料金だ」

「はい、ご主人さま」ネイオーミは忙しく鉛筆を動かして、「十三ドル七十五セントになりますわ」とようやく言った。「プラス税金。合計十七ドル四十六セントね。クリス、頭に穴が開いてるんじゃないの？」

「もっといい穴を知ってんなら、そっちへ行きな」とクリスは夢見るように引用した（ブルース・ベアンズファーザーの人気戦争ギャグ漫画より）。ネイオーミはきっとして彼をにらみつけ、電話に手を伸ばし、オペレーターに電文を告げるあいだじゅうずっとにらんでいた。

それからの二週間で、クリスはティリー・モロニーとランチを三回、ディナーを一回ともにした。ネイオーミは昇給を要求した。昇給は実現し、ネイオーミは不安にかられた。

三度めのランチ（ディナーの翌日だった）から口笛を吹きながらもどってきたクリスは、泣き伏しているネイオーミを発見した。

「おい……いったいどうした？　きみが泣いてるとこなんかはじめて見たぞ」

クリスはネイオーミのデスクに身をかがめた。彼女は両手に顔を埋めて身も世もなくおいおい泣きじゃくっている。その横にひざまずき、片腕で肩を抱いた。「よしよし」と言いながら反対の手でうなじを叩き、「深呼吸して、なにがあったのか話してくれ」

ネイオーミは肩を震わせながら長々と息を吸い込み、なにか言おうとしたが、またわっと泣き出した。「て、て、てん……」

「なに？」

「て――」つらそうに唾《つば》を呑《の》み、「天国の炎！」と言って泣き崩れる。

「なに？」とクリス。「『天国の炎』って言ったのか？」

ネイオーミは鼻をかんでうなずき、「ええ」と囁いた。「こ、これよ」原稿の束をクリスの前に投げ出し、また自分の腕に顔を埋めた。「ひ、ひとりにして」

クリスは心底当惑したままタイプ原稿を集めて自分のデスクへ持っていった。

手紙が添えられていた。

親愛なるポスト様。

言葉では言い表せないほど感謝していますし、我が家を訪ねて下さった時の私の態度については謝罪の言葉もありません。もし取り返しがつくのなら、力が及ぶかぎり、どんなことでもするつもりです。

自分がしでかした過ちはわかっていますから、『厳』の時と同じようにして書いた新作をお送りするのが一番だと思いました。同封した原稿がそれです。これが埋め合わせになることを祈っております。もしこれでも駄目なら、なんなりとご意見をいただければ、喜んで手直しをする所存です。

是非もう一度、今度はもっときちんとした状況下でお目にかかりたいと心から願っています。もしお時間を見つけてお越し頂けるのでしたら、いつでも大歓迎ですし、なるべく早く再会できることを祈っております。敬具。　S.W.

驚きと畏《おそ》れが入り混じった気持ちで、クリスは原稿の束に目を落とした。一枚めには、「天国の炎」、シグ・ワイス著、とある。クリスは読みはじめた。最初のうちはネイオーミがせつなげにすすり上げる音が耳に入っていたが、やがて完璧に物語に没入した。

二十分後、ひりひりと痛むかすんだ眼が「了」の字にたどりついた。片方のてのひらでひたいを支えながら、ぎこちない手でハンカチを探った。涙をきれいに拭《ぬぐ》い鼻をかんだあと、ネイオーミのほうを見やった。眼の縁が赤く、まだ濡れている。「ね？」とネイオーミが言った。

「ああ、たしかに」

ふたりは息もつかずに見つめ合った。それからネイオーミがソプラノの囁きのような声で、「『天国の……』」と言い、また泣き崩れた。

「いいかげんにしろ」クリスは邪険に言った。

立てるようになると、歩いていって窓を開けた。ネイオーミがやってきて傍らに立つ。「小説の出来事じゃなかった」としばらくしてクリスは言った。「あれは……僕の身に起きた」

「なんて悲劇」とネイオーミ。「なんて美しい、美しい悲劇」

「ワイスが手紙に書いてたんだけど」クリスはなんとか声を絞り出した。「もしなにか手直しのアドバイスがあったら……」

「手直し」ネイオーミは震える声で吐き捨てるように言った。「こんな小説を読んだのはいったいいつ以来かしら」

「こんな小説はいまだかつてなかった、ピリオド」クリスはぱちんと指を鳴らして、「電話を頼む。航空会社だ。ターンヴィルの最寄りの空港行きを二枚。レンタカー会社にも電話して、空港に車を手配してくれ。女の足であの山を登るのは無理だから。それからワイス宛てに電報を打ってほしい。ご親切な招待をいますぐ受ける。友人をひとり同伴。到着時間は追って電報で知らせる。『天国の炎《テンパーセンター》』を読む栄誉を与えてくれたことに深甚な感謝を。冷酷非情なすれっからしエージェントとしては、これが最大級のめったにない賛辞です。ポスト」

「二枚」ネイオーミが息を弾ませて言った。「まあ！　だれがオフィスの留守番をするの？」

　クリスはネイオーミの肩をぽんと叩いた。「きみならやれるさ。きみは最高だ。欠くことのできない人材だ。愛してる。ティリー・モロニーの電話番号を頼む」

　ネイオーミは唇を半開きにし、小鼻をわずかにふくらませて、凍りついたように立っていた。クリスは彼女を見やり、もう一度見た。彼女が息をしていないことに気づく。「ネイオーミ！」

　彼女はゆっくりとわれに返ると、こちらを向いただけではなく、いきなり食ってかかってきた。「まさかあの――低能女《モロン・ニー》を連れて――」

「モロニーだ。いったいどうしたんだ？」

「クリス、よくもこんなことが！」

「こんなことって？　なにが悪い？　いいか、ビジネスなんだよ。色恋沙汰《ざた》じゃない！　どうして――」

　ネイオーミは唇をひん曲げて、「ビジネス！　だったらこの会社でわたしがまったく関知しない初めてのビジネスね！」

「いや、この会社の業務じゃないよ、ネイオーミ。ほんとだってば」

「だったら、答えはひとつしかないわ！」

　クリスは両手を上げた。「今度だけは信じてくれ。頼むよ。だいたいどうしてそんなに怒ることがある？　たとえ不埒な行為《モンキービジネス》だとしても」

「あなたが人生を棒に振るのを黙って見てられない！」

「きみは——知らなかったよ、きみがそんな気持ちで——」

「うるさい！」ネイオーミが怒鳴った。「のぼせないで。そんなつもりじゃないわ。ただ彼女は……平均的だっていうだけ。それにあなたもね。平均に平均を足しても、答えはゼロなのよ！」

　クリスは自分のデスクにどしんと腰を下ろし、これみよがしに電話に手をのばした。しかし、頭の中はしばらく大混乱で、受話器を手にしたものの、どうしていいかわからずにいたが、やがてネイオーミが足音も荒くつかつかやってきて、目の前に紙を投げ出した。ティリーの電話番号。クリスはおどおどした莫迦みたいな笑顔をネイオーミに向け、ダイヤルを回した。そのときにはもう、ネイオーミは航空会社の予約担当者と電話していたが、彼女がしゃべりながらこちらに聞き耳を立てているのはわかっていた。

「もしもし？」と電話が言った。

「あーうー」ネイオーミのこわばった背中を見ながらクリスは言った。回転式の椅子をくるっと回し、クリスは壁のほうを向いた。

「もしもし」と電話がまた言った。

「ティリー、ワイスがとうとう復活して書いた夢の新作で招待されて行くんだけどきみもいっしょに」とまくしたてる。

「ごめん、いったい――クリス、どうかしたの？　すごくへんよ」

「気にするな」とクリスは言った。一音節発するごとにネイオーミの耳を痛いほど意識しながら、もう少し要領よくニュースを伝え直した。ティリーは喜びの声をあげ、すぐに行くと約束した。ちょっと待ってくれと言って、自分に叱咤《しった》してネイオーミから飛行機の出発時刻を聞いた。荷造りや仕事の引き継ぎがあるからと言い訳して、空港で落ち合おうと言った。ティリーがそれに同意してくれたのでほっとした。いまこの瞬間、このオフィスにティリーがやってきたら、僕の処理能力の限界を超えてしまう。

　ネイオーミはすでに電話を終え、彼女のファイル（昔からクリスには謎のファイルだった）と首っ引きで嵐のように仕事をしている。いろんな書類を持ってきては、「これにサインを」「この原稿に関するコメントをロジャーズに渡す約束よ」「ボリージャのスクリプトの件は？」とまくしたて、クリスは首まで書類に埋まってしまった。

「待てよ！　こんなのあとでいいだろう！」

「いいえ」ネイオーミは氷の声で言った。「放り出したら気がとがめるから。だってほら、わたしがここで働くのも今日までだし」

「きみが――ネイオーミ！　辞めるなんてだめだ！　辞められるもんか！」

「辞められるし辞めるし辞めました。このリストをチェックして」

「ネイオーミ、僕は――」

「聞こえません。もう決めたの」

「じゃあわかった。僕がなんとかする。でも、『天国の炎』は残念だな。最高の仕事になったのに。きみが辞めるとしたら、僕が戻るまで机の上に置いていくしかない。売り込みはきみに任せようと思ってたのに」

「この原稿の売り込みをわたしに任せる気？」ネイオーミの目がまるくなった。

「ほかにいるもんか。きみよりこの業界にくわしい人間も、きみよりいい契約がまとめられる人間もいない。それについては全幅の信頼を置いてるんだよ。最後にこの大仕事を担当してくれたら、そのあとは――ああ、辞めていいよ。もしここを出ていったほうがしあわせになるんなら」

「クリスリー・ポスト、あなたなんか大嫌いだし軽蔑《けいべつ》する。この悪魔。ゴキブリ。あ……ありがとう。一生恩に着るわ。オリジナルを四通タイプして、極秘扱いで出版社にまわす。もちろん映画会社にも。TVドラマの原作にも完璧ね。それにラジオ……。

イギリスの出版社は、ええと、二社……いいえ三社の入札にして……これ、わたしを辞めさせないための作戦ね！」

「もちろん」クリスは快活に言った。「抜け目がないだろ。こんなこともあろうかと、自分で書いた原稿なんだ。きみのかわりができる人間はいないからね」

とうとうネイオーミが噴き出した。「あなたにはぜったい無理だって断言できることがひとつあるとしたらそれよ。小説が書けない作家志望者が編集者になり、編集者よりもっと書けない作家志望者がエージェントになるんだから」

クリスはネイオーミと声を合わせて笑った。プライドは傷ついたが、ネイオーミの笑う顔をまた見られるなら、その価値はあるというものだ。


飛行機の旅は快適だった。旅には長い時間がかかった。はるばるアメリカ大陸を横断するあいだ、飛行機はほぼ四十五分おきに着陸した。急なことで、さすがのネイオーミもこういうチケットしか手配できなかったんだろう。しかし、おかげでティリーと話をする時間はたっぷりあった。ティリーとの会話は喜びだった。知的で、歯切れよく、クリスがティリーのお気に入りの本を読んでいるのとおなじぐらいの率で、クリスの贔屓《ひいき》の本を読んでいた。「天国の炎」のさわりを話してティリーの気を引き、ちょっと涙を流させたが、じっさいに読むときの楽しみを殺《そ》がないように気をつけた。

音楽の好みは分かれたが、雲間から覗く湖の素晴らしい景観をいっしょに楽しみ、全体的には最高の旅になった。ときおり、クリスはとなりのティリーを――たいていは寝ているときに――見やり、煙の細いすじのような推測を交えつつ、ふたりの関係に対するネイオーミの疑念のことを考えた。おれはティリーとのロマンスを楽しんでるわけじゃない。それはちがう。それとも？

ようやく目的地の空港に着陸し、そこでまた、クリスはネイオーミに感謝した。レンタカー会社の車がきちんと空港で待っていた。航空会社の係員から道路地図をもらって、夜明け前の真っ暗な闇《やみ》へと出発した。気がつくと、クリスはまた、助手席でくつろぐ娘を見つめていた。ダッシュボードの明かりの冷たい輝きを浴びて、ティリーは半分うとうとしている。ふと思い出した言葉。『ヴィクトリア朝様式の屋敷みたいな統一された外観』――ネイオーミのティリー評だ。クリスは顔を赤らめた。たしかにそのとおり。たぶん、それがティリーの見せかけだろう。もっとも、彼女が身にまとうものはどれもハイネックでゆったりしている。

空の色がグレイから薄いピンクに変わるころ、車はターンヴィルの雑貨屋に到着した。クリスは警笛を鳴らし、やがてスクリーンドアがばたんと開いて、老店主が木造階段をよたよた降りてくると、車の窓からこちらを覗きこんだ。

「かっ！　こないだの都会もんか。元気かや、おわけーの。こんな早起きすることがあるとは知らなんだ」

「まだ寝てないんだよ、おじいさん。ガソリンを頼めるかな」

「一滴ぐらいは残っとろ」

クリスは車を降り、老人といっしょにうしろへまわって、ガソリンタンクのキャップを開けた。「最近、ワイスを見たかい？」

「いつもと変わらん。山ほど注文。前にもそんなことがあった。ふつうなら、五、六カ月、小屋にこもるってことじゃが。だで、酒だの布地だのをあんなしこたま仕入れてった理由はスらんの」

「態度は？」

「あいかわらずさね。蚤《のみ》だらけでずぶ濡れの山猫とおなじくらい愛想がよかった」

クリスは礼を言ってガソリン代を払い、険しい山道を登りはじめた。山頂までたどりついたとき、ふたりは朝陽《あさひ》をいっぱいに浴びて眼前に広がる谷の景観に息を呑んだ。

「いつまでもなくさずにいられるのは思い出だけ」とティリーが静かに言った。「これはわたしたちふたりの思い出ね。わたし……うれしいわ、あなたと一緒にいられて」

「僕もきみを愛してる」いまどきの慣用句でそう答えてから、クリスは顔がほてるのを感じたが、ティリーの顔も自分とおなじくらい紅潮しているのに気づいた。ふたりははっとしたように身を引き、天気の話をはじめ――そして口をつぐむと、同時にげらげら笑い出した。クリスはティリーの手をとって、崖を登るのを助けた。ふたりはてっぺんで立ち止まった。

「いいかい」クリスは声を潜めて、「雑貨屋の年寄りは、最近、ワイスに会ってる。相変わらずだと言ってた。ちょっと用心したほうがいいかもしれない」

ティリーはまた例の、聞き耳をたてるような顔をしている。「いいえ」とようやくティリーは言った。「だいじょうぶ。あの雑貨屋は圏外なの……ワイスが受けてる影響力の。そこからはずれると、逆戻りしちゃう。でも、いまはだいじょうぶ。会えばわかる」

「どうしてそういうことがわかるのか教えてもらえませんかね」クリスは腹立ち半分の口調でたずねた。

「ええ、もちろん」ティリーがにっこりした。それから、笑みを消して、「でも、いまはだめ」

「いままでのことを考えれば、一歩前進か」クリスはそうぼやいてから、「さあ、行こう」

手に手をとってふたりは小道を登っていった。家は前とおなじに見えた……が、しかしそれでも違いがあった。強化。葉の緑は鮮やかになり、早朝の陽光はあたたかになっている。

ポーチには灰色の子猫が三匹いた。

「おーい、だれか！」クリスは頼りない声で呼びかけた。

ドアが開き、ワイスが顔を覗かせた。一瞬、足音も荒く帰っていくクリスを戸口から見送った前回とそっくりに見えた。それから、ワイスが太陽の下に出てきた。子猫の一匹を抱き上げると、足早にこっちへやってくる。

「ミスター・ポスト！　電報は読んだよ。わざわざ来てくれてありがとう」

ワイスはニットのスポーツシャツにグレイのスラックス姿——薄汚れたブーツに作業服だった前回とは見違えるようだ。抱かれた子猫が腕に身をすり寄せ、胸ポケットのボタンを爪でひっかこうとして、かわりに自分の尻尾《しっぽ》をひっかいた。ワイスが地面に下ろしてやると、子猫は彼の足にじゃれつき、のどを鳴らし、靴に体をこすりつけた。

ワイスは背筋をのばし、ティリーに笑みを向けた。「こんにちは」

「ティリー、こちらがシグ・ワイスさんだ。ミス・モロニーです」

「ティリーと呼んでください」ティリーは片手を差し出した。

「ようこそ」と握手してから、ワイスはクリスのほうを向いた。「自分の家だと思って、いつまでも好きなだけ滞在してください。いつでも好きなときに訪ねてきてください」

クリスは二の句が継げずにぽかんとしていたが、ようやく口を開き、「いや、これでも常識をわきまえてるからね」と答えた。「それにしても、信じられないよ。このあいだ訪ねてきたときのことを持ち出すのも失礼だと思うけど、それにしても……それにしても……」

ワイスがクリスの肩に手を置いた。「その話を持ち出してくれてよかった。自分でもずっと考えてたんだよ。前の自分をなにもかも忘れてしまっていたら、いまを楽しめないだろ。さあどうぞ。びっくりさせるものがある」

ティリーが一瞬、クリスを引き留めて、「ここにあるわ」と耳元で囁いた。「この家の中に！」

例の兵器が――ここに？　いまのいままで、巨大なものを――トゲが生えた大きな地雷とか、ものすごい魚雷みたいなものを――なんとなく想像していた。クリスは不安な視線を周囲に投げた。惑星分解ビームや恒星破砕爆弾を超える究極の兵器――さぞや信じられないようなものに違いない。

ワイスは戸口の脇に立っている。ティリーが中に入り、クリスがあとにつづいた。サッシ入りの巨大な窓がぶあつい一枚板のガラスに替わり、カーテンがかかっている。板張りの床にはやわらかな革の敷物。ぴかぴか光る薪《まき》載せ台、自然石の壁には銅の鍋類がかけてある。レコードプレーヤーとアルバムラック——殺風景だった部屋をなごませ、居心地のよさそうな雰囲気を醸し出すその他いろいろ——それらすべてにクリスが気づいたのはもっとあとのことだった。クリスを驚愕《きょうがく》させたものは、重量百ポンド弱、高さ五フィート弱の——

「クリス……」

「ネイオーミが来てる」クリスは言わずもがなの言葉を口にすると、椅子に腰を下ろし、まじまじと彼女を見つめた。

ワイスは豊かな笑い声をあげた。「きみとティリーが乗ったおんぼろ飛行機が野球場やトウモロコシ畑ごとに着陸する各駅停車だったのはなぜだと思う？　ネイオーミはここから五十マイルの距離にある空港まで直行便で飛んでからセスナをチャーターして山のふもとまで来て、そこからタクシーで登ってきたんだよ」

「当然でしょ」とネイオーミ。「あなたがなにに首を突っ込んでるかたしかめなきゃいけなかったから。あなたったらあんなに——あわてて」ティリーのほうに笑顔で歩み寄り、「会えてうれしいわ」

「なんて莫迦な真似《まね》を！」クリスは思わず叫んだ。「無事に済んだからいいようなものの、もし彼が——もし——」

「わたしはあなたよりかわいいもの、ダーリン」とネイオーミが笑った。

「インディアンごっこをしてる子供みたいに忍び足でこの家に近づいてきたんだよ」とワイスが口をはさんだ。「おれは林を抜けてうしろにまわって、そのあとを忍び足でついていった。横の窓から家の中を覗き込んでるところに近づいて、肩に手をかけた」

「心臓が縮み上がってひきつけを起こしかねないじゃないか！」

「その心配はないよ、ここでは」ワイスがいかめしく言った。

驚いたことに、ティリーもうなずいた。「ここではなにかに怯《おび》えることなんてありえないのよ、クリス。あなたはあんなことが起きたかもしれない、こんなことが起きたかもしれないって言ってるけど、いまここで、そういう可能性のことを考えても、べつにこわくないでしょ」

「たしかに……そうだな」クリスはゆっくりと言った。周囲を見まわしながら、「これは――クレージーだ。みんな、このぐらい狂ってたほうがいい」

「役には立つね」とワイス。「さあ、いまはこの場所をどう思う？」

「ここは――ここはすごいよ」とクリスは言った。

ネイオーミが笑って、「さすがに語彙《ごい》が豊富な人は言うことが違うわね。つまり、『ステキ！』って言いたかったんでしょ」

他の三人は声を合わせて笑ったが、クリスだけは真顔のままで口を開いた。「恐怖。

恐怖を消し去ることなんかできない。恐怖は生き延びるための感情だ。恐怖を知らなければ、窓から転落して岩にぶつかって大けがをしたり、ピューマに追われて食い殺されたりする」

「もしこの窓を開けたら」とワイスが言った。「こわくて外に飛び出せないかい？　こっちに来て、見てごらん」

クリスは大きな窓に歩み寄った。いまのいままで、この家がこんな崖っぷちに建っているとは知らなかった。巌また巌が織りなす襞や渦、大地ははるか遠い谷底のあぎとに向かってまっすぐ落ち込んでいる。クリスは礼儀正しくうしろに下がった。「開けたいならどうぞ」と言って、ごくりと唾を呑み、「飛び降りたい人がいるなら止めないよ。僕はごめんだ、やれやれ」

シグ・ワイスはにっこりした。「証明終《QED》わり。生存に必要な恐怖心はまだ残ってる。ここから失われたのはそれ以外の恐怖心だ。前にあんたが訪ねてきたとき、おれはとてもこわがりの男だった。その恐怖心のほとんどは、『もしかしたら』の恐怖だった。もしかしたらだれかに攻撃されるんじゃないかと恐れて、先に攻撃した。自分が他人と違ってるんじゃないかとこわくて、想像上の違いが露見しないような場所にひきこもっていた。他人とおなじになるのがこわくて、違う人間になろうとしていた」

「なにが原因だ？」

「いまのわれわれがこんなふうになった原因？　あるものを見つけたんだよ。それがなんなのか、どこにあるのかを言うつもりはない。護符と呼んでる。本物の魔法のお守りだよ。魔法といっても、棒切れの端から立ち昇る炎と変わらないのはわかってるけどね」ワイスはポケットから台所用のマッチをとりだし、親指の爪でこすった。炎がぱっと燃え上がり、ワイスはそれを煖炉に投げ込んだ。「それがなにで、どこにあるかを言う気がないのは、恐怖心を失ったいまも、持ち前の頑固さはなくしてないからだ。これまでずっと、狩ったり狩られたりの、みじめで不完全な人生を送ってきた。いまようやく、ほんとうに生きている。この生き方を変えるつもりはない」

「どこで見つけたの？」とティリーがたずねた。「それも教えられない？」

「教えられるとも。ここから半マイル山を下ったところで、二年前、ものすごい落石があった。だれの土地でもないから、だれもそれに気がつかなかった。おれは一度、鷹《たか》の卵を探しにそこまで降りたことがあるんだ。そのとき見つけた場所が……。

　それがどんな場所なのか、そこを見つけたときどんな気持ちになったのか、言葉ではとても説明できない。灌木《かんぼく》の茂みにおおわれた、岩がちの斜面だよ。すぐそばには、何千年もかけて堆積《たいせき》した地層が崖崩れで剝《は》がされた爪痕《つめあと》があった。山が眠ったまま身じろぎして肩を動かしたのかもな。とにかく、そこには花が咲き乱れていた。珍しくもない野の花——なのに鮮やかで、生き生きしていて、完璧だった。長くたくましく生きてきた、美しい野草。茂みはとてつもなく濃い緑で、美しく健康的な光沢があり、その場所に腰を下ろして景色を眺めていると、鳥たちがすぐそばまでやってきた。その場所にはけっして恐怖が侵入することはないと、その鳥たちが教えてくれた。なんと言ったらいいか――その場所が持つ意味は、とても言葉にできないよ。これまでの人生で、おれはずっと精神的に不具だった。自分自身の考えという荒れた土地をよろよろとさすらい、自分の恐怖心を正当化するために発明した亡霊たちと闘ってきた。それというのも、まず恐怖心ありきだったからね。ところが、その場所を見つけたとき、内なる自分が恐怖の軛《くびき》から解放された。それ以上だ――空を飛べたんだよ！

その場所を離れることがなにを意味していたかも、やはり言葉では説明できない。そこから歩み去るのは、背中に鞍《くら》をしょわされること、ふたたび鎖《くさり》につながれること、翼をもがれることだった。

だからおれは、何度もくりかえしその場所を訪ねるようになった。一度、タイプライターを持っていって、そこで原稿を書いた。それが『旅する巌』だよ。クリスはあの小説に例の場所が関係していることを言い当てた。そのことでおれがどんなに傷つき、腹を立てたか、クリスには知る由《よし》もないだろう。だから、それとはべつの、できそこないの原稿を送ったんだ。持ち前の頑固さから――おれの作品は、あの場所の魔法から生まれたものじゃなくて、おれの中から生まれたんだと、クリスと自分自身に対して証明するためにね。いまはちゃんとわきまえてるよ。ほかの作家がここでどんな原稿を書くのかはわからない。ほかのどんな場所で書くよりもすばらしい原稿だろうな。でもそれは、『巌』にも『炎』にもならない。あの二作は、おれにしか書けない小説なんだから」

「ほかの作家がここで原稿を書くのを認める気があるのかい？」

「もちろん、喜んで！　この場所と、それがもたらす奇蹟《きせき》をひとり占めするつもりかと訊きたいのか？　とんでもない。独占欲の根底にあるのはなんらかの恐怖——もしくは複数の恐怖の組み合わせだよ。企業でも、政治でも、宗教でもおなじことだ。だが、ここには恐怖が存在しない」

「ここにはなにか——なにか聖堂みたいなものを建てるべきだわ」とネイオーミがつぶやいた。

「もう建ってる。この先もずっとね。護符がここにあるかぎりは。なあ、おれが見つけたんだよ。野ざらしになっていたのをおれが見つけて、ここに持ち帰った。鳥たちはしばらく怒ってたけど、そのあとはずっと、ここでしあわせにしている。いまも、この先も、あれはここにある。つまり、きみの聖堂もここにあるわけだ」

そのとき、恐怖が忍び寄ってきた。それはクリスの心をやさしく摑《つか》み、クリスはテイリーのほうを向いた。ティリーは目を閉じていた。聞き耳をたてている。

僕はとんでもないものの手先《エージェント》になってしまった、とクリスは思った。ワイスのために、どんなにつくしたいことか。彼の作品を通じて、世界のために、どんなにつくしたいことか！

ワイスは独力で自分自身を発見した。人類の営為のうちでも、もっともすばらしいことだ。なのに僕は、彼の手から——人類全員の手から——それを奪い去ることになるような真似をしでかしてしまった。あとに残るのはただ、恐怖から解放された生の薄れゆく記憶——それに、短篇小説の傑作が二篇だけ。

クリスはもう一度ティリーに目をやった。視線が交差し、ティリーが立ち上がった。その表情はかたくこわばっていたが、募りくる恐怖心を通じて、クリスは彼女がなにと闘っているのかを見極めることができた。もちろんティリーは、自分が成功したら、ワイスとこの世界になにが起きるのかを認識している。相争っているのはその認識と彼女の……任務、か？

あの信じられないオーラの中に腰を下ろし、恐怖からの解放について語るシグ・ワイスの喜びに満ちた言葉に耳を傾けていたあいだ、クリスは内心ひそかに殺すことを考えていた。そしていま、ティリーの一部もすでに彼とおなじことを考えたのをさとった。そしてたぶん……たぶん……。

「シグ、外を見てまわってもいいかな？」自分でもそうと知らないうちに、クリスはティリーのそばに歩み寄っていた。

「ここはきみの家なんだよ」ワイスは快活に言った。「おれはネイオーミと食事の支度をしてる。きみたちはのんびりした長旅のあとだ。気がついてるかどうか知らないけど、ネイオーミは長旅に出る前に十四時間ぶっつづけでタイプライターを叩いたんだ。彼女のおかげで、『天国の炎』はもうスタートラインを離れている。とにかく、彼女にも食事にありつく権利はあるよ」

「それに、黄金の冠にもね。今度の給料袋に同封しておくよ。ありがとう、ネイオーミ。きみは頭がいかれてる」

「ありがとう」ネイオーミは目を輝かせた。

クリスはティリーを外に連れ出すと、急ぎ足で家を離れた。

「あんまり遠くへ行っちゃだめ」とティリーが注意した。「きちんとものが考えられる場所にいましょ。わたしたちはいま、魔法の円の中にいるのよ。外に出れば、おたがいや自分自身やあらゆる亡霊に対して恐怖を感じるようになる」

「どうするつもりだ？」

「あなたを巻き込むべきじゃなかった。ひとりで来るべきだったわ」

「その場合は、僕が止めてたよ。わかるだろ？　きみがひとりで来れば、シグがそのことを僕に伝えただろうから。きみの背後にどんな助力があったとしても、最初のトライで問題の兵器を手に入れることはできなかったはずだ。シグは〝護符〟が与えてくれたものをすごく大事にしてるし、警戒もしている。彼が僕に話し、僕がきみを止めて、シグとその作品を救ったはずだ。でも、きみが僕を仲間に引き入れたおかげで、僕はそれを思いとどまった」

「クリス、クリス、わたし、そこまで考えてなかった!」

「わかってるよ。そういうお膳立てが整えられてたんだ。だれなんだい、ティリー? 何者?」

「船」とティリーが囁いた。「宇宙船」

「見た?」

「ええ、もちろん」

「どこに?」

「ここ」

「ここって、ターンヴィル?」

ティリーがうなずいた。

「で、それは――彼らは――きみとコミュニケートしてる?」

「ええ」

「どうするつもり？」ともう一度たずねた。

「兵器を手に入れるつもりだと答えたら、わたしを殺す気でしょ。ワイスと彼の作品と、鳥たちや聖堂や、それらすべてがこの世界にもたらすものを救うために。違うの、クリス？」

「そうしようとはするだろうね、きっと」

「そしてもし、彼らのために兵器を手に入れるのをわたしが拒んだら――」

「彼らに殺される？」

「かもしれない」

「きみを殺したら、連中は兵器をどうやって回収する？」

「知らない。たぶん無理だと思う。強制されたわけじゃないのよ、クリス。ただの一度も。いつも理性に訴えかけてくるの。もし、わたしなり他の誰かなりを直接支配できるんなら、彼らはそうしたと思う。だから、協力してくれるべつの人間を探し出して、また最初から説得をやりなおさなきゃいけなくなるはず。その頃にはワイスやわたしたち全員が警戒してるから、彼らにとってはいまよりずっと困難になる」

「彼らにとって困難なことなんかないよ」クリスは唐突に言った。「惑星をまるごと破壊できるんだから」

「クリス、頭のよさでは向こうのほうが上だけど、でも彼らは考え方も違うのよ。そして、わたしが判断するかぎりでは、彼らは善良な存在なの――この星とそこで暮らす生命を救うためなら、できることはなんでもする。例の兵器を地球から回収したいと望む大きな理由のひとつがそれみたい」

「じゃあ、彼らの他の目的は？　これだけのものを人類から奪い去って、見たことも聞いたこともないどこかの銀河文明にくれてやれっていうのかい？　向こうは僕らのことなんか、片田舎の島宇宙を漂う塵《ちり》ぐらいにしか思ってないやつらだぞ。現実的に考えてみろよ、ティリー。遅かれ早かれ、向こうはほしいものを手に入れる。それだけの力はあるんだ。でも、僕らの手元に置いておけるあいだは置いておくことにしようじゃないか。このオーラに包まれて過ごす一分一分は、恐怖なしに生きるのがどんなものなのかを人間が知ることのできる一分一分なんだ。それがワイスにどんな影響を与えたかを見るがいい。すべての人間にどんな影響を与えうるかを考えてみるがいい。さあ。どうする？」

「わたしは――キスして、クリス」

クリスの唇がティリーの唇に触れたそのとき、背後から小さなくすくす笑いの声がした。クリスはさっと振り返った。

「あらまあ、おふたりさん」

「ネイオーミ！」

「邪魔する気はなかったんだけど。ほんとよ」ネイオーミは跳ねるような足どりでやってきた。「こっちの用件が済んだらすぐに再開してくれていいのよ。でも、伝えなきゃいけないことがあるの。ゆうべ着いたとき、あたし、シグに死ぬほどびっくりさせられたじゃない？　その仕返しをしようと思って。シグの護符を見つけたのよ。ほんとに。リネン用クローゼットの棚の下に突っ込んであった。あたしぐらいの身長じゃなきゃ見えない場所。だから、くすねちゃった」

ティリーがひゅっと息を呑んだ。「どこにあるの？　どうしたの？」

「あら、心配しないで。安全な場所に置いてあるから。今度はだれにも見つからないところに隠したわ。いったいどこだろうとシグが頭を悩ます番」

「どこなんだ？」とクリス。

「シグに言わないって約束する？」

「もちろん」

「ええっとね、シグがつい最近買ったお気に入りの機械のど真ん中。西側の部屋にはまだ入ってないでしょ、彼が書斎って呼んでるL字型の部屋には？」

ふたりは無言でうなずいた。

「そこにね、彼、最高級の大きなラジオを据えつけてるのよ。その蓋《ふた》をはずしてみたら、真空管だのコンデンサだのマカロニみたいなやつだののあいだに、ワイヤをくるくる巻きにしたようなのがあって。護符って、ちっちゃいのよ。長さは四インチぐらいで、幅は親指二本分ぐらい。へりのところはなんていうか――ぼやけてる。だからとにかく、それをぐるぐる巻きの中に突っ込んだわけ。クリス――顔が真っ青よ！どうしたの？」

「ティリー――コイルだ――RFコイル！　もしシグがラジオをつけたら――」

「まあ、なんてこと……」ティリーが息を呑んだ。

「ふたりともどうしちゃったの？　あたし、なにかいけないことした？」

ふたりは家の中に駆けもどり、居間を突っ切った。

「こっちだ！」とクリスは叫び、ふたりは先を争うようにして西の部屋に飛び込んだ。

シグ・ワイスが笑顔で出迎えた。「ちょうどよかった。これを見せたかったんだよ。このあたりでは最高級の――」

「やめろ！　さわるんじゃない！」

「ちょっとした電波だよ。害はない」

そう言って、シグはスイッチを入れた。

カチッという大きな音が響き、埃《ほこり》が降り注いだ。

そして沈黙。

ネイオーミが部屋に入ってくると、夢遊病者のような足どりでラジオに近づき、パネルを開けた。クリンクル仕上げを施したグレイのスチール板に、おおむね四角いかたちをした穴ができていた。ワイスは興味津々の顔でそれを見つめ、穴のへりに手を触れ、それから上を見た。天上にもおなじかたちの穴が開いていた。ワイスはラジオの筐体《きょうたい》にかがみこんだ。

「こりゃまいった！　コイルが一個、木っ端みじんに吹き飛んでる。なにかが屋根を突き抜けて――ほらな？――おれの新しいラジオのど真ん中をぶち抜いたんだ」

「落ちてきたんじゃない」クリスがかすれた声で言った。「飛び上がったんだ」

ネイオーミが嗚咽《おえつ》しはじめた。

「あんたたち、いったいどうしたんだ？」とシグがたずねた。

クリスはやにわにティリーの腕をつかんだ。「船だ！　例の宇宙船！　ここにいるあいだはまだ起動しないはずだ！」

「したわ」ティリーが抑揚のない声で言った。

「いったいなにがどうなってるのか、だれか教えてくれませんかね」とシグが懇願するように言った。

重苦しい沈黙を破って、ティリーが口を開いた。「教えてあげる」腰を落とし、絨緞《じゆうたん》の上にゆっくりと座り込む。「ほとんどはクリスも知ってることよ。ほんとの話なのかといちいち考えないで。ほんとなんだから」ティリーは星間種族のこと、戦争のこと、どんどん威力を強めていった大量破壊兵器と最後にたどりついた究極兵器のこと、それが生命体に与える奇妙な影響のことを話した。「八カ月前、船がわたしに接触してきた。わたしの神経終末とのあいだに接続を確立したの。どういう仕組みなのかはわからない。テレパシーじゃなくて、人工的な神経電流ね。それを通じて話しかけてきた。そのときからずっと、しゃべりつづけている」

「おれの護符が！」シグが唐突に叫んだ。

「すわって」とティリーがそっけなく言った。シグは腰を下ろした。

「ティリー、連中がきみとコミュニケートするにはなんらかの物理的な接触が必要なんだと思ってたけど」とクリスは言った。「でも、僕といっしょにいたあいだも連中と連絡をとっていたわけか。なんの接触もなしに」

「接触なしに？　そうかしら」ティリーはブラウスの襟元《えりもと》のボタンをはずしはじめた。四つめまではずしてから、小さな金属の物体をそっととりだした。球根のようにふくれた、尖《とが》っていない槍《やり》の穂先みたいに見えた。黄金とも磨いた真鍮《しんちゆう》とも微妙に違う色の、奇妙な輝きを放っている。透きとおったクリスタルの薄い層を表面にかぶせてあるように見える。

「う、う、う」ネイオーミがわれ知らず声を洩らした。

ティリーは彼女に向かってとつぜん笑顔を向け、「お節介女。わたしがどうしてV

ネックを着ないのかずっと気にしてたでしょ。さあ、みんなこっちへ来て。絨緞にすわって」

　とまどいながらも、全員がティリーのまわりに腰を下ろした。

「これに手をあてて」三人はその言葉にしたがうと、ウィジャ盤を囲んでメッセージを待つオールドミスのように、おたがいの顔とおたがいの手を見つめた。「最初は探針《プローブ》が入るときにちょっとちくっとするけど、すぐにおさまるわ。ぴくりとも動かずにじっとしてて」

　奇妙な、不快ではない、ちくちくするような感覚が訪れ、そして去った。かすかなショック。もう一回。またちくちく。

テステス。ネイオーミ・クリス・シグ・ティリー……

「みんな聞こえた？」ティリーが静かにたずねた。

ネイオーミが金切り声で、「だれかがあたしの鼻の奥でしゃべってるみたい！」

「おれたちの名前を呼んだ」シグが短く言った。クリスは茫然とうなずいた。

沈黙の声が言った。

シグ、きみの護符は去ったが、きみはなにも失っていない。

ティリー、きみはみずからの信念に終始変わらず忠実だった。

ネイオーミ、きみは利用されたが、まちがったことはなにひとつしていない。

クリス、われわれの観察によれば、きみは超人的な理解力を発揮して他人を導き、アドバイスを与えて、自分では達成できない仕事をさせてきた。

きみたち四人とも、考え方を根本的に改めたまえ。すべてを破滅させるもの、あるいは宇宙的な重要性を持つものは、巨大に違いないときみたちは頑なに思い込んでいる。恐怖を超克しうるのはより大きな恐怖に違いないと信じている。

あの護符は、たしかに究極兵器だった。その効果はしかし、破壊ではなく、無益な争いを止めることだ。いまこの瞬間、この惑星の大気圏内で、ある希少な窒素同位体のみに影響する連鎖反応が進行している。この反応の放射化学的性質については、きみたちもいずれ理解するだろう。しかしいまは、もっとも重要な効果だけを知っていればそれでいい。その効果とは、人間が恐怖に直面するたび、精神が持つ分析的な力が百パーセント発揮されるようになることだ。分析する余裕をなくしたときにパニックが生じる。恐怖の根源を分析できない場合に、人間は困難を感じる。今後は、どんな職業運転手も「はねる」という言葉を使うときに不安を抱かず、どんな伝道者も嘘のプロパガンダを並べて見せかけだけの真実を生み出すことはかなわず、どんな人間集団も他の集団に対する無根拠な恐怖をその成員に植えつけることはできなくなる。恐怖に突き動かされた防衛衝動は消え失せ、どんな恋人も相手に愛を告白することを恐れなくなる。大きな問題でも小さな問題でも、緊急性が高ければ高いほど、分析力の活性は大きくなる。

　それが、この究極兵器の意味であり目的であり本質だ。きみたちにとって、これは贈りものとなる。宇宙の歴史上、きみたち以上の可能性を秘めた種族は数少ないし、その可能性の実現においてかくも無惨な状態をさらしている種族はさらに少ない。そのきわめて稀《まれ》なる性質ゆえに、この贈りものをきみたちに与えよう。

　われわれに関して言えば、きみたちも知ってのとおり、問題の兵器を見つけ出し、持ち帰る計画だったが、かわりにそれをきみたちに与えた――ネイオーミとシグ、きみたちふたりの衝動を無線で操作することによって。地球はわれわれ以上にそれを必要としている。

　しかし、われわれは失敗したわけではない。問題の窒素同位体反応とその触媒作用の放射化学的性質は、いまやわれわれにも広く利用できるようになった。あの兵器をまたつくりなおすのは簡単なことだろうし、それに要する時間はゼロに等しい……

……なぜならわれわれは時の流れを自在に操る種族であり、いかなる距離も指と指の間に縮め、掌《たなごころ》の上でアルファとオメガを重ね合わすことができるのだから。

「探針が消えちゃった」長い沈黙のあと、ティリーが言った。

　四人はしぶしぶコミュニケーターから手を離し、こわばった指をほぐした。

「ティリー、船はどこだ?」とクリスはたずねた。

ティリーはにっこり笑って、「忘れたの? 『宇宙的な重要性を持つものは、巨大に違いないときみたちは思い込んでいる』」ティリーは指さして、「これが船よ」

彼らは球根型の槍の穂先を見つめた。それが浮かび上がり、戸口のほうへと漂っていった。そこで滞空し、別れの挨拶《あいさつ》でもするようにちょっと機体を傾け、次の瞬間、光が消えるようにふっと姿を消した。

ネイオーミがぱっと立ち上がった。「みんなほんとのことなの? プロパガンダも、パニックも——恋人同士が本心を打ち明けられるっていうのも?」

「みんなほんとうよ」ティリーがにっこりした。

「テステス」とネイオーミが言った。「シグ・ワイス、あなたを愛してる」

シグがネイオーミを抱き上げ、抱きしめた。「さあ、みんな。おれはふもとの雑貨屋まで行って、あの年寄りとビールを一杯やりながらじっくり話がしたい。まだ一度も言ってないことを言ってやりたいんだ——あんたはおれの隣人だって」

クリスはティリーに手を貸して立たせた。「あの雑貨屋には、きっとちゃんとしたVネックのブラウスがあるよ」

外には緑が鮮やかになった世界が広がり、その空の上で鳥たちが歌っていた。

君微笑めば

大森望 訳

人間にはけっして真実を教えるな。

このルールをいつ明文化したのか思い出せないが、生まれてからずっと、この規則にしたがって生きてきたのはまちがいない。

しかし、ヘンリーには？

ヘンリーが相手なら問題にならない。

ヘンリーは勘定に入らない。

話したからと言って、責められるいわれもない。おれであることは孤独な仕事だ。他人がやっていることよりいいことを――他人よりうまく――やるのは、ある程度まで、その行為自体が報酬みたいなものだ。とはいえ、あの連続殺人――数十件にも及ぶ美しい完全犯罪――のことを知りながら、だれにもしゃべれないというのは……まあ、他のいろんな面では、おれも人間らしくふるまってるんだし――

それに、相手はしょせんヘンリーじゃないか。

ガキの頃、家から学校まで三マイルの距離があって、雪の日以外は毎日ローラースケートで通っていた。相当寒い日もあれば、たまに暑すぎる日もあり、雨はしょっちゅう。しかし降っても晴れても、校舎に着くとヘンリーがいた。もう二十年前の話だが、目を閉じればすべてが甦《よみがえ》る。ヘンリーと、あの田舎《いなか》臭いしょぼくれた顔、笑いと歓迎に歪《ゆが》む奇妙に柔軟な口。ヘンリーはおれの教科書を受けとって壁ぎわの棚に置き、おれの手が冷たいときは片方ずつ両手で握ってこすったり、雨の日や猛暑の日にはロッカールームのタオルを投げてよこしたりした。

どうしてそんなことをしてくれるのか、ついぞわからずじまいだった。たんなる英雄崇拝以上のなにか。しかし、あいつがおれからどんな見返りを受けとったのかは神のみぞ知る。

この関係は、ヘンリーの卒業まで、何年もつづいた。おれのほうはあんまり成績が芳しくなくて、出られるまでもっと長くかかった。ヘンリーが卒業するまでは、本気でがんばろうとしなかったんだと思う。ヘンリーがいなくなると、学校は急に殺風景な場所になってしまい、だから気合いを入れ直しておさらばした。

そのあとは、とくになにかを専門にすることなく、いろんな職を転々としながら定収入の道を探し、新聞の日曜版付録に特集記事を書く仕事を手に入れた。上品な読者なら眉《まゆ》をひそめるような文章だが、それは問題ない。どうせ、この新聞の購読者に上品な人間なんかひとりもいないんだから。

洪水の記事を書くときは、アメリカ全土が水没する未来を説得力豊かに描き出し、旱魃《かんばつ》や地下水の枯渇について書くときは、孫たちの世代がポテトチップみたいにからからに乾いた荒野で息絶える未来を鮮やかに描写した。それから、放浪惑星との衝突、世界の終末を予言する狂人たちの特集、編集記事のトーンに合わせて下世話にこき下ろした偉大なる愛国者たちの評伝。生計《たつき》の道だ。原稿に書くことと自分が考えていることとをちゃんと区別しておけるなら、なんの問題もない。

こうしていろんなことがあった二十年の歳月が過ぎたあと、ある日、まったくだしぬけに、ヘンリーとばったり再会した。

変わってないなというのが第一印象だった。たいして背も伸びてないんじゃないか。あいかわらず髪はぼさぼさで、みっともない大きな口と熱っぽいうれしそうな目も昔と同じ。二番めに笑ったのは、ヘンリーの身なりだ。あいかわらず安物で、シャツのカラーは4サイズも大きく、だぶだぶのスーツの下から覗《のぞ》くセーターは着古したヘリンボンとまるで色が合ってないが、どうせ両方ともすっかり色が落ちているから、まあたいした問題じゃない。

　ヘンリーは息をはあはあさせながら犬みたいに勢いよくこっちへ駆けてきた。ぼちぼち秋になる頃で、ヘンリー以外、まわりの通行人はみんなトップコートを着ていた。ひと目でヘンリーとわかったが、ただそこに突っ立って、彼を笑うしかなかった。ヘンリーも笑った。卑屈と言ってもいいくらいの喜びようで、おれがどうして笑っているのかを気にかけるようすもなく、純粋に再会を喜んで笑っている。不明瞭《ふめいりょう》な発音でおれの名前を何度も何度も口にした。顔の半分に貼《は》りつけている例の笑みのおかげで、ヘンリーの発音は昔からいつも不明瞭だった。

「おやおや、こりゃ驚いたな！」おれは大声をあげ、それから罰《ばち》当たりな言葉を吐いた。ヘンリーはそれを聞くたびに顔をしかめたものだが、いまもそうだった。「一杯おごるよ。九杯おごるぞ！」

「いや」ヘンリーは微笑《ほほえ》み、ちょっと身を引いてから、いまにも逃げ出そうとするみたいに、妙な具合に頭を下げた。「いまはだめなんだ」

　ヘンリーは、おれのびしっと折り目がついたダクロンのスーツか、真珠色《しんじゅいろ》のホンブルグ帽を見ているような気がした。いやもしかしたら、やつの古着がおれの目を引いただけかもしれない。裸でいるところを人に見られて、どうやって隠せばいいのかわからずに困っている老女みたいに、ヘンリーは体の前で意味もなく両手を振った。

「飲まないから」

「飲むさ」

手首をつかんで角までひっぱっていくと、モルスンズに連れ込んだ。そのあいだ、ヘンリーは無駄に抵抗したり、丈夫そうな乱杭歯《らんぐいば》のあいだからもぐもぐなにかつぶやいたりしていた。おれは一杯飲みたかったし、いますぐ笑いが必要だったから、ヘンリーが場違いに見えないようにするだけのために、はるばるスキッド・ロウまで彼をひきずって遠征する気はさらさらなかった。


奥のブースにはひとり先客がいた――とくに会いたいとも思わない相手だ。入るところを見られた。が、彼女に気づいたときも、おれは歩調を乱さなかったと思う。くそっ、ああいう女を軽くあしらえないようじゃ、話にならない。

「すわれよ」と声をかけて、ヘンリーの体を押した。席の角にひざの裏がぶつかり、ヘンリーは腰を落とした。おれも席について、やつの背中の着古したツイードがずれるほど強く尻《しり》を動かして、ヘンリーを隅へと押しやった。おれが先に動かないかぎり、これでヘンリーは身動きがとれない。

「スティーヴ！」店の客のだれに気づかれてもかまわない態度を装って、大声で呼んだ。スティーヴはもう注文をとりにくるところだったが、おれはいつもそんなふうに怒鳴り、スティーヴはいつもいやな顔をする。こいつもちょっとおかしなやつなんだ。

「はいはい、わかってますから」とスティーヴは文句を言い、「ご注文は?」

「ヘンリー、なんにする?」

「いや、なにも——僕はいい」

おれは鼻を鳴らし、スティーヴに向かって言った。「サワーマッシュのソーダ割りをふたつ」

スティーヴは口の中で返事をして戻っていった。

「ほんとなんだよ」ヘンリーは、おなじみの〝やっぱり逃げ出したい〟風の貧乏揺すりをしながら言った。「酒はいらない。飲まないんだ」

「いや、飲むとも。さあ、どうしてた? 最初から話してくれ。卒業してからのことを。身の上話を聞かせろよ——紆《う》余《よ》曲折、山あり谷ありの人生を」

「僕の人生?」とヘンリーは聞き返した。本気で当惑しているらしい。「や、べつになんにもやってないよ。店に勤めてる」とつけ加えた。おれが首を振っているあいだ、ヘンリーは自分の手に目を落とし、それから急に、爪《つめ》が恥ずかしくなったとでもいうように、ひざの上に下ろした。「うん、わかってるさ、たいしたことじゃない」例の独特の熱い視線をこちらに投げ、「きみとは違うよ。毎週、新聞に記事を書いたりしてる人とは」

　スティーヴがバーボンを運んできた。いなくなるまで口をつぐんだ。スティーヴの前では、大きな仕事をしているふりをしたいし、話を聞かれてもいいと思うほどは信用していない。誓って言うが、ときどき、スティーヴの歯ぎしりする音が聞こえる。もっとも、彼はなにも口をはさまない。上客は、ふつうの客より多少は優遇されてしかるべきだし、それについては、スティーヴにはいかんともしがたい。彼はここのオーナーじゃなくて、ただの雇われバーテンダーなんだから。

　スティーヴが去ると、おれは口を開いた。「この一杯は、ここにはいない女と、遊んじゃいけないゲームがあるっていう彼女の主張に。こっちの一杯は、おれたちにおなじみの賢明な嘘《うそ》に──」

「正直な話、酒はいらないんだよ」

「おごるって言ってるんだから、素直におごられろ」と言って、ヘンリーの分のグラスを顔に突きつけた。

　ぶかぶかの襟元《えりもと》へ酒がこぼれ落ちる寸前にヘンリーは口をつけた。すすったのはひと口だけ。あんなにでかい口が、巾着袋《きんちゃくぶくろ》の紐《ひも》をひっぱったみたいにきゅっとすぼまり、ボタンぐらいの大きさになっている。目が大きくなり、涙があふれた。しばらく舌の上に酒をのせたままにしていたが、鼻からくしゃみをした拍子にごくりと呑《の》んでしまい、げほげほ咳《せ》き込んだ。

笑ったかって？　おれはヘルニア寸前まで息をこらえた。いつかサウンドカメラを据えつけたうえで、もう一回これを再演し、わがヘンリーくんの不朽の姿を記録にとどめたい。

「ぶっはあ！」息ができるようになると、ヘンリーは声を吐き出した。

ヘンリーはほつれた袖《そで》で目元を拭《ぬぐ》った。たぶんハンカチを持ってなかったんだろう。「死ぬかと思った」しかしあいかわらず、懐しいあの笑みを浮かべたまま、「いつもこんなものを飲んでるのかい？」と半分ささやくようにたずねた。

「いつもだよ、こんな具合に」と言ってヘンリーのグラスの残りを飲み干し、「それとこんな具合に」と自分のグラスを干してから、「スティーヴ！」スティーヴはもう新しいグラスをトレイに用意していたし、それがわかっていたから、大声で怒鳴ってやった。「で、さっき言いかけてた――」と、そこで口をつぐみ、スティーヴがテーブルにやってきて新しいグラスを置き、空のグラスを下げるのを待ってから、「おまえの人生の話だけど。せっかくこうして顔をつきあわせてるのに、『いや、なんでもない、店に勤めてる、終わり』かよ。今度はおれがおまえの人生を語ってやる。まず最初に、おまえが何者なのかを教えてやろう。おまえはヘンリーだ。神がつくりたもうたこの広大な灰緑色の宇宙の中で、いまだかつて、他のなんぴとたりとも、この特定のヘンリーであった試しはない。まずそこからはじめよう。どんな――」

「でも僕は――」

「どんな山も、どんな超新星も、どんなアルファ崩壊も、ヘンリー、おまえがヘンリーでしかないっていう単純な事実の非凡さにくらべればなにほどのこともない。地震でも、樫《かし》の木でも、競走馬でも、博士論文でも、なんでも挙げてみろ。そしたらおれは、かつて存在したそれとそっくりのものをたちどころに教えてやる。だがおまえは」身を乗り出して、人差し指をヘンリーの鎖骨《さこつ》のくぼみに突っ込み、「ヘンリー、おまえは、この銀河系のこの惑星上にかつて前例のない、唯一無二の存在だ」

「いや、違うよ」ヘンリーは笑っておれの指から逃れようとしたが、奥の壁にぴったり背中が押しつけられてしまうと、もうそれ以上逃げ場がなかった。

「どんな超新星《スーパーノヴァ》も」ともう一度言ってから、このフレーズが上等のバーボンが鼻孔をくぐる香りを味わうのにうってつけだということを発見した。「これはほんの出発点だ」と話をつづける。「存在するだけで、おまえは奇跡だ。これまでに言ったこと、やったこと、夢見たことすべてをべつにしても」おれは指を離し、体を引いて、満面の笑みをヘンリーに向けた。

「おお」とヘンリーは言った。誓ってもいいが、顔を赤らめたと思う。「いや、僕みたいなのはいっぱいいるよ」

「ただのひとりもいないね」グラスを傾け、もう空になっているのに気づいたので、もう飲むつもりになっているのどにヘンリーのグラスの酒を流し込んだ。「スティーヴ！」おれが黙って見つめている目の前でヘンリーは意味もなく鎖骨をこすり、やがておかわりが届き、空いたグラスが下げられた。

「だから、奇跡からはじめようじゃないか。そこからどっちへ進む？　おまえならどんなふうに仕上げる？」

ヘンリーはくすくす笑いのような声を出した。〝知らない〟という意味だ。

「おまえについて、だれかがこんなふうにしゃべるのを聞いたのははじめてなんだろ？」

「うん」

「ようし」また人差し指を突き出したが、今度はヘンリーのほうがそれを予期していたから、指は触れなかった。

ヘンリーの肩のうしろ、壁の鏡の中に、奥のブースにひとりですわる女が泣いているのが見えた。前から、泣かせると天下一品の女だった。

「どうしてこんなことを話すのか教えてやるよ、ヘンリー。おまえ自身のためなんだ。おまえは自分が何者なのか知らない。身の上話を聞かせろと言われたら『いや、なんでもない』と言ってまわってる。そのおまえは、ほんの手はじめとしても、歩く奇跡なのに。さあ、次はどうつなげる？」

ヘンリーは肩をすくめた。

「気分がよくなっただろ、自分が何者かわかって？」

「どうかな……考えたこともなかったから」おれがどんな返事を期待していたか探るように、ヘンリーは上目使いにさっとこちらを見た。「たぶん」

「じゃあ、それでいい。よくなる。楽になる。というのも、おまえが何者なのかをおれがこれから教えてやるからだ、ヘンリー。ヘンリー、おまえはなんだ？」

「ええと、きみの話だと――」ごくりと唾《つば》を呑み、「――奇跡だって」

おれはこぶしをテーブルにガンと振り下ろし、鏡の中の彼女を含めた全員がびくっとした。とくにヘンリーが。「違う！　おまえが何者なのか教えてやる。おまえはどこのだれでもない馬の骨、名もないごくつぶしタイプだ！」おれはすばやく前に乗り出した。ヘンリーは塩から逃げるカタツムリのように、おれの指から身を縮めた。

「話が矛盾《むじゅん》してると言いたいんだろ。さっきの話と違うじゃないかと」

「いや」ヘンリーの唇がわななき、それからまた笑みをつくった。

「ようし。しかし、おまえはそう考えてる。飲め」自分のグラスをさしあげて、「青と茶の斑入《ふい》りの瞳に。それから、その瞳が熾《おこ》すことのできない炎に乾杯。ただしそれはあばら屋を焼きつくす炎ではなく、胸の奥で燃え盛り――」

「うわっ、僕はいいよ」

おれは自分の酒を飲んだ。「ただしそれは――」と言い直そうとしてから、「もういい」ヘンリーのグラスを持ち上げて、相手をにらみつけ「頼むから、話のオチを邪魔するのはやめてくれ」

「ごめん。オチがあるとは気づかなくて」ヘンリーはなんとなくそのあたりを指さし、「それを――そんなウイスキーをそんなにたくさん飲める人がいるなんて知らなかったよ」

「おまえにニュースがある」ひとつウィンクして、「もうとっくに切り上げ時は過ぎたし、おれの昼飯はこのウイスキーだったたし、おやつも――ハイ・ティーってやつか？――これだった。夕飯もこれなんだから、おれの胃袋のたくましさをおおいに羨《うらや》んでくれ。ほかのいろんなこととといっしょにな。さてこれから、おまえは奇跡だと言い、それと同時かつ共存的に無であると述べたことになぜ矛盾がないと主張するのか、その理由を教えてやる」

酒の香りをひと嗅《か》ぎしてから、ヘンリーのグラスを下ろした。

「おまえは、おれが言ったものすべてとして出発した――唯一無二の、前例がない存在として。そのことをちょっとでも考えてみれば――どうせ考えてないだろうが――

おまえは自分のことを、裸一貫の無防備な状態でこの世に誕生し、それ以来さまざまなものをたえず獲得してきたと思うはずだ。しゃべる力、読む能力、まあまあの教育（この口ぶりから、おれが寛大な気分でいることはわかってもらえると思う）、それに最近は、どこだかの店のなんだかの仕事、参政権、それにいま着てるその……世にも珍しいスーツとか。そうやって獲得してきたものに関して、おまえがどんなに謙虚だとしても——ああ、おまえはほんとに謙虚なやつだよ——出発点にくらべたら、なにがしかがプラスされたような気がするだろう。

ところが、そうじゃない。おぎゃあと生まれたその日から、おまえはずっと失いつづけてきた。いったいなにをきょろきょろ見てる？」

「あの子。泣いてる。でも、話はちゃんと聞いてるよ」

「聞いたほうがいいぞ。おまえのためなんだから。あの女は泣かせておけ。泣くだけ泣いたら、泣いてもなんの役にも立たないことがわかるだろう。そしたら泣きやむさ」

「どうして泣いてるか知ってるの？」

知ってるとも！「ああ。まるで無益な手続きだ。どこまで話したっけ？」

「生まれたその日から僕が失いつづけてきたってところ」ヘンリーが従順に教えてく

れた。

「ああ、そうだった。おまえが失ってきたのは可能性だよ、ヘンリー。ほとんどどんなことでもできる可能性をもって出発しながら、ほとんどどんなこともできない地点まで来てしまった。一方、おれは、これといってなにもできない状態から出発して、いまはほとんどどんなことでもできる」

「すごいな！」とヘンリーは素直に言った。

「わかりもしないくせに。忘れるなよ、まだおまえの話をしてるんだからな。どう関係するかはあとでわかる。おれはただ、要点をはっきりさせたいだけだ……。最近は、だれもかれも、なにがしかの専門を持たなきゃやっていけないってことになってる。運よく才能があって、それを生かせる仕事が見つかれば成功する。才能と無関係な仕事に就いた場合でも、なんとかうまくやることはできる。才能がない場合には、あるひとつの仕事にいっしょうけんめい精を出すことで、天職のかわりとしてまずまず満足できるものになる。しかし、どの場合でも、どのぐらい有能な存在になれるかは、分野をいかに絞り込んで専門化し、その専門の中でいかに必死に努力するかに左右される。しかし、このおれは違う。スティーヴ！」

「僕はいいから」ヘンリーは懇願するように言った。

「おかわりだ、スティーヴ。ヘンリー、おまえのためにしゃべってるんだから邪魔するな。おれが何者かと言えば、おれは専門を持たない専門家だ。おれたちは非常に数が少ないんだよ、ヘンリー——おれたちみたいな人間は。仕事に関するかぎり、おれのここには」と、ひたいを叩き、「でっかくて明るい赤ランプが入ってる。もしうっかりしてひとつの仕事を長くやりすぎると、そいつがぱっと点灯するんだ。そうなったら、ただちにそのときやってる仕事をやめて、なにかべつの職に就く。才能に関して言えば、まあ、あるんだろうな。それを使わないだけだ。わざと避けてる。才能は人間をひとつの専門に縛りつけるだけのものだし、おれは縛られたくないから。だれにも、どんなものにも。このおれだけは！」

「書く才能があるじゃないか」ヘンリーがおずおずと言った。

「そりゃどうも。しかし違う。書くことは才能じゃない、技術だ。ある種の思考方法、考え方——それは才能に基づいていると言っていいかもしれない。しかし、文章はたんなる表現、すでに頭の中にあるものを一般の人間にも共有できるコードに置き換える技巧だ。文章の書き方を学ぶのはタイプを覚えるのと似たようなもんで、ある種のエネルギーをシンボルに変換する作業だ。問題なのはなにを書くかだ。どんなふうに書くかじゃない。おい、どうした、話についてこられなくなったか？」

ヘンリーはおれの肩ごしに向こうを見て、にっこり微笑んだ。「まだ泣いてる」

「かまうな。毎日毎日、どこかで女が亭主を亡くしてる。みんないずれ立ち直る」

「亡くし――ご主人が死んだのかい?」

「そうとも」

ヘンリーがまた女のほうを見やり、おれはやつの大きな口と、強靭《きようじん》そうな不揃《ふぞろ》いな歯を観察した。まあ、ヘンリーを責めるわけにはいかない。彼女はとても並はずれた外見をした女だし、いまなら見つめ放題だ。次に考えたのは、いったいどんなことを言えば、ヘンリーがにっこり微笑むのを止められるのか。

するとまたやつがおれを見ていた。「きみの文章の話だったね」

「ああ、そうだったな。さてヘンリー、おまえが毎週、新聞記事を書く仕事に就いていたとする。で、それを読んだ人間が記事の内容を信じるように、毎週毎週、原稿を書いたとしよう。いわく、『世界は滅びる』。またべつの記事では、『世界は滅びない』。ある記事では、『善良な人間など存在しない。みずからが持って生まれた悪と闘うことができるだけだ』。またべつの記事では、『どんな悪も、人間の本来的な善性を変えることはできない』。おれの言いたいことがわかるか? なおかつ、あらゆる記事の一言一句が、まるで啓示のように書かれるんだ。その連載全体が真実をたっぷり宿している。こういうゴミを書き散らした筆者は、自分が書く記事の内容を信じているのかいないのか。おまえはどっちだと思う?」

「そりゃあ、たぶん……わからない。つまり僕は――」ヘンリーはまたすばやくおれの目の中を覗き、おれがどんな返事を期待しているかを探ろうとした。「ええっと」おれが表情を消したまま、助け船を出そうとしないのを知って、ヘンリーはぎこちなく口を開いた。「もしきみが、じゃなくて僕が、そんなふうに記事を書いて――もし白は白だと言ったあとに、白は黒だと言ったら……ええと、両方をいっぺんに信じるわけにはいかない……よね？」ヘンリーの声は最後に恥ずかしそうなクエスチョンマークを打ち、隠れるふりをした。

「そういう書き手は、自分が書くものをなにひとつ信じてないと言いたいんだろ。ああ、おまえがそう答えるつもりだったのはわかってる。それは百三パーセントまちがいだ」身を乗り出し、やつをにらみつけた。

ヘンリーは自分のひざに目を落としたまま、「ごめん」と言い、それから、「じゃあ、いくらかは信じてる？」

「違う！」

「はあ……」

ヘンリーはみじめったらしいしぐさでグラスを一インチだけ左に動かした。おれはそのグラスを奪いとり、

「そういう書き手は、自分が書くことすべてを信じることを学ぶんだよ。たしかに、

白は白だ。しかし考えてみろ。顕微鏡の倍率をどんどん上げて、さらに拡大したら、なにが見える？　大きさはざっと見当をつけるしかない。粒子は、じつのところ粒子でもなんでもなくて、電子の存在確率がいちばん高い場所を指す言葉でしかない……言い換えれば、どんなものも確たる事実ではない領域だ。そこでは、おれたちがものごとの正しいふるまいとして想定している規則にしたがって動くものはなにもない。じゃあ、今度は反対の方向に考えてみよう。人類が有する最大の望遠鏡でも届かない宇宙の彼方《かなた》、そこになにが見つかる？　おんなじものだ！　比較のしようもない、可能性と蓋然性《がいぜんせい》の領域。そこでは理論的な計算――ってのは、要するに〝当てずっぽ〟を意味する科学者用語だよ――だけが、なんとか適用できなくもない算術だ。ところがだ。人間はこれまでずっと、白は白、かっちりしたaときちんとしたbを足せば立派なcになるというふりをして暮らしてきた。

まあ、昔だったら、言い訳もできたかもしれない。ミクロコスモスとマクロコスモスでは、マイクロメーターがゴム製で、巻き尺は茹《ゆ》でたマカロニに印刷してあるんだと判明する以前の時代ならな。しかし、いまのおれたちは、極大宇宙は雲を摑《つか》むようだし、極小宇宙はぼんやりしているってことを、事実として知っている。なのに、ここでだけは毎日すべてがきっちりかっちりぴかぴかしてるなんてどうして思える？　だから、『どんなものも、完全になにかであることはない』っていうのがおれの持論だ。なにかがなにかを証明することも、なにかからなにかが導かれることもない。どんなものもリアルじゃないし、ミックスサンドにきちんとはさまれた具の中でおれたちが暮らしてるっていうのも幻想にすぎないんだよ。だが、現実を信じていないのに、なおかつ働いて金を稼ぐなんてことは不可能だ。したがって、唯一の代案は、すべてを信じることだ。自分が出くわすものすべて、聞くものすべて、それにとりわけ自分が考えることすべてを信じる」

ヘンリーが口を開いた。「でも僕は――」

「黙ってろ。さて、信じることには――なんなら〝信仰〟と言ってもいい――風変わりな性質がある。知識はそれをあと押しするが、同時に、なにかしら無知の部分がなければ信じることは成立しない。おれの持論は、どんなことに関しても、完全な――ほんとうに完全な――情報は、それに対する信仰を破壊する。論理の踏み石と踏み石のあいだに隙間《すきま》があってはじめて、直観と呼ばれる種類の無知が入り込む余地ができる。こうした無知がないかぎり、人間の心はなにかを信じることなんかできない。そこで、さっきの議論の出発点に戻ってくる。どんなものも専門にしないことによって、おれは無知を守っている。無知をある一定のきわどいレベルに保つかぎり、なにを言っても、なにを聞いても、おれはそれを信じることができる。だから生きることはとても楽しいし、じっさい、だれより楽しくしあわせに暮らしている」

ヘンリーは満面に笑みを浮かべ、深く感心したというように首を振った。「だとしたら僕もうれしいよ。つまり、きみがしあわせだとしたらね」

「だとしたら？　どういう意味だ？　おれは自分がほしいものを手に入れてるんだぞ、ヘンリー。いつだって自分がほしいものを手に入れる。それがしあわせじゃないなら、なにがしあわせだ？」

「わからないけど」ヘンリーはしばし目を閉じ、そらからまた口を開いた。「わからない……ねえ、ちょっと通してくれる？」

「どこへ行く？　話はまだ終わってないぞ、ヘンリー。まだ始まってもいないぐらいだ」

ヘンリーは店の出入り口に切ない視線を投げ、それから、体を動かさないまま、ためいきをついたように見えた。それからまた微笑んだ。「ちょっと出たいだけだよ、その、ほらね」

「ああ、そっちか。使用済みビール処理施設は、そこの階段の下だ」席を立ち、ヘンリーを通してやった。おれの前を通らずにモルスンズの外へは出られないから、逃げられる心配はない。

どうして逃げられちゃ困るんだ？

それは、あいつがおれをいい気分にさせてくれるからだ。ヘンリーの態度のある一面――触発性感嘆効果とでも呼ぶべき反応が堪えられない。ヘンリーなら、アルファベットを暗唱してやるだけでも、感心した顔をするだろう。と言っても、おれがいまで滔々《とうとう》としゃべってきたことに、ほかのだれも感心してくれないってことじゃないが。

そしてこの瞬間、ヘンリーに例の殺人者の話を打ち明けようと決心した。

床が急に傾き、おれはテーブルの端につかまって揺れを止めた。この症状には覚えがある。あのサワーマッシュをこれ以上飲み干す前になにか食べたほうがよさそうだ。無礼な男にはなりたくない。

ちょうどそのとき、ちょっとした騒ぎを、耳で聞くというより肌で感じた。目を上げた。ヘンリー、あの莫迦《ばか》野郎が、なんとかいう名前のずっと泣いていた若い女の前のテーブルに両のてのひらをついて立っている。女が視線を上げ、その顔が激しく歪むのが見えた。女はぱっと立ち上がってヘンリーの横っ面を思いきりひっぱたいた。

次の瞬間、女はもう店を出て、ヘンリーはそのうしろ姿を見送りながら微笑み、手形のついた顔をゆっくりこすっていた。

「ヘンリー！」

こちらに向き直ってから、ヘンリーはまた戸口を振り返り、それからふらふらした足どりで戻ってきた。

「ヘンリー、この色男め。いままで隠してたな。いつから女に手が早くなった？」

ヘンリーは黙ってどっかと腰を下ろし、頬をさすっている。「やれやれ！」

「コナかけたいんならおれに相談すればよかったんだ。そうすれば面倒を省いてやったのに。あの女、あと何週間かはまるでダメだ。いま頭の中にあるのは――」

「そういうことじゃないんだ。なにか役に立てることはないか聞いただけ。聞こえなかったみたいだから、もう一回たずねてみた。そしたら彼女、血相を変えて僕をぶん殴った。それだけ」

おれは笑った。「まあ、彼女のためにはなったんじゃないか。ああやってひとりですわって、自分で自分をいじめてるよりは、なにかに腹を立ててるほうがましだからな。どっちにしても、あの女相手に塁《るい》に出られるだなんてどうして思った？」

ヘンリーはにっこり微笑んで首を振った。「言っただろ、ほんとにそんな気はなかったんだよ。力になれないかと思っただけで」肩をすくめ、「泣いてたから」と、それが説明になるという口調でつけ加えた。

「おまえになんのメリットがある？」

ヘンリーはまた首を振った。

「だと思った！」ヘンリーの肩を叩き、「それを出発点にしよう、ヘンリー。いまからおまえをつくり変えるんだ。サイズのでかすぎる中古のシャツとサイズの小さすぎるボーイスカウト的な考えから脱却させてやる。おまえのほんとうの望みを見つけ出して、それを手に入れる方法を考える」

「でも僕はぜんぜん――ほんとにべつだん――」

「黙れ！　まず最初に、とことん頭に叩き込むべき基本中の基本は、なんの見返りもないことは一切やるなってことだ。言い換えれば、つねに『なんのメリットがあるか？』と自問して、『充分ある』っていう答えが浮かぶまでなにもしないこと。スティーヴ！　勘定！　そうすれば、いつも新しいスーツに新しい財布を入れておけるし、だれかに――とくに女に――こんな小汚い酒場でぶん殴られることもなくなる」

実際は小汚い酒場じゃないが、ちょうどスティーヴがやってきたところだったから、その台詞《せりふ》をやつに聞かせたかった。勘定書に書いてある金額をちょっきり払い、釣りはとっておけと言ってやった。スティーヴにはときどきチップを渡すが――そうしょっちゅうじゃない――そのときはいつも二十ドル以上。スティーヴが知らないのは、勘定書すべてとチップすべてを合計して計算すると、チップの額は勘定のちょうど九パーセントになっているということだ。スティーヴがいつか独力でその事実を発見するか、それともおれが教えてやるか。どっちにしても面白い。人生を楽しむ秘訣は、細部に注意を払うこと。

　表に出ると、ヘンリーが立ち止まって足をもじもじさせた。「ええと、じゃあ、さよなら」

「さよならじゃない。おれの家に来るんだ」

「うわ。だめだよ。僕は――」

「僕はなんだ？　さあ、来いよ、ヘンリー――自覚があろうとなかろうと、おまえには助けが必要だ。好むと好まざるとにかかわらず、おまえはそれを手に入れる。おまえをばらばらに分解して一からつくりなおしてやるって言っただろ」

　ヘンリーは右に左にと足を踏み換えた。「そんなことで時間をとらせるわけにはいかない。帰るよ」

　翻意させられないなら、ひきずって家に連れ帰るしかない。不可能とは言わないまでも、それは気が進まない。いつだって、しんどい力仕事よりはもっとうまいやりかたがある。

「ヘンリー」と言って、口をつぐんだ。

　ヘンリーはつづきを待っている。いらつくようすもなく、かといってじっと立っているわけでもない。ヘンリーのような連中は、闘うことも逃げることもできない。こういう手合いには、なんでもこっちの好きなことができる。

だから――考えろ。正しい台詞を考え出せ。おれは考え出し、それを口にした。

「ヘンリー」と、おれは言った。さっきまでとは一変した、おだやかな、心のこもった口調で。この変化は、怒鳴り声より強く心に訴えたにちがいない。「じつは、どうしようもないトラブルにはまってる。信頼して相談できる相手はこの世でおまえひとりだけなんだよ」

「えっ？」ヘンリーがちょっとこちらに体を近づけ、暮れなずむ光の中でおれの目を覗き込んだ。「早くそう言ってくれればよかったのに」

どんな人間にも、心の奥深くから外に突き出しているアイボルトがある。それを見つけて、輪っかにフックを引っかけてやればいいだけだ。ヘンリーのアイボルトはこれ。つい笑ってしまいそうになるのを我慢した。顔をそむけてためいきをつく。「長い話なんだ……だが、おまえに面倒はかけたくない。たぶん、やっぱりこのまま――」

「だめだ。とんでもない。行くよ」

「持つべきものは友だな、ヘンリー」と囁《ささや》き、できるだけ大きな音を立ててごくりと唾を呑んだ。

連れ立って公園まで歩き、中に足を踏み入れた。おれは葬式の泣き屋みたいに視線をちょっと先のほうに固定してゆっくり歩いた。ヘンリーはときおり心配そうにおれの顔を覗きながら、ちょこまかした急ぎ足でとなりを歩いている。

「さっきの女の子のこと？」しばらくしてヘンリーがたずねた。

「いや。あの子は問題ない」

「あの子の旦那《だんな》さん。なにがあったんだい？」

「あの牡羊は、牝羊《ユーターン》が曲がるのに気づかなかったのさ」ひじでヘンリーの脇腹を小突き、「Uターンだよ、わかるだろ？　で、崖《がけ》から転落した」ちょうど街灯の下を通りかかったところで、ヘンリーの顔を見た。「いつもそんなふうに笑ってると、そのうち顔がふたつに割れちまうぞ。なんでいつも歯を見せる？」

「ごめん」とヘンリーは言った。そして、もうすぐ公園を抜ける頃になって、「どうして？」

「どうしてって、なにが？」ぽかんとして聞き返した。

「崖から落ちたって……」

「ああ。彼女はある男と、まあその、いわゆる火遊びをしてたわけだ。そのことを打ち明けたら、旦那がすっかりおかしくなった。ものごとを深刻に受けとめるたちの人間がいるからな。着いたぞ」

ヘンリーをしたがえて遊歩道を歩き、ハーキュライト製のドアを抜けた。エレベー

ターに乗り込むと、マホガニー張りの内壁を見てヘンリーが息を吞み、

「すごいな」

「雨よけだ」と謙遜《けんそん》し、ドアが開くと、廊下を歩いていって玄関のドアを蹴《け》り開けた。

「入れよ」

中に入ると、もちろん、ロレッタが立っていた。顔には例の目つき。すさまじい怒りはいつも傷として表現される。そこでおれはヘンリーを前に押し出し、その表情がよそ行きの顔に変化するのを見守った。

「女房だ」とヘンリーに紹介する。

あとずさるヘンリーを、また前に押し出した。彼はにっこり笑って頭を下げ、比喩《ひゆ》的なしっぽを比喩的に振った。「は、は、は――」と言いかけて唾を吞み、「は、はじめまして」

「ヘンリーだよ。前に話したことがあるだろ。古い学校友だちのヘンリーだ。こっちはロレッタ」もちろん、女房にヘンリーの話をしたことなど一度もない。「ヘンリーは腹をすかせてる。おれもだ。食事はどうしたもんかな?」ロレッタに返事をする時間を与えず、「いまからテーブルを用意するより、紙皿を持って書斎へ行くほうがいいって?」これにはロレッタもうなずくしかなく、おれはヘンリーをつついて書斎の

ほうへと歩かせながら、「いいとも。ありがとう、できた女房だ」と言って、お約束のうなずきを返させた。ヘンリーと書斎に入ると、おれは両開きの扉を閉め、それにもたれてげらげら笑った。

「ひどいな」怒ったような目でヘンリーがにらんだ。「先に言ってくれればよかったのに――その――結婚してるって」笑みが閃《ひらめ》き、それから燃え上がった。

「言いそびれたらしいな。よく言うじゃないか、ヘンリー。呼吸する空気、後鼻漏《こうびろう》、自宅から会社までの道順――おなじことだよ。絵の一部。どうしてわざわざ口にする?」

「うん。でも、奥さんはたぶん……迷惑じゃないかな。ねえ、どうして笑ってるんだい?」

　笑っているのは、ヘンリーを見たときのロレッタの表情の変化を思い出したからだ。亭主の帰宅が遅れて夕食はだいなしになり、ようやくご帰館あそばしたおれはぐでんぐでんの酔っ払い。険悪な気分を見せつけようと唇をぎゅっと結んでいたわけだが、まさか客を連れて帰るとは予想していなかった。ああ、ロレッタ、かくも上品で、かくも礼儀正しい女よ!　お客の前で亭主への怒りをあらわにするぐらいなら死んだほうがましだと思うような女だ。敵対から歓待へと三秒半で移行したロレッタの表情の変化は、おれにとっては最高に楽しいショウだった。ピンチを切り抜ける方法はつねにある。必要なのはそれを考え出すことだけ。時間切れになる前に。

「笑ってるのは」とヘンリーに言った。「女房に迷惑だなんておまえが言うからだ」

「僕は迷惑じゃないってこと？」

「おまえにはなんの問題もないってことだよ。すわれ」

ヘンリーはすわった。「美人だね」

「だれ――ああ。ロレッタか。まあな。最上のものだけ。それがおれの信条だ。ヘンリー、おれはほかの男とは違うんだよ」

ヘンリーは表情筋をさまざまに動かした挙げ句、笑みのまじった困惑の顔をゆっくりとつくり、「みんなそうじゃない？」とおずおずした口調でたずねた。

「あたりまえだろ、莫迦。しかし、おれが言う〝違う〟は、ほんとに違うんだ。かならずしもいい方向にじゃないが」と謙遜してから、「とにかく違う」

「どういう意味だい、違うって？」懐しのヘンリー。なんとまっすぐな男！

質問に答えるため、ポケットからキーケースをとりだしてファスナーを開くと、親指をすべらせて平べったい真鍮《しんちゆう》の鍵をケースの外に出した。ファイル抽斗《ひきだし》の鍵。それを手に持ってぶらぶらさせながら、

「すぐに見せてやる。なにか腹に入れて、邪魔が入らなくなったらな」

「それって……僕の助けがほしいっていうトラブルの件？」

「ああ。しかし、秘密厳守のプライバシーだから、ドアをしっかりロックして細部を話せるようになるまでは、それについて考えるのも遠慮してくれ」

「あ、うん。わかったよ」ヘンリーはいっしょうけんめいほかの話題をさがすような顔になった。「さっきの女の子のことを聞いてもいいかな……ご主人が……」

「なんでも聞けよ。どうでもいい話だけどな。ヘンリー、おまえってほんと、深刻な話とつまんない話をくっつける天才だよな」

「ごめん。でも彼女、すごくその……悲しそうに見えたから。なんだっけ、きみが言ったこと。僕、よくわかってないみたいなんだけど……？」その口調が、彼の妙な言葉遣いに疑問符をつけ加えた。「彼女とだれかが……」言葉が途切れ、ヘンリーの顔がピンク色になった。「ご主人がそれをつきとめて――」

「ああ、浮気してたとも。ただし正確には亭主がつきとめたわけじゃない。彼女が自分からしゃべったんだよ。あの女は、とある研究の実験台になっていた。新薬の実地試験だよ。いわゆる催眠薬の部類。目は覚めてるし、意識もはっきりしてるのに、どんな暗示にもやすやすとしたがってしまう。おまえも自分の目で見たとおり、ルックスは悪くないだろ。ぜんぜん悪くない。そこで、自然のなりゆきどおりになったわけだ。ローマ人の言葉どおり、カーペ・ディエム（今を楽しめ）。つまり、掘削なければ石油なしってこと」

ヘンリーはとまどったような顔でこちらを見たが、同時に、にこやかな笑みを浮かべている。「その研究者、彼女に新薬を与えた人《ひ》が……。でも、かならずしもあの女性《と》のせいじゃないよね。つまり、旦那さんはなにもべつに——」

「旦那さんはなにもべつに」とヘンリーの口まねをして、「そういう人間である必要はなかった。ところがたまたま、亭主は理想主義的な、〞愛は神聖なもの〟タイプだった。そしてなによりかにより、朝鮮戦争でなくした顔の半分を気にしていた。愛なんて」ヘンリーの鎖骨にまた指先で銛《もり》を打ち、「コーンフレークだよ」

おれは椅子《いす》の背に体を預けた。

「おまけに、どうしてそんなことになったのか、ご亭主には知る由《よし》もなかった。問題の薬は、アミタールみたいなもんだ。ほら、俗に言う自白剤の。もっとも、化学的には無関係だし、こいつの場合は、服用しても頭がぼんやりしたりはしない。彼女はまっすぐ帰宅し、いつものように歩いたりしゃべったりしていたが、なにがあったのか隠すことはできなかった。自分が、ええと——薬物投与されたことさえ知らなかった。コーヒーに入ってたんだ。彼女に言えたのは、かくかくしかじかのことがあったというう事実の経過だけ。自然の流れに身をまかせていたらあっさりそうなったというだけのことだから、今度いつまたおなじまちがいが起きないともかぎらない。旦那のほうは、その事実を朝方までじっくり噛《か》みしめ、それから起き出して車に乗り、崖から飛び出した」

ヘンリーは二度、微笑んだ。最初の笑みのすぐ上から第二の笑みがあらわれる。

「彼女はいま、バーで酒を浴びるだけ?」

「酒は飲まない。ウィリアム・アイリッシュの『幻の女』って読んだことないか? つきまとうことで、ある男の頭をおかしくする娘が出てくる――昼も夜も、何週間にもわたって、その男がどこに行こうと、その場所にいる。あのかわいこちゃんも、クスリでおかしくなった頭で考えた無益なやり方で、それとおなじことをおれにやろうとしてるのさ。おれに姿が見える場所に腰を下ろし、おれを憎む。そして泣く」

「きみを?」

ヘンリーにウィンクし、そうそうと言うように奥歯をカチカチ鳴らしてみせた。

「研究だよ、ヘンリー。科学プロジェクト。研究にはいろんな面がある。いろんな結果が出るから楽しい趣味なんだよ。とくに、ひとつずつ順番に実験してみるのは。そうとも、おれは化学の分野にも通じてる――専門を持たない専門家だと言っただろ。おい、そのにやにや笑いを消さないと、ものが噛めなくなるぞ。おっと、食いものが来た」

ロレッタがトレイを持って入ってきた。小海老《こえび》のバター炒《いた》めピリ辛オレンジソースがけ、エシャロットのみじん切りとすりつぶしたナッツを散らしたグリーンサラダ、アラビア風ハニーケーキ。

「すごい！」ヘンリーがあんぐり口を開け、ぱっと立ち上がった。「いや、これはすばらしい、ミセス――」

「先に酒を持ってこいと言ったのに。まあしかし、食事といっしょに飲めばいいか」

「酒はほんとにいらないんだよ、僕は。ほんとに」とヘンリーがいった。

「遠慮してるんだ。お客に遠慮させるわけにはいかないだろ、ロリー」

ロレッタの顔にはしばらく上唇しか見えなかった。下唇は上あごの歯が噛みしめている。それから、彼女は言った。「ごめんなさい。すぐにお酒をつくって――」

「つくらなくていい。瓶《びん》ごと持ってこい。あとはこっちでやるから。な、ヘンリー？」

「ほんとに僕はもう――」

「いますぐだぞ、ダーリン」おれがダーリンと呼びかけるとき、五回に二回は怒鳴り声だ。ロレッタはコーヒーテーブルにトレイを置くと、走るようにして出ていった。

おれは笑った。「最高だな、まったく。おれに見つからないように酒を隠してるわけじゃないが、かたづけてるのはたしかだ。ところが今度ばかりは、それをおれんところへ持ってくる羽目になる」

ヘンリーが微笑んだ。大きな口がひきのばされる低い音が実際に聞こえた気がした。

ロレッタが戻ってきて、おれは酒を受けとった。「チェイサーはいらん。男と男だからな。オーケイ、ダーリン、皿は朝までここに置きっぱなしでいいぞ」

ロレッタは戸口まであとずさろうとはせず、おれから目を離そうともしなかったから――たぶん、怯《おび》えてたんだろう――横歩きで部屋を出ていったが、女主人らしい笑みのくしゃくしゃになったかけらをヘンリーに向けることは忘れなかった。

ヘンリーは、「どうもありがとうございました、ミセス――」と言いかけたが、みなまで言わせずおれはバタンとドアを閉めた。

長椅子のところへ行って、手をこすり合わせながら、「瓶を持ってこい、ヘンリー」

ヘンリーが瓶を持ってきて横にすわり、おれたちは食事をはじめた。味は上々。男が期待できる最低限のことだ。タバスコを持ってこいと叫ぼうかと考えたが、ロレッタをからかって楽しむのはいまのところもう充分。食事を包み込んで、おれの胃袋はすっかり満足している。ヘンリーは無言で、笑みも浮かべず熱心に、自分の皿の料理を吸収している。

おれだって気前よくなれるんだと思いながらヘンリーに一杯注いでやり、自分にも一杯注いだ。長椅子の背もたれにゆったり体を預け、満足のおくびを洩《も》らしてヘンリーをびくっとさせ、バーボンをあおり、もう一杯注いでから、立ち上がってデスクに向かった。

デスクにはタイプライターがあり、その下には吸音マットがあり、その下にミシン針がしまってある。人類が発明した史上最高の爪楊子《つまようじ》。頑丈で、鋭く、噛まなくてもしっかり持てる手がかりがついている。回転椅子に腰かけ、タイプライターの上に両ひじをのせ、ミシン針で歯をせせりながら、ヘンリーがちぎったパンでデザート皿の蜂蜜《はちみつ》を拭うのを見守った。

「いや、これは――奥さんはほんとに料理が――」

「言っただろ、ヘンリー。最上のものだけ。こっちに来てすわれよ。酒を持って」

ヘンリーはためらい、それからグラスを持ってやってくると、デスクの上の、おれの手が届く場所に酒を置いた。安楽椅子のへりに腰かける。その姿は、フェンスの上にすわるのを生まれてはじめて試す、心配性の子猫みたいだった。おれはヘンリーの顔に向かって笑い、ヘンリーはおれに笑みを返した。

「ヘンリー、これからおれがなにをするかと言うと」どこにでもいるような愚鈍でびくびくした田舎《いなか》顔のヘンリーに向かって、おれは言った。「地球上のどんな人間も知らない情報をおまえに与える。それと同時に、この事実はある数の連中に知られてい

ると も言っておこう。大きな数じゃないが——ある数だ。このふたつの命題が両方とも真実たりうるか?」

「ええと——」と言いかけて、ヘンリーは顔を赤くした。

「おまえは頭の回転が多少のろいから、問題をもっと簡単にしてやろう。いま言ったのはパラドックスだ。しかし、パラドックスじゃない。にこにこしながら頭を振るのはやめろ。聞けばわかるから。さて、おまえとおれは——おたがいに違ってるか?」

「うん、もちろん」ヘンリーは息をついた。

「そのとおり。そして同時に、あらゆる人間は、みんなたがいに似通っている。どういうことかわかるか? ここにも矛盾は存在しない」

「矛盾しない?」

「ああ。理由はこうだ。おまえは、おれの女房や、さっきのバーテンや、うちの新聞のデスクや、この地球上を這いずる数十億の人間と自称する連中と似通っている。そしておまえが鋭く指摘したとおり、おれはおまえと似ていない。参考のためにつけ加えると、おれはロレッタやバーテンや編集デスクとも似ていない。さあこれで、矛盾がない理由がわかったか?」

ヘンリーは不幸そうな顔で身じろぎした。まったく、こいつには驚かされる。はったりも、要領のよさも、おれの見る限りではちょっとした嘘をつく能力さえもないこんな男が——この世の中でいったいどうして三日も生き延びられるだろう。見るがいい、おれの質問に気を遣い、正しい答えを見つけようとこんなに必死になっている。ヘンリーは卑屈に謝罪するような口調で、「ううん、わからない。降参だよ」視線が泳ぎ、恥ずかしさの熱が燃え上がったり弱まったりしている。「きみが人間じゃないって言ってるんならべつだけど」弱々しい笑みを浮かべ、またあの奇妙な、よけるような、逃げるような動きをした。

　おれはそっくり返り、晴れ晴れとした笑顔を向けた。「けっきょくおまえもそう莫迦じゃないと知ってほっとしたよ。な？」

「ほんとにそういう意味なのかい？　きみが……でも僕は、だれも彼もみんなおなじ人間だと思ってたのに！」と哀れを誘う声で言う。

「そう興奮するなよ」と穏やかにさとす。

　ヘンリーをぎょっとさせようと、唐突に身を乗り出した。自分のグラスに指をつっこみ、反対の手でグラスを持ち上げ、デスクの上に直径約八インチの濡《ぬ》れた円を描く。「たとえば、この円の中ならどこにあっても——」と言いながら、グラスを円内に動かし、「このグラスは、人間と呼ばれる存在だ。場所がここでも、ここでも、ちょっと前に出しても、やっぱり人間だ。同一の人間じゃないというだけのことで——種類はおなじ、人間だ。おまえはバーテンのスティーヴとは違う。スティーヴがここだとしたら、おまえは反対側のこっちにいる。円の中の居場所が違うから、おまえとスティーヴは違う。でも、両方とも円の中にいるという意味ではおなじなんだ。すなわち、矛盾はない」グラスをもっと動かして中身を空《から》にすると、横に置いて、かわりに自分の手を円の中に置いた。デスクの天板の濡れた部分がゆっくりと白く変色しはじめているが、問題はない。朝になったらロレッタが磨き上げるだろう。

「円の中にいるかぎり、頭がよかろうが悪かろうが、音楽好きだろうが、攻撃的だろうが、長身だろうが、ひよわだろうが、機械に強かろうが、ユーゴスラビア人だろうが、数学の天才だろうが、シュトルーデル職人だろうが——やっぱりみんな人間だ。しかし、この円の中に存在しなきゃいけないなんてだれが決めた？　円のへりで生まれた男はどうだ？　どうしてこの線上にいちゃいけない？　ずっとこっち側では生きられないとどうして言える？」おれは自分の手を円から一フィート離れた場所にどんと叩きつけた。

ヘンリーが口を開き、「僕は——」

「黙れ。答えはこうだ。この境界線の外側で生きてるやつは存在する。多くはないが、ある程度いる。円の中にいるやつを〝人間〟と呼ぶなら、必然的に、外にいるやつは——なにかべつのものだってことになる」

「きみがそれだって?」とヘンリーが囁き声でたずねた。

「それがおれだ」

「それっていわゆるムー……ミュー……」

「ミュータント? 違う! いや、まあ、そうだと言ってもいいな。呼び名はなんだっていいんだから。しかし、おまえが考えるような意味でじゃない。遺伝子だの宇宙線だの、そういうものはいっさい関係ない。ただのノーマルで日常的なバリエーションだ。考えてみろよ。この円のこっちの端からそっちの端までの距離より、円のすぐ内側とすぐ外側の距離のほうが近いんだぜ。そうだろ? それでも、円のさしわたしの距離は、人間としての許容範囲内のバリエーションなんだ。ともに人間であるという条件を満たす、人間と人間のあいだの差異だ。しかし、こっち方向のちょっとした変異は——」指を滑らせて円の外に出し、「まったく新しいものになる」

「どんなふうに——新しいんだい?」

おれは肩をすくめた。「何億何兆とあるさ。そのうちのどれを選んでもいい。どんな種で考えてもいい。たとえば、おなじ一腹の子猫を例にとろう。一匹は爪が鋭く、べつの一匹は目が鋭い。ベストの猫はどっちだ?」

「ええと、猫なんだからたぶん——」

「違う、このもごもごネアンデルタール人め」ヘンリーがそれを聞いてにっこり微笑んだ。「どっちもベストじゃない。違ってるだけだ。どっちも、狩りがちょっとだけうまくなる特質だからな。さて、もう一匹の子猫はちゃんと機能する鰓《えら》を持っていて、もう一匹はアルマジロみたいなウロコを生やしていたとしよう。それがおまえの言う……」

「スーパー猫？」

「たんに〝非猫〟と呼べ」

「だったらきみは……きみはその、ええと――」

「非人間」と言ってうなずいた。

「でもきみは見たところ――」

「ああ。肌に汗腺のある猫だって、見た目はほかの猫と変わらないだろ――たいていの場合は。おれは違うんだよ、ヘンリー。違うことは昔から知っていた」ヘンリーのほうに指を突きつけると、彼は実際に指が触れたかのように身を縮めた。「たとえばおまえだ――おまえは、おれがいままでに会ったことのあるだれとも違う、〝共感〟の資質を持っている」

「そうなの？」

「おまえはいつも、他人の指先を感じ、他人の目を通してものを見る。他人と一緒に笑い、他人と一緒に泣く。共感だ」

「ああ。うん、たぶん——」

「ところがおれは、さっきのアルマジロ猫に毛皮がないのとおなじく、共感の能力を持っていない。持ってないだけじゃない。かわりのものがある。生まれてこのかた、おれが一度も腹を立てたことがないのを知ってるか？　だからいつもこんなに楽しいんだよ。だから他人を小突きまわせる。だれにでも、どんなことでもさせられる。つねに自分を完全に支配しているからというだけで。ライオンのように吠《ほ》えることも、こぶしで壁をぶん殴ることも、おもしろおかしくふるまうこともできるが、自分がなにをやってるかはつねにはっきり自覚している。おまえならわかるだろ。おれの記事を読んでる。おれが他人を操作するところを見てる。おれみたいなやつを人間と呼ぶか？」

　ヘンリーは唇を湿し、手を組み、ぼんやりした顔で指の関節を鳴らした。あわれなヘンリー！　まったく新しい考え方をなんとか消化しようとして、頭蓋骨《ずがいこつ》の継ぎ目が割れそうなほど考えている。

「もしかしたらそれは」ヘンリーはようやく、意を決したように口を開き、「なんていうか——才能があるってことじゃないの？　ほんとは、べつに違ってるわけじゃなくて」

「ほう！　そこが肝心のポイントだ。いよいよ決定的な証拠《プルーフ》のお出ましだ。アルコール度《プルーフ》数と言えば、酒はどこだ？　ああ、ここか」グラスにバーボンを注ぎ、「こう見えても、おれは謙虚な男でね、ヘンリー。これだけの事実をつきとめたあとも、ふつうの人間ならやりそうなことはやらなかった――つまり、自分がたったひとりの囚《とら》われの超人――じゃなくて非人間だという結論に飛びつきはしなかった。地球上にはこれだけ大勢があふれていて、ありとあらゆるタイプがいる。平均化の法則。おれみたいなやつがもっといるはずだ」

「つまり、きみみたいな人間が――」

「違う！　おれみたいな非人間がもっといるはずだってことだ――ありとあらゆるタイプの。そこで、非人間らしく考えることができるおれは、おれの同類をさがす方法を考え出した」

　椅子から体を持ち上げようとして途中であきらめ、またどすんと腰を下ろした。

「ああくそ。腹ぺこだ……考えてみろよ、あんなもんが夕食だぞ。どうして男の腹にずっしりたまるものをつくれない？　胃が紙袋みたいにぺちゃんこだ。ヘンリー、ドアに鍵がかかってるかどうかたしかめてくれ」

　ヘンリーは戸口に歩み寄り、ノブに手をかけた。ロックされている。ヘンリーが戻ってくると、おれは真鍮の鍵を手にとった。「これでおまえの目を開いてやるよ、ヘンリーくん」

ファイル抽斗のロックをはずした。この抽斗はどんどん重くなる。まあ、楽しみたいなら、細部をおろそかにしちゃいけない。

抽斗から〝正義〟ファイルをとって、タイプライターの横にどさっと置いた。「そうして、もうひとりの非人間を見つけ出したわけだ。このファイル一冊で、やっとひとり分。いまから言うことをよく聞いて、判断してくれ。実行することはおろか、こういう思考経路をたどることのできる人間がいるかどうか」

ファイルを開いた。

「そもそものきっかけは、未解決の殺人事件に関する特集記事を書いたことだ。知ってのとおり、どこの都市でも、迷宮入りの殺人事件に関する数字は公表していない――まあとにかく、簡単には教えてくれないから、自分で調べなきゃいけない。ある街では六十九パーセント、べつの街では七十三パーセント。四十パーセント以下にまで抑えている街もある。この街の場合は、三十八パーセントだ。しかしそれだって、まんまと逃げおおせた殺人犯がおおぜいいるってことだろ？　アメリカ中にだ。考えてみろよ！

そこで、おれが――特集記事の取材準備として――やったのは、抽斗いっぱい分の未解決殺人事件について、データを集められるだけ集めることだった。探していたのは、記事の切り口だ。だれでもすぐ思いつくのは、ミステリめいた真犯人探し。だから、それは捨てた。次は？　犯行の動機も機会もあったが、殺さなかったやつ。それも捨てた。

で、そのあと思いついたのは、無数の迷宮入り殺人事件のあいだに、なんらかの共通項がないか調べてみることだった。だれからも恨まれていない二流の広告マン、ナイフで刺殺された十代のちんぴら、自分のヨットのそばに死体で浮かんでいるところを発見された金持ちのぼんぼん——ありとあらゆる種類の人間が殺されてる。

忘れるなよ。この段階じゃ、おれはまだ切り口を探してるだけだ。

次に、被害者に敵が大勢いた事件と、動機のみならず犯行機会のある人間が大勢いた事件をぜんぶ捨てた。それで残ったのは、かなり妙な事件がひと山。それらのすべてが、一見したところ、理由も目的もない殺人で、現場も手口もすべてばらばらだ。

あちこち電話をかけ、現場を歩き、腰を据えて頭を使い、神のみぞ知る数の人々に取材した。もうちょっとで新事実を発見するところまで行ったことも二度ある。しかし、犯人がだれかなんて、気にするやつがいるか？　おれは気にしない。背後に理由がある犯罪を探していたわけじゃない。おれが探してたのは動機なき殺人だ。調べてるうちにきな臭くなってくると、その都度、事件を放り出した。この頃には、記事の骨格がもうかなり整ってきた――『なんのための殺人？』というタイトルを考えていた。前後編の分載か――ひょっとしたら連載企画にもできた」

ファイルの山を握りこぶしでどんと叩き、

「何週間も前から、無意識のうちに答えがわかってたんじゃないかと思う。それからある晩、ここにすわって、ぜんぶの資料を読み返してみた。そして気がついた。残った事件のすべてで、殺人によってしあわせになってるやつがいる。少なくとも、事件以前よりはしあわせになっているやつがいる。言っとくが、被害者の遺産を相続した連中とか、給料日のたんびに飲んだくれて帰ってくる親父《おやじ》の暴力から解放された妻子とかは勘定に入れずにだぞ。酒をとってくれ、ヘンリー。

この最後のひと山に関しては、どれをとっても、動機が見当たらなかったし、殺人の、いわゆる〝受益者〟たちには犯行機会がなかった。たとえばこれだ。被害者は、バッファローみたいに頑丈なばあさんだが、娘の結婚を阻止しようと、病気のふりをして八カ月も寝たきりで暮らしていた。何者かがこのばあさんののどを掻《か》き切ったとき、娘は九マイル離れた場所にいた。

それからこれ。工学部に通う勤勉で優秀な学生がいたんだが、急に学校を辞めて郷里に帰らなければならなくなった。それというのも、そいつの父親が、昔からひとりでやってる小さな古い金物屋をなんの理由もなくいきなり二倍の広さに拡張したからだ。あるあたたかい日曜日、息子が八十人の証人といっしょに教会にいる最中、だれかが父親の頭をバールでかち割った。犯人はついに見つからなかった。

それとこれ。こいつが最高だな。被害者は、何十年も蚤《のみ》のサーカスをやってきた小柄な年寄り。ほら、蚤に衣裳《いしょう》を貼りつけてメリーゴーラウンドやらせたりするやつだよ。被害者はいつも、自分の腕の血を吸わせて蚤に餌《えさ》をやっていた。ある晴れた日、だれかがじいさんのペットを一匹かっさらい、かわりにプレクス・ケオピスを――ほら、ネズミにつく蚤だよ――腕にたからせた。それも、頭のてっぺんまで――というか、この場合は頭胸部のてっぺんまで――みっちりペスト菌がつまってるやつを。で、その町では百八十年ぶりの黒死病患者が発生したってわけだ」

おれは声をあげて笑った。

「その事件でも、だれかが前よりしあわせになったのかい？」ヘンリーが不思議そうにたずねた。

「ま、解放された蚤たちはな。それに、被害者の老人は、観客の中でいちばんこわがりの女性を選んで、ピンセットにはさんだ蚤をその鼻先でつぶしては楽しんでいた。蚤をつぶしたことぐらいあるだろ――プチッ！」

ヘンリーはにっこりして、「ぷちっ」と半分囁くようにくりかえした。

「暑いな、ここは」おれは不機嫌な声で言った。「まあとにかく、ここが肝心のところ、非人間的に考えるっていうのはこういうことだ。おれはこう自問した。純粋に議論のための前提として、ある男が存在すると仮定しよう。一種のミュータント、円のすぐ外側にいる、ちょっとだけ違った変種だ。こいつは独特の思考方法を持ち、他人の邪魔になっている人間を殺してまわっている。おなじ手口は二度と使わないし、おなじタイプの人間は二度と殺さず、毎度毎度、場所も変える。そんなやつがいるとしたら、いったいどうやって尻尾《しっぽ》を捕まえられる？

おれは早速、ほかの死亡例を調べはじめた――変死じゃない、自然な理由のある死を。なぜかって？　そいつが何者だろうと、殺人事件に見える殺しをこれだけたくさんこなしているとしたら、自然死に見せかけた殺しも当然やってるだろう。人を殺す方法はごまんとあるし、このクソ忙しい男は、そのすべてを試そうとしているはずだ。そこでおれは、殺人犯を捜すかわりに、他人の死からなんらかの利益を得たしあわせな人間、なんの罪も犯していない人間を求めて嗅《か》ぎまわりはじめた。

そういうケースを見つけるたびに、死亡時の状況を調べ直した。ただ純粋にくたばったただけという例もあったが、そうじゃない例にも何度となく行き当たった。なにを手がかりにすればいいかわきまえていれば、ちゃんと見つかる……たとえば猩紅熱《しょうこうねつ》だ。

ふつうは猩紅熱なんかで死ぬもんじゃない。だが、知ってるか？　だれかにベラドンナを一定量以上与えて殺害すると、医者は、とくに疑わしい理由がないかぎり、『猩紅熱により死去』というりっぱな死亡診断書を書いてくれる。そして、こういう死亡例では——つまり、例のクソ忙しい男の仕事では——疑いを抱く理由がない。酒はど——ヘンリー、おまえも一杯ぐらいは自分で注げよ。

おい、ヘンリー！　なんだか莫迦に景気よく酔っ払ってきちまったぜ、はっはっは……。

もちろん、調査がこの段階まで進んだ頃には、例の特集記事は自分でボツにしていた。日曜版のくだらない記事一本や連載とくらべても、このネタにはもっといい使い道があるからな。うん。この数週間、おれはずっと、死体運搬車やモルグを追ってる。妙な顔をされたら、取材のふりをしてメモをとるが、発表はしない。ぜんぶこのファイルに入ってるよ、ひとつ残らず。いやもう、こいつが新聞記者や検屍官《けんしかん》の手にわたったら、たいへんな騒ぎになるぜ。このへんの墓地をじゃがいも畑みたいに掘り返すだろうよ！　遺体を解剖すれば、人為的な塞栓症《そくせんしょう》の痕跡《こんせき》やら仮死状態での埋葬例やらが山ほど見つかるはずだ。

たとえば、アコニトゥム・ナペルス、つまりトリカブトだ。こいつの根っこをおろし金で摺《す》り下ろすと、とびきりツンと来るワサビみたいなものになる。効果はほんの数秒間。先週の木曜、この通りのすぐ先に住んでた女が体をまるめた状態で死体になって見つかって、死因は心臓麻痺《まひ》ってことで決着したが、彼女の娘はもうハリウッドへ旅立ったよ。二流のドライブインレストランでウェイトレスになるのがせいぜいだろうが、まあとにかく、夢がかなったわけだ。

こうやって片っ端から死亡例を調べてデータをとっていれば、いずれこいつが――他人からひどい仕打ちを受けている無数の罪なき人々に福音を与えているこの大忙しの男が――おれの前にあらわれて、こう言うはずだ。『よう。だれか捜してるのかい?』って」

「そしたらどうする」ヘンリーが疑問符なしで言った。

「どう思う?」

「報奨金を要求するか……。それとも大スクープ――新聞じゃ、そう言うんだろ?」

「ああ。映画ならな。おっと、危ない、ヘン――ありがとう。酒瓶をひっくり返したのは九年ぶりか。だからちょっと手を貸せよ。〝正義〟ファイルを拭《ふ》いてくれ――あ、そいつは〝正義〟ファイルと名づけたんだ。いい名前だろ? ふうう……ひゅう。宙に浮いてる。こりゃいい気分だ。もう一杯頼む。いつものおれなら自分で注ぐとこだがいまは見てのとおりうむむむ。うまい。

で、どこまで話したっけ？　ああそう、その忙しい野郎をひっつかまえて、見返りをせしめるって話だったな。つまり、おまえは人間的な考え方をしてるってことだよ。だが、ヘンリーさんよ、このおれは違うぜ。そんなことは考えない。なぜこいつがこんなことをやってるか、その理由なんか知らないし、たいして知りたいとも思わない。おれにちょっと力を貸してくれたらそれでいい。この男は、檻《おり》に閉じ込められた哀れな人々の前から障害物をとりのぞくのが趣味だ。そしておれには、ちょうどかたづけてもらいたい仕事がある。ささやかな正義だよ。

さっきトレイを持ってきた、おどおどした兎《うさぎ》を見ただろ。ロレッタ。ロレッタとの仲は、最初のうちは最高だったが、長く続きすぎた。もう四カ月になる。しじゅう、そんなに飲まないでとか、どこへ行ってたのとか、でも心配してたのよとか……お決まりの台詞だよ。そりゃまあ、やろうと思えば自分でも処理できる問題だが、さすがのおれも、金と手間がかかりすぎない方法が思い浮かばなくてな。

それを思うと、彼女をそのままにしておくほうがましだろう。

ロレッタはたいして厄介なわけじゃない。たいていは放っておいてくれるし、この部屋に来るのは毎晩おれが酔いつぶれたあとベッドへ運ぶときぐらいだ。いつもぺらぺら元気よく楽しそうにしゃべり、おれがキュウリのピクルスみたいな顔色でこのデスクにつっぷしてるのなんか気づかないふりをして……。

このもうひとりの非人間タイプを愛《いと》しい女房に紹介したいほんとうの理由は、やつに協力させるってことだけで、最高のスリルが味わえるからだよ。人間が相手なら、だれだろうと、おれは好きなように扱える。だが、こいつは違う。相手にとって不足はない。だれが相手でも、どんなことでもさせられるし、どんな窮地からもやすやすと脱出できる。正しい台詞を考え出すことさえできれば……。そして、このおれ自身、それとおなじことができる。おまえのおふくろは鍵盤を怖がったか?」

「なに?」ヘンリーがびっくりしたように聞き返した。

「その笑顔。おれが知りたいのは、あの野郎がこんな広いエリアをどうしてカバーできるのかってことだよ。まずターゲットを見つけて、どうやって処理するか計画を立て、それからチャンスを待たなくちゃいけない……こんなにたくさんだぞ、ヘンリー! 今週だけでもう五件だ。まだ木曜なのに!」

「もしかしたら、ひとりじゃないのかも」ヘンリーがおずおずと言った。

「くそっ、それは考えなかった!」おれは叫んだ。「たぶん、おれがひとりしかいないせいだろうな。いやまったく、そいつはすごい発想だ——非人間的に考える非人間のチームが、非人間的な願望の赴くままにあちこちで活動しているってのは。しかし、やつの同類はどうしてリスクを冒してまで人間をしあわせにしようとするんだろうな」

「だれかがしあわせになることなんか気にしていないんだよ」とヘンリーが言った。

「なにぶつぶつ言ってるんだい？」

「だいぶ酔っ払ってきた。たぶんそのせいだろう。あんまりうまく口がまわらない。ぷはああ！　最高の一杯だな、こいつは！　なに？　非人間がどうしたって？　だれかをしあわせにすることを気にしてない？　いいか、きさま、おれに向かって講釈を垂れるんじゃねえ。非人間の専門家はどっちだ？　言っとくがな、やつらがだれかを処分するたんびに、周囲のだれかが虐待から解放されるんだよ。そこのファイルにデータが――」

「正しいデータ、誤った結論。きみはいつも自分が何者なのかと悩んでいる。でも、僕らは違う。僕らはただ僕らなんだ」

「僕ら？　おまえ、自分がおれの仲間だとでも思ってるのか？」

「思ってないよ」ヘンリーが微笑み抜きで答えた。「きみが何者なのか、人間なのか人間じゃないのか、そんなことは知らないし、知りたくもない。でも、きみはうるさい」

　おれはうなり声をあげて体を起こそうとした。しかし、囁くようなうなり声はたいした威嚇《いかく》にもならず、体も持ち上がらない。腕は枯れ木みたいだし、脚のほうは近所の家の裏庭に放り出してある古タイヤのチューブみたいにぐにゃぐにゃだった。

「いったいおれはどうしたんだ?」とかすれた声で言った。

「九割がた死んでる。それだけだ」

「九割——どういう意味だ、ヘンリー? なんの話だ? おれは酔ってるだけで、べつに——」

「ジクマロール。知ってるだろ?」

「もちろん知ってるとも。毛細血管の毒物だ。小さい血管が破裂して、具合が悪いと自覚するよりも早く、内出血で死に至る。ヘンリー、おまえ……毒を盛ったのか!」

「うん、まあね」

なんとか体を起こそうとしたが、できなかった。「殺す相手はおれじゃない、ヘンリー! ロレッタだ! だからうちに連れてきたんだ——殺人者はおれみたいなタイプの正反対に違いないと思ったし、おまえはほかのどんなやつとくらべても、おれといちばん反対のタイプだったからな。それに、おれがロレッタに耐えられないこと、彼女を殺せばおれがもっとしあわせになることを、おまえは知ってるじゃないか。おまえが殺す相手はロレッタなんだ、ヘンリー!」

「いや」ヘンリーは譲らなかった。「彼女ではありえない。言っただろ、僕らはだれかをしあわせにすることになんか関心がないって。きみじゃなきゃいけないんだよ」

「なぜだ？　どうして？」

「騒音を止めるためさ」

　おれはぼんやり顔をしかめてヘンリーを見やり、首を振った。

「自己防衛なんだよ」ヘンリーが辛抱強く言った。「僕は――そうだな、まあ、テレパスと呼んでくれてもいい。もっとも、本に出てくるようなテレパシーじゃないけどね。言葉も、映像も伝わらない。伝わるのはノイズだけ。ノイズと呼ぶのがいちばん適当だろうな。人間の中には――人間と呼びたくないならそれでもいいけど――あるタイプの精神があって、怒りを感じることができず、他人をおとしめて恥をかかせることに楽しみを見出す。そして、楽しんでいる最中に、その精神は……問題のノイズを発する。そのノイズに、僕らは我慢できないんだよ。きみは――中でもきみは特別だ。何マイルも遠くから聞こえる。きみらの同類をかたづけると、もちろん結果的に、まわりの人間だれかがしあわせになる――きみらが傷つけていた人間がね」それから、ヘンリーはもう一度言った。「このノイズに、僕らは耐えられない」

「助けてくれ、ヘンリー」とおれは言った。「なんだろうと、それを止めてみせる。止めると約束するから」

「止められないよ。生きてるあいだはね……ああくそ、ちくしょう、きみは死ぬことさえ楽しんでる！」ヘンリーは両腕で頭を——耳ではなく——抱え込み、前後に揺さぶり、微笑み、微笑んだ。

「しじゅうにやにやしやがって」とおれは掠《かす》れ声をあげた。「いまも笑ってる。おまえは殺しを楽しんでるじゃないか」

「笑ってるわけじゃない。それに、殺すのはノイズを止めるためだけだ」ヘンリーは肩で息をしながら、「きみみたいな男にいったいどう説明すればいいかな。このノイズ——これは——黒板を爪でひっかく音に耐えられない人間もいれば、セメントの歩道をシャベルでこする音が大嫌いだって人もいる。たいていの人間は、金属をやすりでこする音が我慢できない」

「おれはどれもちっとも気にならないね」

「見ろよ、クソ野郎、これを見ろ！」ヘンリーがおれのミシン針をひっつかみ、自分の親指の爪の下に突き刺した。唇がさらに大きく開く。「こいつが痛み……苦痛だ。でも、きさまのノイズは、こんなのとはくらべものにならない激痛なんだよ。きさまのノイズには耐えられない！　歯の奥にナイフを突き立て、頭を狂わせ、耳の中でがんがん鳴り響く！」

　家に連れてきてからずっと、ヘンリーがたえず微笑んでいたのを思い出した。そのたびに、黒板を爪で引っ掻くような、セメントをシャベルでこするような、やすりで金属をこするような、爪の下に針を刺すような……。おれの死体から毒物が見つかる」

笑い声のような音が口をついた。「おまえも道連れだ。

「ジクマロールが？　まさか。よく知ってるくせに。それに、ウイスキー・グラスからはなにも検出されないよ、もしそのことを言ってるのなら。飲ませたのは三時間前、モルスンズにいるときだ。僕が飲みたくないと言って、きみがかわりに飲んだ酒」

「なんとか持ちこたえて、ロリーに話してやる」

「僕に話してみなよ」ヘンリーがこちらに身を乗り出し、嘲《あざけ》るように言った。笑みならぬ笑みは、獲物を呑み込もうとするボアさながらに巨大だった。

舌がふくれあがり、力が入らない。「やめろ」とあえぐ。「やめろ……殺さないでくれ……ヘンリー」


ヘンリーがまた、自分の頭を抱え込んだ。「じゃあ狂えよ！　発狂することができたら、このノイズは消えるから！　うぐぐ、このヘビ野郎、フリークスめ……きさまの全身全霊が、憎むことを楽しんでる！　バーにいたあの娘、覚えてるか？　彼女も、僕がかんかんに怒らせるまではおなじノイズを発していた……きさまが死んでしまえば、彼女もよくなるさ」

死んでいない、まだ生きているぞと言おうとしたが、口が動かなかった。

「これはもらっておくよ」ヘンリーがおれの目の前にファイルを積み上げるのを見つめた。「どっちみち、飲み過ぎてくたばる運命だった。いつもそうやって酔いつぶれるんだろ。ただし今回は眠ったきり、二度と目を覚まさないけどね……どうせなら、もっとつらい目に遭わせてやりたかったよ」

ヘンリーがドアのロックをはずして出ていくのを見守り、ロリーと短く言葉を交わすのを聞いた。それから、玄関のドアがばたんと閉まった。

ロレッタが部屋に入ってきて、そこで足を止めた。ためいきをついて、「まあ、あなたったら。今夜は特別の惨状ね」と明るく言う。

おれは必死に叫ぼうと、大声を出そうとしたが、できなかった。目の前が暗くなる。

ロレッタはかがみこみ、おれの腕をひっぱって自分の首にまわした。「ちょっとは手を貸してちょうだい。よいしょっと！」たくましい肩と熟練した腰がぐったりしたおれの体を直立させた。「ねえ、お友だちのヘンリーさんって人、わたし好きよ。帰り際のあの微笑み——あれを見ると、もうなにもかもだいじょうぶって気がするの」

ニュースの時間です

大森望 訳

男の名はマクライル。いかにも偽名っぽい名前だが、この話はフィクションだとしておこう。マクライルは、上々の仕事に就いていた。職種は石鹸《せっけん》関連。真面目に働いてしっかり稼ぎ、エスターという娘と結婚した。郊外に家を買い、住宅ローンを完済するとそちらは賃貸にまわして、さらにもうちょっと郊外に引っ越し、セカンド・カーとフリーザーと電動芝刈り機と造園術の本を買い、昔の自分には手が届かなかったものを子供たちに与えるという価値ある使命に精を出した。

世間の人々と同様にマクライルも日課と趣味を持っていたが、それは（これまた世間の人々と同様に）他人の日課や趣味とは少しだけ違っていた。マクライルの妻にとって、慣れてしまうまでのあいだ、いちばん気に障ったのは、ニュースの日課（もしかしたら趣味）だった。マクライルは毎朝八時十四分に朝刊を読み、午後六時十分に夕刊を読み、夕食後の四十分を費やして、迷い犬の告知や「売ります買います」が載っている地元紙に目を通した。しかも、彼が新聞を読むときは、一行たりともおろそかにせず熟読した。まず一面を読み、次に二面を読みというように、最終面まで順番に読んだ。本にはあまり興味を示さなかったものの、ある種の神秘的な敬意を抱いていたらしく、新聞もまた書物の一種であると広言して、もし万一、欠けているページや逆さまになっているページがあったり、紙面の四隅がきちんと揃《そろ》っていなかったりすると、憤然として家族に当たり散らした。マクライルはラジオでもニュースを聞いた。町には三つのラジオ局があり、ある局は毎時ちょうどに、ある局は毎時半に、ある局は毎時五十五分にニュースを放送していたから、彼は毎日そのすべてを聞くことができた。ニュース番組が放送されている五分間は、たとえマクライルがまっすぐ相手の顔を見て、たしかに相手の話を聞いているように見えたとしても、その言葉は耳に入っていなかった。妻にとってはとりわけ腹立たしい性癖だが、それも結婚から五年ほどたつまでのこと。それ以降は、ラジオが洪水や殺人事件やスキャンダルや自殺についてしゃべっているあいだ、夫に話を聞いてもらおうとするのをやめた。さらに五年ほどたつと、今度はニュースが流れているあいだもおかまいなしにしゃべるようになったけれど、夫婦生活が十年もつづけば、どこの家庭でもそういうことはどうでもよくなる。どのみち、長年連れ添った夫婦はあうんの呼吸でコミュニケートするものだし、夫婦間の会話の九割は、紙テープと同様、どこでちぎりとっても差し支えない。マクライルはテレビでも、2チャンネルの七時半のニュースと、4チャンネルの七時四十五分のニュースを見た。

さて、こんなふうに書くと、このマクライルというやつは金科玉条のごとく日課を守る神経症的に几帳面《きちようめん》な偏屈男だと思う人がいるかもしれないが、それは真実とほど遠い。マクライルはおおむね、ものの道理をわきまえた人物で、妻と子供たちを愛し、仕事を愛し、人生をおおいに楽しんでいた。よく笑い、よくしゃべり、勘定をためなかった。ニュースに没頭することに関しては、それを正当化する理屈をいくつも持っていた。マクライルは、ジョン・ダンの詩の一節、「……いかなる人の死もわれを傷つける。われもまた人類の一員なれば……」をしばしば引用し、それはじつにもっともな論理だったから、論破するのは困難だった。彼がよく口にした論法によれば、毎日どの通勤列車に乗るかを決めると、その列車のおかげで時間に正確になる。しかし同時に、来る日も来る日もはてしなく、同じ時刻に——列車に乗る前も、乗っている間も、降りたあとも——同じ顔を見ることになり、日常的に接する世界がごく限られた狭いものになってしまう。ゆえに、自宅と会社を線路で結ぶこの細い直線宇宙よりも広い世界に自分が生きているのだという事実を忘れないでいるためには、地球の各地で日々なにが起こっているのかをたえず意識している必要がある。

いつの時点でマクライルがおかしくなりはじめたのか、それを特定するのはむずかしい。なぜそうなったのか、理由を特定することさえ困難だが、全身に浴びつづけていたニュースと関係していることはもちろん明白だろう。最初はごくわずかに、マクライルは奇妙な反応を見せはじめた。つまり、ニュースを聞いているとき、他人の目からも、はっきりそれとわかるようになった。ニュースの最中にだれかが話しかけると、マクライルは「しいっ！」と相手を叱《しか》りつけ、それでも言葉を続けると、ラジオに駆け寄ってスピーカーグリルに頭を突っ込んだ。家族はニュースの時間に口をつぐむことを学んだ。すなわち、毎時五分前から（マクライルによる選局の切り替えをはさんで）毎時五分過ぎまでと、毎時三十分から三十五分までと、TVの七時半から八時まで。それプラス、地元紙を読むのに費やす四十分間。ただし新聞を読んでいるあいだは、マクライルの反応もそれほど明白ではなかった。その間に彼がやることといえば、紙が震え出すほどの力をこめて新聞のへりの上のほうを両手でぎゅっと握り、口を引き結び、窒息寸前のように鼻息をヒューヒューさせながら、ただじっと凍りついているだけ。

当然のことながら、こうした習慣は妻のエスターにとって気苦労の種だったから、なんとか夫に道理を説こうとした。最初のうちはマクライルも、男は世の中の動きについていく必要があるんだようんぬんとおだやかな答えを返していたが、やがてすぐに、まったくの無反応という対応策をとるようになった。これはベテラン郊外族が熟練している処世術のひとつで、たとえば日曜の朝のとんでもなく早い時刻に家族のだれかが芝刈りの必要性について口にしたような場合、イエスともノーとも言わず、もぐもぐとつぶやくこともせず、頭はおろか眉ひとつ動かさない。しばらくたつと、相手はあきらめてどこかへ行ってしまう。この対応策をしばらく続ければ、こういう時宜《じぎ》をわきまえない発言は、聞こえないふりをするまでもなく聞こえなくなるものなのである。

ここでもう一度あらためて念を押すと、マクライルは、この奇癖をべつにすれば、気さくでのんきな性格の男だった。社交的なタイプで、しばしば自宅に人を招いたり、他人の家を訪問したりした。小学校一年生のいつまでもだらだらとつづく冒険談にもちゃんと耳を傾け、親身になって接してやれるタイプの大人だった。スペアタイヤの空気漏《も》れの補修だの不凍液の交換だの結婚記念日だのをけっして忘れず、嵐の前にはちゃんと雨戸を閉め、しかし他人にはそういう責任感を押しつけない男だった。そのマクライルが、世間的に当たり前とは言えない執着を生まれてはじめて見せたのがこのニュースに関する一件であり、問題の執着は、ごくささやかにはじまって、急速に大きくなった。

そこで、二、三週間後、マクライルの妻は牛の角《つの》を矯《た》めようと決意し、午後いっぱいかけて、家の中にあるすべての受信機——ラジオ三台とテレビ二台——を無効化した。どういう仕組みで動く機械なのかまるで知らなかったが、エスターは聡明な女性だったし、不屈の意志とポケットナイフの缶切りを持っていた。受信機一台につき真空管一個をとりはずし、どれがどれに入っていたのかわからなくならないよう一度に一個ずつキッチンへ持っていって、ガラスが割れたりピンが曲がったりしないよう細心の注意を払いつつ流し台のへりに真空管の底を軽くぶつけて芯《しん》をはずし、それがガラス管の内側でころころ転がるのをたしかめた。それから、真空管を受信機のもとどおりの場所にはめ、裏のパネルをもとにもどした。

その夜、帰宅したマクライルは車を車庫に入れてから妻にキスし、居間のラジオのスイッチを入れたあと、帽子掛けのところへ歩いていって帽子を掛けた。戻ってきたときにはラジオが温まっているはずだったが、無音のままだった。マクライルはぶつぶつ言いながら、しばらくあちこちのダイヤルをいじったり、ばんばん叩《たた》いたり、軽く前後に揺さぶったりしていたが、やがて時刻に気づいた。いささか逆上した面持ちでマクライルはキッチンに駆けもどり、棚の上に置かれた象牙色《ぞうげいろ》の小型ラジオをつけた。すぐに元気よく温まって、六十サイクルのクリアなハム音を奏でたが、それだけだった。その瞬間からマクライルの態度が乱暴になり、妻がそれを知らぬわけもないのにラジオがふたつとも鳴らないと大声で怒鳴り散らし、二階の子供部屋に駆け上がってふたりの息子を叩き起こした。息子たちのラジオをつけて、また六十サイクルのハム音を聞き、今度は筐体《きょうたい》を殴りつけて耳を聾《ろう》するノイズを出したが、マクライルの四度めの攻撃でラジオは完全に沈黙した。

ここまではエスターの計算のうちだったけれど、彼女もその先どうなるかまでは予想していなかった。エスターの頭はそういうふうに働く。なにが起きても対処できると高をくくっており、その考えはまちがっていた。マクライルは棺《ひつぎ》を担いでいるような足どりで階段を降りてくると、うちひしがれたようすでしばらく黙りこくっていた。TVのニュースがはじまる七時半になったが、居間のテレビはうんともすんとも言わず、マクライルはまた子供部屋に上がって、ようやくうとうとしはじめた息子たちをまた叩き起こし、今回は下の息子が泣き出したが、歯牙《しが》にもかけなかった。子供部屋のテレビも映像が出ないことを知って、マクライル自身も泣き出しそうになったそのとき、音声が聞こえてきた。テレビ一台には山ほど真空管が入ってたし、音声と映像の別があることなどエスターには知る由《よし》もなかったのである。マクライルは真っ黒の画面の前に腰を下ろし、TVニュースに耳を傾けた。『インドの国境地帯における暴動は完全に鎮圧された模様です』とテレビが言った。群衆のノイズと、ベートーベン作曲《トルコ行進曲》のBGM。『次のニュース――』BGMが途絶え、群衆のノイズが大きくなった。ガーガーワーワーの声と悲鳴。アナウンサーの声がそれにかぶって、『六時間後の現場から中継です』死んだような沈黙が長々とつづき、マクライルは手を伸ばして、てのひらの付け根でテレビをどんと押した。それから、ケテルビーの《修道院の庭で》がゆっくりと大きくなり、『次は明るいニュース。ミス連続体コンテストの決勝に進出した六人のみなさんです』。あとはBGMの《ブルー・ルーム》がえんえん流れ、アナウンサーが一度だけ、子供っぽいくすくす笑いといっしょに、『……彼女は本気なんですよ！』という言葉でそれをさえぎった。マクライルは両手で両のこめかみを叩いた。下の息子はめそめそ泣きつづけていた。エスターは両手をもみ合わせながら階段の下に立っていた。そのままの状態で三十分が過ぎた。ようやく階下に降りてきたマクライルが口にしたのは一言だけだった。新聞が読みたい。彼が言う新聞とは、地元紙のことだろう。このときエスターは、見知らぬ夫に、面と向かってこう言い放った。今日は新聞の配達を頼んでいないし、二度と頼むつもりもありません。当然、それにつづけて、今日の午後、自分がなにをしたかを、細大漏らさず独善的に告白した。

かくもひどい仕打ちができるほどひとりの男を知りつくしているのは、十四年あまりにわたって連れ添ってきた妻だけだろう。エスターは自分の過ちに気づいてはいたものの、自分の考えは理にかなっているという事実に目が眩《くら》んでいた。これ以上我慢しつづけるのは理屈に合わないから、我慢に終止符を打つことにした――聖書にも書いてあるじゃないの、汝《なんじ》を躓《つまず》かせるものは捨て去るがよい、たとい汝の片目なりと、汝の右手なりと。ニュースは夫の人生の分かちがたい一部であり、それを捨て去ることは夫を捨て去ることなのだと気づいたときにはあとの祭りだった。夫は家を出ていき、車庫のシャッターががらがらと開く音をエスターが青ざめた顔で聞くうちに、『退場』のト書きさながらの明瞭《めいりょう》さで車のドアが鋭い音節を発し、スターターの辛辣《しんらつ》な響きとエンジンの悲しげなうなりがそれにつづいた。エスターは、せいせいしたわとつぶやいてキッチンにもどり、壊れたアイボリー色のラジオを棚から下ろしてかたづけると、嗚咽《おえつ》しながら自室に引き上げた。

それでも、実生活に明確な境界線が引かれることはめったにないので、エスターはもう一度だけ夫と顔を合わせることになった。午前三時七分前、エスターは、どこからかすかに聞こえてくる音楽に気がついた。名状しがたい不安を感じ、忍び足で家の中を歩きながら音源をさがした。家の中には見つからなかった。そこで夫のトレンチコートを羽織り、足音を忍ばせてガレージへとつづく階段を降りていった。すると、ガレージのすぐ外、鉄筋が電波を遮《さえぎ》る心配のないドライブウェイの一画に車があり（ちなみに、車は最初からずっとそこにあった）、運転席に腰を下ろしたマクライルがハンドルに突っ伏してうたた寝していた。音楽はカーラジオから流れていた。エスターはコートをかき寄せて車に歩み寄ると、運転席側のドアを開けて夫の名を呼んだ。

ちょうどその瞬間、ラジオが『……では続いて、ニュースの時間です』と言い、はっと体を起こしたマクライルが荒々しく「しいっ」と言った。エスターは思わずあとずさり、数秒のあいだ、無条件降伏から全面敗北へと移行する奇妙な中間段階に宙吊りにされた感覚を味わっていた。やがて夫がばたんと車のドアを閉め、かがみこんだ姿勢でカーラジオのボリュウムをいじりはじめると、エスターはきびすを返して家の中に戻った。

ラジオのニュース番組が終わり、非行少年に刺された傷と、脱線車両に押し潰《つぶ》される苦痛と、あやうく墜落を免れたC－119の恐怖と、《だれも信じない会》を創立した会社役員の人間味からわれに返ったあと、マクライルは、最悪の人間に多少の美点はあるし最良の人間にも多少の欠点はあるもんだなと一語一句このとおりに口にし、それをまざまざと実感しながら（バッテリーが上がりかけていたので、ドライブウェイの下り坂を使って押し掛けして）エンジンをかけ、可能なかぎりゆっくりした速度で町へと車を走らせた。

終夜営業のサービスステーションで洗車とワックスを頼み、それが済むころには自動販売カフェテリアがオープンしたので、そこで三時間ねばり、奥歯が痛くなるほど強くあごを噛《か》みしめ、ときおりのどの奥でやっと聞きとれるくらいの声を発しつつ、コーヒーを飲んだ。午前九時、マクライルは落ち着きをとりもどした。それからまる一日、あっけにとられた顔の顧問弁護士を相手に、自分の総資産を逐一検討して、売却したり名義を書き替えたり相続権を設定したりの作業をつづけ、最終的に、自分自身にはささやかな額の現金だけを残し、子供たちが大学に進学するまで妻が毎月じゅうぶんな額の生活費を受けとれるよう手配した。子供たちが進学して家を出たあとは、現在の自宅を売って、いま賃貸に出している前の家に引っ越せば、その売却益で妻は死ぬまで生活に困らないだろう。いきなりこんな話を切り出された弁護士としては、依頼人の精神状態に不安を抱いてもおかしくないところだが、マクライルは最初から最後まで陽気かつ能弁で、しあわせな人間のようにふるまっていた――めずらしいタイプの狂気だとはいえ、許容範囲内だった。たいへんな仕事だったが、ふたりは一日がかりでそれをやりとげ、マクライルは弁護士の手をかたく握りしめて深い感謝を捧げたあと、近くのホテルにチェックインした。

翌朝、目を覚ますと、マクライルは何歳も若返ったような気分でベッドから飛び起き、客室のドアを開けて朝刊をとり、見出しに目をやった。

読めなかった。

驚きのうめき声を洩らし、そっとドアを閉めると、ベッドに腰かけて新聞をひざに置いた。両手がそわそわと新聞の上を動いて何度もくりかえし紙面を撫《な》で、やがててのひらはインクで黒くなり、活字がぼやけてきた。叫ぶ記号の群れが紙の上を行進していた。非公認組織の制服をまとう見知らぬ人々のパレードのようだった。どこから来たのかも、どこへ行くのかもわからず、その行進の目的は当て推量するしかない。マクライルは小指で文字をたどり、人差し指と親指で一語の長さを測ってから、途方に暮れる目の前にその指をかざした。だしぬけに立ち上がって備え付けのライティング・デスクに歩み寄った。デスクに敷かれた板ガラスの下には、ホテル案内やパンフレットや印刷した告知が蝶《ちょう》の標本のように並んでいたが――朝食のメニュー、ランドリーサービスに関する説明、チェックアウト時の注意事項。昨夜のうちにそれを見ていたから、だいたいの意味は覚えている――しかし、いまは読めなかった。デスクの抽斗《ひきだし》には便箋《びんせん》が入っていた。ホテルの写真つきだが、実際と違ってまわりに他のビルがなく、そこに添えられた言葉は、いまのマクライルにとってキリル文字も同然だった。電報用紙、バス時刻表、吸い取り紙。知らない字で書かれた知らない名前がぎっしり詰まった電話帳。マクライルの目には、すべてがヒエログリフかルーン文字に見えた。

ふと思い立って、アルファベットを暗唱してみた。「A」とはっきり発音してから、「ええ？」と自問したのは、それが正しい音に聞こえず、どんな音ならAにふさわしいのかが想像できなかったからだ。莫迦《ばか》みたいな笑みを小さく浮かべ、すばやくちょっとだけ首を振ったが、笑おうと笑うまいと、マクライルは怯《おび》えていた。うれしいというか、ほっとしたというか——とにかくおおむねしあわせな気分だったけれど、それでも少し怯えていた。

フロントに電話してチェックアウトすると告げ、服を着替えて階下に降りた。ドアマンに駐車票を渡し、正面に車がまわされるのを待った。車に乗り、カーラジオをつけ、西に向かって車を走らせた。

冷たく（にもかかわらず）しあわせな恐怖心——ローラーコースターの怖さ、ホラー映画の怖さ——をたえまなく抱いて、何日か運転をつづけた。《止まれ》の字が読めなくても停止標識の意味は覚えていたし、線路の標識のかたちが見えると用心した。レストランはレストランっぽく見えたし、ガソリンスタンドはガソリンスタンドらしく見えた。ワシントンの肖像が一ドル札なら、リンカーンは五ドル札で、字を読まなくてもわかる。マクライルは問題なくそれらを識別した。彼の車は、山々に囲まれた四角い州のどれかの懐深くに分け入って走りつづけ、やがて見覚えのある土地にさしかかった。結婚する何年も前、休暇旅行でハンティングに来たことがある。そのとき泊まったロッジを避けてさらに車を走らせると、記憶どおり、かつて一夜を過ごした無人の山小屋にたどりついた。壁の板は少々朽ちかけていたものの、それはへりのほうだけで、小屋はまだちゃんと建っていた。マクライルは長い時間をかけて、何度も出たり入ったりしながら小屋の状態をたしかめ、メモがとれないので必要なものを暗記してから、また車に乗り込み、最寄りの町へと向かった。といってもたいして近くはなかったし、たいした町でもなかった。その町に一軒きりしかない雑貨屋で、屋根板と小麦粉と釘とペンキ——小さな缶に入ったいろんな色のペンキと、大型容器入りのハウスペイント——と缶詰各種と道具類を買った。組み立て式の風車と発電機、彫刻用粘土八十ポンド、オーブン用平鍋《ひらなべ》二個とミキシングボウル一個、余剰軍需品の野戦用ハンモックひとつを注文した。代金をキャッシュで払い、二週間後に注文品を受けとりにくると約束し、それから顧問弁護士に（紙に書かなくても電話で用が足りたので）電報を打って、総資産の中から自分用の生活費としてあらかじめ取り決めてあった月額八十ドルの支払いをいますぐはじめてほしいと依頼した。

店を出る前に足を止め、店の隅で埃《ほこり》をかぶっている巨大な金管楽器、オフィクレイドの荘厳《そうごん》な姿を畏敬《いけい》の目で見つめた（読者諸兄にとっては、フレンチホルンとかサキソフォンとかのほうがおなじみだろうが——物語上の目的からすれば、べつにどっちでもかまわない——もう嘘はたくさんだ。マクライルの本名は伏せたし、故郷の町の名も、職業も架空のものにしてあるのだから、この楽器ぐらいはほんとうのことを言ってもいいだろう。それは一八二四年に製造された、十二鍵、五十インチ型の古い真鍮《しんちゅう》製オフィクレイドだった）。店の主人に訊《たず》ねてみると、曾祖父《そうそふ》が祖国から持ってきたもので、二世代にわたってだれも演奏していない、地方巡業の途中たまたま立ち寄ったチューバ奏者が一度だけ吹いたが、最初の三音を鳴らしただけで顔が青くなり、楽器に雷管でも詰まっているのかと思うような手つきで下に置いたという。どんな音がするのか重ねて訊ねると、ひどいもんだと言われた。二週間後、注文の品を受けとりにやってきたマクライルは、うなずいたり笑ったりはしたものの、一言も口をきかなかった。あいかわらず字が読めないのに加えて、しゃべることもできなくなっていたのである。それればかりか、他人が話す言葉を理解する能力も失っていた。マクライルは買い物の代金を百ドル札一枚とものほしそうな表情で支払い、それからもう一枚、百ドル札をさしだし、店主は、この客は耳も口も不自由になったんだろうと思いつつ勘定を大幅にごまかしたが、同時に相手のことを不憫《ふびん》に思って、オフィクレイドをくれてやった。マクライルはうれしそうにそれを車に積み込んで出発した。マクライルがおかしくなってしまった物語の、以上が前段である。

マクライルの妻エスターは、特異な立場に立たされていた。友人や隣人は、彼女が答えを知らないことを気軽に訊ねてくる。いささかなりとも情報を持っている唯一の人物は――マクライルの弁護士は――守秘義務を楯《たて》になにも教えてくれない。生活費がきちんと支払われている以上、エスターは、法的な意味で完全に遺棄されたわけではなかった。エスターは夫のことが恋しかったが、それには限定条件がついていた。

彼女が恋しいのは、頼りがいのある昔のマクライルであり、そのマクライルは、彼が車で走り去ったあの困惑の夜よりはるか以前に、事実上、彼女のもとを去ってしまっていた。エスターがとりもどしたいのは昔のマクライルであって、痙攣《けいれん》の発作のように気味悪くニュースに執着する、常軌を逸したあの見知らぬ男ではない。その男の性格には不愉快な点が多々あるが、中でもいちばんまばゆく輝いているのは、あんなふうにあっさり家を出ていって、こんなに長く消息を絶っているという事実だった。ゆえに、消息を絶っているかぎり、マクライルはまだその望ましからざる人物であって、その行方を追うことは、たとえ意に反して連れもどすことが可能だったとしても、戻ってきてほしいと願う夫が戻ってくることを意味しない。

それでもエスターには、自分に対する不満が残っていた。わたしは被害者なのに、良心のうずきを別にすれば、痛みを感じるような傷を負っていない。エスターは結婚以来ずっと、自分が夫にとってよき妻であると自負してきたし、良妻ならこうするはずだというだけの理由で、理性と願望に反するさまざまなことをしてきた。そこで、時が経つにつれ、エスターは〝わたしはどうしたらいいだろう〟という領域から、〝よき妻たるもの、どうすべきか〟という領域へと引き寄せられ、熟慮に熟慮を重ねた挙げ句、精神科医の門を叩いた。

彼は、まずまず聡明な精神科医だった。つまり、明白な事実を理解するのがたいていの人よりちょっと速かった。たとえば彼は、マクライルの妻エスターと言葉を交わした最初の四分間で、彼女が自分自身の問題を相談に来たのではないとさとり、以後は治療を引き受けるかどうか結論を出す前に、相手の話を最後までじっくり聞くことに専念した。エスターの話がだいたい終わり、全体像を把握するために必要な周辺情報を事細かに聞き出したあと、彼は長いあいだ沈思黙考した。マクライルの病状のパターンを、過去に読んだ症例報告や自分が担当した患者のそれと頭の中で照らし合わせ、これはやりがいのある仕事、治療しがいのある臨床例であって、もしかしたら相談者のペンダントに輝く家宝のダイヤモンド並みに価値のある症例かもしれないと考えた。精神科医は、両手の指と指を合わせ、若々しいハンサムな顔を伏せて上目遣いにマクライルの妻エスターの顔を見つめ、そしてついに、この決闘を受けて立つ決心をした。正気の夫をとりもどせるかもしれないという一縷《いちる》の希望を抱いてエスターは言葉少なに謝辞を述べ、複雑な感情を抱えて精神科医のオフィスをあとにした。まずまず聡明な精神科医は大きく深呼吸すると、自分が不在のあいだ、担当患者ふたりを同僚の医師に引き継ぐ手配をした。かなり長いあいだ留守にすることになると思ったからだ。

彼にとって、マクライルの足跡をたどるのは、いやになるほど簡単だった。例の弁護士には近づかなかった。失踪人の追跡調査員や行方不明者捜索局は、人捜しの基本に応用心理学の知見を採用している。すなわち、失踪人が名前や住所を変えることはあっても、いままでにやっていたことは——とりわけ、趣味でしていたことは——めったに変えようとしない、あるいは変えることができない。スキー中毒者がフロリダ州に高飛びすることはまずない（いつも行っていたトランブラン山ではなく、バンフのスキー場に場所を変えることはあるかもしれないが）。切手蒐集《しゅうしゅう》家がいきなり蝶の標本を集めはじめる可能性は低い。したがって、マクライルが残していった書類の山から、学生時代の古い写真や小冊子類——峨々《がが》たるロッキー山脈の写真を表紙にした観光パンフレット、食べものを求めて道路脇に出てきた熊のスナップ、それにとりわけ、わたしは連れていってもらったことがないし、結婚してからは一度も行っていないはずだと妻が証言する某リゾート地のリーフレット類数年分——が出てきたとき、精神科医は、これは探りを入れてみる価値があると直感し、当該州の地元警察に、州外のナンバープレートをつけたかくかくしかじかの車に乗っているこれこれこういう特徴の人物は目撃されていないかと照会し、ただし問題の人物は拘留の必要も警戒の必要もなく、もしなにか情報があった場合には、わたしに（つまり、まずまず聡明な精神科医に）連絡してくれるだけでいいと付言した。それ以外のあちこちにも釣糸を垂れたものの、魚信《あたり》があったのはやはりこの糸だった。ほんの数週間で、州警察のあるパトロールカーがマクライル御用達の雑貨屋に立ち寄り、数分後には、精神科医のもとに情報がもたらされた。マクライルの妻エスターに、しばらく留守にします、いよいよ目的が達成できるかもしれませんよとだけ告げると、精神科医は商売道具と身の回りのものを詰めた鞄《かばん》ひとつを携えて出発した。

マクライルの隠れ家にいちばん近い空港に着いてレンタカーを借りると、乾燥した山道を長々と走りつづけ、ようやく例の雑貨屋にたどりついた。そこで店主に話を聞き、約千八百件の情報を得た。商売がいかに不景気で、毎日どんなに暑く、いかに日照りが長くて、雨がどれほど待望されているか、お客は品物の値段が高いと文句を言うけれど、神が鵞鳥《がちょう》に与えた程度の脳みそがあればだれでも想像がつくとおり、こんな田舎《いなか》まで品物を運んでくるには――この不景気では発注量などたかが知れているからなおのこと――どんなにコストがかかるかなどなど。その合間に、マクライルに関しても八～十件の情報を仕入れた。彼が住み着いた山小屋の正確な位置、口も耳も不自由でおまけに字も読めないらしいこと、それに加えて、あいつは頭がおかしいに違いない、だって正気の人間なら半パイント缶入りのペンキを八十四色分も注文するわけはないし、それを言うなら、必要もないのに好きこのんであんなところに住んだりするものかね。

その後しばらくしてようやく雑貨屋の主から解放された精神科医は、問題の山小屋に向かってレンタカーを走らせた。一マイル進むごとに山はますます険しく、ますます埃《ほこり》っぽく、ますます人跡未踏っぽくなり、こんなところでもし車の調子がおかしくなったらどうしようと心配しはじめてから十分後、まるでその予感が的中したかのように、故障が現実になった気がした。いま聞こえてきたような騒音をたてる車は、もう走れないに決まっている。そこで精神科医は、路肩に車を寄せて止め、どうしたものかと考えた。とりあえずエンジンを切ったが、騒音は止まらない。そのときようやく気がついた。この騒音は車の中から聞こえてるんじゃない。車の近くからでもない。どこか坂の上のほうから響いてくる。丘の頂きまではさらに一マイル半の距離があり、ふたたび車のエンジンをかけて斜面を上りながら、精神科医はしだいに驚きの念を深めた。というのも、くだんの騒音は、近づくにつれてますます大きく、ますます信じられないものになっていったからだ。音楽に似ていなくもないけれど、もしそれが音楽だとすれば、現在この地球上では、あるいは他の惑星上でも、聞かれることのない種類の音楽だった。独唱の歌声と、金管楽器の調べ、それも力いっぱいの響き。高音は（およそ二オクターブの幅があるらしい）荒々しく非音楽的で、中音はざらざらしているが、低音は周囲の山々自身の朗唱のようだった。空まで大きく熱く広がり、どんなものよりも自然で、熊の牙《きば》と同じぐらい原始的だった。なのにすべての音階がパーフェクトで——休止符も完璧——その畏《おそ》るべき騒音は電子オルガンのように正確に調律されていた。精神科医はすぐれた耳の持ち主だったから、しばらくは、いまにも鼓膜が破れるんじゃないかと気が気ではなかったものの、この音について以上のすべてを聞きとり、さらにそれがツェルニーのピアノ教則本第一巻に出てくる初歩の運指法の練習だと思い当たった。低音でうなる恐怖の音色は、ド・ミ・ファ・ソ・ラ・ソ・ファ・ミ、レ・ファ・ソ・ラ・シ・ラ・ソ・ファ、ミ・ソ・ラ……とつづき、尺取り虫のように音階をよじのぼっては、またえっちらおっちら降りてくる。

車が坂のてっぺんにたどりつき、精神科医は前輪のほとんど真下に青い空が見えるのに気づいてあわててハンドルを切って、鉱山師の山小屋を改造したらしい家の前に広がる芝生《しばふ》に車を止めたが、その家の外観をじっくり眺めたのはもっとあとになってからだった。というのも、その家の前に――驚きのあまり職業的な客観性を忘れ、とっさに思い浮かべた形容によれば――見たこともないほど狂った外見の男がいたからだ。

その男は、枯れ木同然に乾燥し、枝々が風でねじ曲げられた一本のエンゲルマントウヒの下にすわっていた。足もとは膝《ひざ》まで裸足《はだし》。下半分を切り落としたアンダーシャツを着て、ボーイスカウトが使う円錐《えんすい》形のテント（ただし柱がなくてひしゃげている）みたいな帽子をかぶり、オフィクレイドを演奏していた。というか、音を出していた。トウヒの針葉が苔《こけ》のように薄く男の肩をおおい、男がBフラットかそれより低い音を鳴らすたびに、頭上の葉がささやかなシャワーとなってさらに降り注ぐ。音を出しているオフィクレイドのこんなそばに立っているのがどんな気分なのかを実感できるのは、バンド練習中のチューバの中に閉じ込められた鼠《ねずみ》ぐらいだろう。

男はたしかにマクライルだった。栄養充分にまるまると太っている。精神科医の車を見ても演奏をやめなかったが、目が合うとウィンクして、マウスピースの巨大なカップのうしろからかろうじて覗《のぞ》く唇の片隅を曲げて笑みをつくり、手を振るかわりに右手の三本の指をひらひらと動かしてみせた。そしてそのまま演奏をつづけ、吹いていたオクタープを仕上げてから、今度は逆に降りてきた。マウスピースから唇を離し、オフィクレイドを下ろしてから慎重な手つきでトウヒの木に立てかけ、男はおもむろに立ち上がった。精神科医は、とてつもない音の最後の響きが遠い山なみにこだましてゆくあいだに、この風変わりな患者の徹底した孤独、その隠れることなき健康と活力、さっきあやうく車を転落させそうになった断崖《だんがい》の存在をあらためて意識して、自分が車に守られていることをありがたく思いながら、車の窓を巻き上げてドアをロックしていた。しかし、マクライルの日焼けした顔に浮かぶ開けっぴろげで気のいい表情と純粋な歓迎の表情に、恐怖心ばかりか警戒心まで吹き飛ばされてしまい、自分でもそれと意識しないうちにドアを開けて車を降りながら、朗らかというのはもうめったに使われなくなった言葉だけれど、いやはや実際この男は朗らかな人物だと考えていた。精神科医はマクライルの名を呼んだが、それが聞こえなかったのか、それとも気にかけなかったのか、男は大きくあたたかな手を黙ってさしだし、精神科医はその手をとって、てのひらの堅く平べったい胼胝《たこ》の感触と、スパンコールの服を着た子供をサーカスの象が鼻で抱き上げるときのような抑制された力強さを感じ、その情景を頭に思い浮かべてにっこりした。というのも、実際のマクライルはさほど大柄ではなく、大男の印象を与えるだけのことだったから。そして、ひとりでに笑みが浮かんでしまうと、精神科医はもうそれを止められなかった。

わたしは作家で、この壮大な大地に身を浸すべく、道路に導かれるままあてどなく車を走らせていたらここにたどりついたんですよと説明した。しかし、話が半分も進まないうちに、マクライルの目を見て——自分でもどうしてなのかよくわからないが——相手がその話をまったく理解していないことをさとった。しゃべるかわりに鼻唄を歌っているのも同然だった。マクライルは精神科医が発する音に喜んで耳を傾け、なおかつそれを楽しんでいるようにさえ見えたが、彼が受けとるのは言葉の意味ではなく、音の楽しみだけだ。それでもとにかく精神科医が最後まで話してしまうと、マクライルはつづきがあるかどうかたしかめるようにちょっと間を置き、それからあの輝くような笑みをまた浮かべて、小屋のほうに頭を振った。マクライルが先に立って歩き出し、精神科医は、いいところにお住まいですねなどとありきたりなお世辞を言いながらそのあとについていった。小屋の中に入ると、反応の鈍い背中に向かって、精神科医は唐突に「聞こえないのか?」と大声で怒鳴ったが、マクライルはふりかえりもせず、ただこっちへ来いと手を振った。

ふたりが踏み込んだ先はごちゃごちゃの混沌で、精神科医は凍りついたように足を止めて目をぱちぱちさせた。一方の壁はまるごととりはずされて巨大なガラス窓となり、例の断崖を見晴らしている。おかげでこの小さな小屋が霞《かすみ》の上に浮かんでいるように見えた。他のすべての壁には無地の白いシュニール織ベッドカバーがかけてあり、床も白一色。そのため、屋外より屋内のほうが光にあふれているような印象だった。大きな窓の向かい側には特大のイーゼル。白木を削って組み合わせ、梱包用の針金で縛ってある。イーゼルの上にはばかでかいキャンバス。まったく混じりけのない、おそろしくきっぱりした純色の色彩で描かれた絵は、徹底的に非具象的なタッチが貫かれている。絵の一部は、疑問の余地なくこの部屋だ。あるいは少なくとも、この場所とその彼方《かなた》に広がる無限がつくりだす色彩豊かな混沌の世界を写している。その絵にはオフィクレイドも描かれ――丹念に再現されたそれは、地獄の巨大マシンの漏斗《ろうと》のように見えた――前景には花。しかし、絵の中核をなすものが、精神科医を――彼ひとりではなく、まわりのものすべてを――はねつけていた。それは、いままでに見たことがあるどんなものにも似ておらず、精神科医は、困惑しつつもそれが妙にうれしかった。

イーゼルの両脇には他の絵が積んであった。べったり塗りたくったもの、定規で引いたような直線や図形が重なり合うもの。しかし、どれもこれも、まぶしいほどの純色を使っている。雑貨屋の店主が好奇心をあらわにした、数十色におよぶ小型缶入り塗料の用途がこれで判明したわけだ。

部屋のあちこちに、粘土彫刻が置いてあった。大部分は、太い丸太を輪切りにした台に載っている。白木の台もあれば、色を塗ったものもあり、いくつかの台では、樹皮のざらざらや断面のでこぼこと割れ目がそのまま粘土像と一体化し、またべつの台では、粘土が台座を貫いて床まで達していた。彫刻は、色が塗ってあるものもあれば、塗ってないものも、塗りかけのものもあった。かたちは抽象的なものからグロテスクなものまで種々さまざま。カンガルーみたいな育児嚢《のう》を持つ女、脚の生えたギター。数は多くないものの、まずまず聡明な精神科医でさえ心を奪われてしまうようなシンボリズムを表現した作品もいくつかあった。はっきり家具と呼べるものはなく、高さも長さもまちまちの棚に、木の樽《たる》や巻いた布地、缶詰類、道具や調理器具が並んでいる。テーブルらしきものがひとつあるが、もっぱら作業台として使われているらしく、一端に万力がとりつけられ、反対の端には、仕上げは雑だがじつによく考えられた足踏みろくろが据えられている。

どこで寝ているんだろうと不思議に思い、精神科医はそれを訊ねたが、マクライルはまた、言葉にではなく心地よい響きに耳を傾けるように小首を傾げて反応し、質問を終えても、まだ続きを待つような顔をしていた。そこで精神科医はジェスチャーに切り替え、両手を枕にしてそこに頭を載せ、目を閉じてみせた。その目を開くと、マクライルがこくこくとうなずいているところだった。マクライルは白のベッドカバーをかけた壁に歩み寄り、カバーのうしろからハンモックをとりだした。ハンモックの一端は壁に固定されていた。マクライルはもう片方の端を大きな窓のほうに持っていって、ガラスとガラスの間の太い木枠にねじ留めしてあるフックにひっかけた。そのハンモックに横たわれば、あの空と景観に抱かれて、マホメットの墓さながら、天と地のあいだで揺れることになるのか――と考えて、精神科医は感嘆の念を抱きかけたが、マクライルがそのハンモックを指さし、はやく横になれと身振りで急かしはじめたとたん、その感嘆は消え失せた。精神科医は用心深くあとずさり、いやそんなつもりじゃない、どこで寝るのかと思ってちょっと訊《き》いてみただけなんだ、いやいや、僕はべつに疲れてないからとマクライルに伝え、なんとか思いとどまらせようとした。しかしマクライルは、まだ眠くないとむずかる子供をベッドに運ぶ親のように、断固たる態度で精神科医を抱き上げ、ハンモックへと運んだ。激しい揺れに弱いというハンモックの構造上の性質と、すぐ横に大きな窓があるという事実を前に、精神科医は蹴《け》ったり暴れたりして抵抗する衝動を抑えつけた。間近に観察したところ、問題の窓は外に張り出しているため、ハンモックに横たわると、最低でも四百八十フィートの彼方にある地面をまっすぐ見下ろすことになる。わかった、じゃあいいよ、と精神科医は心の中でつぶやいた。そこまで言うんなら。

というわけで、それから二時間、精神科医はおとなしくハンモックに横たわり、マクライルが家の中をうろうろするのを見ながら、多少なりとも職業的な思考にふけった。

マクライルは言葉をしゃべらない、もしくはしゃべれない――運動性失語症（と、精神科医は診断した）。マクライルは言葉を理解しない、あるいは理解できない――感覚性失語症。マクライルは言葉を読み書きしようとしない、あるいはできない――失読症。ほかには？

周囲を埋めつくす芸術（芸術ではない可能性も高いし、もし芸術だとしても偶然の産物だろうが）に目を向け、さまざまな機械仕掛けのことを考えた。屋外でからからと回りつづける水車、分銅式のドア徐閉器。傾いた中央柱から吊された物干し綱に沿って視線を動かすと、その先に滑車と金具があり、綱の先はそこから天井を伝って奥の壁に達している。どうやら、その綱をひっぱると、ふたつの細長い上蓋が開いて通気孔になる仕組みらしい。壁のベッドカバーのうしろにある小さな扉の向こうは、精神科医が正しく推測したとおり、原始的な洗面所だった。崖の上に張り出す格好でつくられていて、いままで見た中でもっとも完璧な水洗不要トイレになっている。

うろうろするマクライルを、精神科医は見つめた。うろうろという以外に形容しようがないし、彼の行動は、精神科医がいままでに見た中でもっとも典型的なうろうろの実例だった。いろんなものを持ち上げ、動かし、下ろし、退《さ》がって見定め、また近づいて、動かしたものに「よしよし」と言うように手を置く。それによってどんな効果が生まれたのかはよくわからない——それでも、なんの効果もないと言い切れないのは、マクライルが放つ強い満足感のゆえだった。しばらくのあいだ、彼は小首を傾《かし》げて佇《たたず》み、かすかな笑みを浮かべて製作途中のろくろを見やり、それからまた爆発的に活動を開始して、糸で縫ったり鉋《かんな》で削ったり錐《きり》で穴を開けたりしはじめる。すでに完成しているクランクと連接棒に新たな部品を加えてから、聞き分けのいい子供の頭を撫《な》でるようにやさしく叩き、あとの仕事はまたべつの機会に残して歩み去る。木やすりを使って、乾かした粘土像の一体から慎重に鼻を削り落とし、細心の注意を払って新しい鼻をくっつける。マクライルの作品と製作過程にはいつもこうした一心不乱さがあり、なにをするにつけても、その行為が百パーセント報われているという雰囲気があった。それともうひとつ、どんなことをするにも充分な時間があり、この先もずっと時間はなくならないというような感覚。

ここにはひきこもりの男がいるが（と、まずまず聡明な精神科医は思った）、彼のひきこもりは、精神医学史上、かつて記録されたことのないものだ。嘘だと思うなら観察してみればいい。自分の手と工夫の才だけで需要を満たしているという意味で、彼は原始的な状態に退行している。しかし、その需要自体に、原始的なところはなにひとつない。彼がつくるものは、過去の人生が条件づけてきた利便性――電灯、交差換気、故障知らずの廃物処理システム――を忠実に再現しているし、みずからの労働の対価を低く見積もる謙虚さを示している。たとえば、彼がいまつくっている陶工ろくろは、料理に使う鍋釜類をつくるためのものらしいが、薪《まき》は安く粘土は無料だから、自分の労働力をきわめて低く評価することで、彼がつくる鍋釜のコストは大量生産のアルミ製品以下となりうる。

その熱意にくらべると、伎倆《ぎりよう》は低い（と精神科医は考えた）。彼の手になる絵画や彫刻同様、マクライルの大工仕事にもかなりの知性が窺《うかが》えるものの、修練の度合いはまあまあという程度でしかない。ものをつくれても美しく仕上げることはできず、絵を描くことはできても製図はできず、ランダムな揺らぎや偶然のタッチを残すことによってしか、芸術的な評価に堪えるものとはならない。したがって、マクライルの作品における真の創造は、ランダムな効果の例に洩れず、稀《まれ》で予測不能なものだ。したがって――思いきり一般化して言うなら――彼が労働から受けとる見返りは、個人的な満足感の領域にある。

どんな満足感だろう？　完成した品物を所有する満足ではない。彼はもっと安価に、もっと質のいいものを買うことができる。美しいものをつくる満足でもない。彼は明らかに、完璧とは言いがたい作品にも満足感を抱くことができる。決まりきった日常からの解放、仕事の束縛からの自由？　いや、それもまずない。一見雑然としたこの山小屋の複雑性に鑑《かんが》みて、ここの生活には一定の秩序とシステムがある。目覚まし時計の存在は、この観点から大きな意味を持つ。マクライルは規則正しさに支配されるのではなく、それを利用している。ではいったい、彼はどこに満足を見出しているのだろう？　決まってるじゃないか、それは、この閉鎖空間にひきこもり、自分自身の内部に閉じこもることと、コミュニケーションの拒絶という事実そのものの中にある！

ひきこもり……ひきこもり。野蛮な状態へのひきこもりなら、交差換気システムを工作したり、便所に五百フィート直下式汚物処理を持たせたりはしない。幼児期へのひきこもりなら、ろくろを設計し製作したりしない。人間からのひきこもりなら、見知らぬ人間をこんなふうに歓待したりは……。

いや待て。

もしかしたら、コミュニケートすべきことがある他人や、なんらかのコミュニケーション手段を有する他人の場合は、それほど歓迎されないのかもしれない。精神科医はそう考えて不安になった。マクライルの意に添わないことをするリスクは、ひょっとすると、この職業的な挑戦に見合う危険性より大きいかもしれない。

マクライルが料理をはじめた。

それを見ながら、精神科医はふと思った。言葉を失い、ひきこもったこの人物は、自分自身の世界でしあわせに暮らしている。そればかりか、みずからの義務と責任をすべてまっとうし、だれにも迷惑をかけていないじゃないか。

それは、容認できない考えだった。

容認できないのは、その考えが、精神医学の基本理念に反するからだ——少なくとも、この精神科医が属している学派の理念には背いているし、彼は、他の新興学派が掲げる理念に浮気してみずからの立場に混乱を招く気はなかった——彼の立場とはすなわち、『精神医学の目的は、異常者を社会に適応させ、患者の社会に対する有用性を回復もしくは向上させることにある』。したがって、マクライルの現状をバランスがとれた状態として是認することは、科学そのものと真っ向からぶつかることになる。というのも、この精神医学派は、科学的な方法論こそ最上の治療法であり、精神医学が科学であるか否かを問うことは無益だと見なしていたからである。治療者にとって、精神医学はあくまで科学であり、また科学でなければならない。実践的に言えば、たとえ統計的にであっても真理だと判明した命題は〝真理〟でなければならず、他のすべては、たとえ〝ありうる〟ことであっても道具箱に入れてはならない。既知のどんな〝真理〟も、社会的存在がこんなふうに社会から離脱することを認めていない。ゆえに、まずまず聡明な精神科医は、この患者の現状に――この〝自殺〟に――祝福を与えるつもりはなかった。

となれば、マクライルとコミュニケートする方法を見出す必要がある。そして、それを見つけたあとは、マクライルのやりかたがまちがっていることを――彼が断崖の向こうに身を投げる危険なしに――伝えなければならない。

マクライルが目を輝かせてこちらを見ているのに気がついた。われ知らず笑みを返してから、手招きにしたがってハンモックから降り、作業台に歩み寄ると、土鍋の中でシチューが湯気をたてていた。土鍋は大きな皿の上に載せてあり、きれいにスライスしたトマトが鍋の周囲を飾っていた。精神科医はそれを味わった。よく熟したトマトで、あちこちに暗緑色のペーストが散らしてあった。あと味をじっくり反芻《はんすう》した結果、バジルの葉を刻んで生のにんにくと塩といっしょにすりつぶしたものだろうと判断した。

自分の土鍋を持って歩き出したマクライルのあとについて外に出ると、トウヒの老木の下に腰を下ろし、いっしょにシチューを食べた。静かな、気持ちのいい場所で、食事のあいだ、精神科医は患者の状態を評価し、じっくり作戦を練る機会に恵まれた。

どういう段取りでことを進めるべきか、だいたいの計画はもう頭の中にできあがっていたから、あと必要なのは実行に移すチャンスだけだったし、そのチャンスはやがてマクライルが立ち上がり、のびをし、微笑《ほほえ》み、小屋に入ったときに訪れた。精神科医はそのあとにつづいて小屋に入り、彼がハンモックによじのぼり、ほとんど瞬間的に眠りに落ちるのを見守った。

精神科医は、レンタカーの中から商売道具をおさめた鞄をとってきた。かくして夕方近く、昼寝から目を覚まして体を伸ばし、大あくびをしたマクライルは、お客がトウヒの木陰でオフィクレイドを抱え上げ、とまどったような、実験でもするような手つきでキーをいじっているのを見た。マクライルはそちらに歩み寄り、僕が見せてあげるよとでも言いたげな気のいい笑顔でオフィクレイドを受けとり、巨大な楽器をきちんとかまえると、デミタスカップほどもある大きなマウスピースを舌先で湿した。妙な味を感じたように口をすぼめたかと思うと、たちまちその目が完全に裏返り、マクライルは地上に降りたパラシュートさながらくたくたとくずおれた。彼がマウスピースに前歯をぶつけて折らないよう、精神科医はあわてて横からオフィクレイドをひったくった。

オフィクレイドを慎重に木の幹にたてかけたあと、精神科医はマクライルの手足をまっすぐに伸ばした。脈をとって状態をたしかめ、弛緩《しかん》したのどの気道に唾液《だえき》が入らないようマクライルの頭を横に向けてから、医療鞄をとりにいった。戻ってきてひざまずき、患者のぴくりともしない腕に皮下注射の針を刺した。注射器の中身は、催眠作用のない精神安定薬のフレンケル、クロルプロマジンとレセルピン、それに催眠薬のスコポラミン少々を念入りにブレンドしたものだった。

マクライルが目を覚ましたとき唇を舐めてまた気絶してしまわないよう、水を含ませたスポンジで、唇に付着した薬剤を注意深く拭きとった。そのあとは、待つことと計画を練ること以外、なにもすることがなくなった。

腕時計の針が指した予定時刻きっかりにマクライルがうめき声をあげ、弱々しく咳《せき》をした。精神科医はただちに、きっぱりした静かな声で、体を動かすなと命じた。それに、考えるな、と。どんよりしたマクライルの目からすぐには見えない場所に立ち、わたしを信頼しなさいと語りかけた。なぜならわたしは、力を貸すためにここにいるのだから。感情の混乱や見当識の喪失について心配する必要はない。「きみは自分がどこにいるのか、どうやってここに来たのかを知らない」と、精神科医はマクライルに教え込んだ。それから、四十歳を過ぎているマクライルに対して、「きみは三十七歳だ」と告げたが、それもまた周到な計算に基づいていた。

マクライルはおとなしくそこに横たわり、教えられたことについてじっくり考えながら、新たな情報が与えられるのを待った。この声を信頼すべきであること、声の主が自分に力を貸すために来てくれたことをマクライルは知った。自分が三十七歳であることと、自分の名がマクライルであることを知った。そうした情報の海の中に横たわり、そこに身を浸した。薬剤の効果によって、マクライルは明晰《めいせき》な意識を保ちながらも従順かつ素直で、知恵が働かない状態にあった。精神科医は患者のようすを観察しつつ、心の中で快哉《かいさい》を叫んだ。おお、アザシクロノールよ、と心の中で感謝の歌を捧げた。麗しのピペリジルよ、美しきヒドロクロリドよ、妙なるセルパシルよ……。

もうだいじょうぶだと安心して、精神科医はマクライルを残したまま小屋に戻り、しばらく時間をかけてあちこち探してから、人前に出て見苦しくない服と靴と靴下を見つけ出し、あおむけに寝ている患者のところへ持っていって着替えさせた。マクライルに手を貸して空き地を歩かせ、車に乗せるあいだも、精神科医は鼻唄を歌っていた。自分の専門分野で立派な仕事をなしとげた専門家ほどしあわせな人間はいない。マクライルは車のクッションに身を沈め、一度だけ、不思議そうな視線を、自分が住んでいた小屋と、夕陽の光を浴びて輝くオフィクレイドの朝顔に向けた。しかし精神科医はきっぱりした口調で、あれはきみとはなんの関係もない、まったくの無関係だと告げ、マクライルはほっとしたように微笑んで周囲の景色に目を戻した。例の雑貨屋の前を通りかかったとき、マクライルはちょっと身じろぎしたが、なにも言わなかった。かわりに、精神科医に向かって、アーズミア駅はもう開業したんですかと訊ね、それを聞いた精神科医は、返事をするのも忘れて、猫のようにゴロゴロとのどを鳴らしたくなった。アーズミア駅は、マクライルがかつて住んでいた郊外住宅地の最寄り駅からふたつ先にある駅で、火事で焼失したのち、もう六年近く前に再建されていた。つまり、いまのマクライルが、あの障害を患う以前に——当然のことながら、まだ言葉を話せた当時に——生きていることがこれではっきりしたわけだ。そうした考えはぜんぶ胸にしまって、精神科医は、「ああ、アーズミア駅の営業はもう再開されているよ」とだけ、おごそかに答えた。これ以上は望めないほどの成功だった。

マクライルはその情報について慎重に考慮したが、当面の疑問すべてについて確固たる答えを得られた以上、だれだか知らないがこの人物に身を任せていれば安心だとわかった。自分の正しい年齢も、混乱を感じて当然だということもわかった（とマクライルは思った）。それに、考えるなという指示も与えられていたから、マクライルは穏やかに首を振り、車のタイヤが通過してゆく道路を眺めることに戻った。「落石注意」と、車が通過する標識を見て、マクライルはつぶやいた。精神科医は上機嫌で山道に車を走らせ、平野を渡り、やがてレンタカーを借りた町へと戻ってきた。駅のレンタカー・オフィスで車を返し（「踏切注意」とマクライルはつぶやいた）、寝台車の個室を予約した。いまの状況に鑑みると、飛行機は人目がありすぎたし、患者の妻に請求しようと急に思い立った一時間いくらの報酬を考えると、あまりに速すぎた。

夜行列車の出発時刻を待つあいだに、ふたりは言葉数の少ない、気のおけない夕食をとり、それからようやく列車に乗り込んだ。

精神科医は、読書灯ひとつだけを残して明かりを消し、向かい側の寝台に腰かけた患者のほうに身を乗り出した。周囲が暗くなったのに合わせてマクライルの瞳孔が問題なく開くのを確認してから、精神科医はゆったりと背すじをのばし、どんな気分ですかとたずねた。マクライルはいい気分だったから、いい気分ですと答えた。何歳ですかと精神科医はたずね、マクライルは三十七歳ですと答えたが、自信のない口調だった。

スコポラミンの効果が切れかけているが、精神安定薬のほうはまだもう少し保つだろう。そう考えて、精神科医はひとつ深呼吸すると、おもむろに暗示を解きはじめた。マクライルに正しい年齢を告げ、いま現在の日時、この場所へと連れ戻した。しばらくのあいだ、マクライルは途方に暮れた顔をするばかりだったが、やがてその顔に、不幸ではないとしか言いようのない表情が浮かんだ。「客室係《ポーター》」とだけ、マクライルはコールボタンの下の文字を見つめながら口にし、字が読めることを教えた。

精神科医はしたり顔でうなずき、患者が自分で考えて結論を出すことに期待して、あえて感想を述べなかった。

マクライルは唐突に、どうして自分が読み書き話す力を失ってしまったのか知りたいと言った。精神科医はわずかに眉を上げて、それを聞きたいのはわたしのほうですよと言いたげな笑みをつくり、それから立ち上がって、そろそろ寝ることにしましょうと言った。客室係を呼んで寝棚にベッドを用意させたあと、ふと思いついて、夕刊紙を持ってきてほしいと頼んだ。文化的欲求不満の解消には、夕刊紙にまさるものはない。客室係が新聞を持ってきたが、マクライルは、それに対してどんな反応も見せなかった。なにか考えごとにふけるような顔で精神科医の予備のパジャマを着込み、ふたりはそれぞれのベッドに入った。

マクライルに起こされたのか、列車が速度を落としたせいで目が覚めたのか。精神科医にはどちらともわからなかったけれど、いずれにせよ、午前三時に目を覚ました彼は、マクライルが寝台の横に立ち、じっとこちらを見ているのに気がついた。マクライルの寝棚の読書灯がついていること、床のそこらじゅうに新聞紙が散らばっていることにも気がついた。マクライルが口を開き、「医者だったのか」と平板な口調で言った。

精神科医はそれを認めた。

「そうか、だったらきっとわかってくれるはずだ」とマクライルは言った。「何年も前、まだカレッジの学生だったころ、ここへスキーをしにきた。事故があって、いっしょに滑っていたやつが脚の骨を折った。複雑骨折。できるだけ楽な姿勢で寝かせて、助けを呼びにいった。もどってみたら、斜面を滑り落ちていた。いちばん下のクレバスまで。発見に二日、救出に三日かかった。凍傷。壊疽《えそ》」

精神科医は、話の流れがわかっているような表情を装った。

「ひとつだけ、いつも思い出すのは、そいつが壊死《えし》した脚を見ようとしじゅう包帯をひっぱっていたこと。脚がないのは知ってるくせに、包帯をほどくのをやめられなかった。そうしたかったんじゃない。そうするしかなかったんだ。止めようとしたが、最後は手を貸して包帯をほどいてやったよ。でないと自分で自分を傷つけそうだったから。山小屋にたどりつくまでの十五時間ずっと、十分か十五分おきに、あいつはたえず包帯の下を覗いていた」

精神科医は言うべき言葉を探したが、なにも考えつかなかった。

「ジョン・ダンの……僕が昔よく引き合いに出したあの詩……前からずっとあれを信じていた」

精神科医は、ゆえに問うなかれ、誰《た》がために鐘は鳴ると――と、まちがった箇所を引用した。

「ああ、その詩だ。でもとくに、『いかなる人の死もわれを傷つける。われもまた人類の一員なれば』ってところ。それを信じていた。信じていたという以上だ。人の死だけじゃない。どうしようもない愚かしさも僕を傷つける。自分もその一員だから。

しじゅう他人を押しのけようとする人間も僕を傷つける。てっとり早く金を稼ぐことしか頭にない人間も僕を傷つける」

　マクライルは散らかった新聞紙を一枚拾い上げ、手から滑らせた。それは巨大な蛾《が》のようにひらひらと舞い、コンパートメントの片隅に落ちた。

「死ぬほど傷ついているのに、それでも、壊疽にかかったあいつみたいに、それを見つづけずにいられなかった。だから——」

　のろのろと這《は》うような速度で進んでいた列車ががくんと揺れ、きしんだ。マクライルの視線が一瞬、窓のほうを向いた。ビールのネオンサインと信号の明かりが不承不承のように窓枠に切りとられていた。マクライルは精神科医のほうに身を乗り出した。

「だからそれ以上傷つく前に——人類の行いすべてが自分の責任になってしまう前に、人類の一員でなくなる必要があった。だから僕はそうした。そしていままた、人類の一員に戻った」マクライルはやにわに戸口のほうへ歩き出した。「それについては、先生に礼を言うよ。ありがとう」

　これからどうするつもりなのかと、精神科医はその背中に問いかけた。

「どうする?」マクライルは快活に聞き返した。「もちろんじゃないか、出ていって、人類を傷つけ返してやるのさ」

　マクライルは通路に出て、精神科医が寝台から身を起こす間もなくドアを閉ざした。

精神科医があわててドアを引き開け、外を覗くと、マクライルは考えうるかぎりもっとも正気な人間の声で、「でも忘れないでくれよ、先生、これはひとりの人間の意見だから」と言い、そして姿を消した。捕まるまでに、彼は四人の人間を殺した。

マエストロを殺せ

柳下毅一郎 訳

おいらはとうとうラッチ・クロウフォードをボルトクリッパで殺した。こいつがラッチだ——ラッチの音楽、ラッチのジャズ、ラッチの摑《つか》み、ラッチの誇り、ラッチのすべてがおいらのてのひらに載っている。文字通りおいらの手の中に——三匹のピンク色のなめくじが一方に爪《つめ》を、一方に血をつけて載ってやがる。そいつを宙に放り上げて、受け止めて、ポケットにおさめて『ダブー・ダベイ』を口笛で吹きながら歩く。こいつはラッチのテーマだった。この八年ではじめて、心から楽しくこの曲を聴けた。一人の人間を殺すのに、ずいぶん長くかかることもあるもんだ。

おいらは前にも二度試した。一度はかしこくやって、しくじった。一度はこずるくやって、しくじった。おいらはとうとうやりとげた。

口笛を吹くとバンドの音も聞こえてくる——バックのブラス・セクションだ。「ふー・はっ、ふー・はっ」（あいつがステージでつけた振り付けってのがこれまたいい感じで、あのクソ野郎《スカンク》――だからつまりラッチが決めたのは、椅子《いす》に座ったトロンボーンとトランペットが体をねじらせて、右に向かってミュートをかぶせて「ふー」と吹き、ぐるりと回って、左に向かって開いて「はっ」と吹くこと）そこへラッチのクラリネットがスキッド・ポートリーのからくりギターの三度上の音を「だぶー、だべい、だべい、だぶー……」ほらよ、ラッチにスポットが当たる。まばゆい光があふれてスキッドと手にしたギターに映えて、こっちのトロンボーンとあっちのトランペットから流れだすスウィングする鈴の音に合わせて青銅色の光も前後に揺れる……客どもはその全部をがぶがぶ飲みつくして、曲を愛して、あいつのことを愛した。忌々《いまいま》しいインキン持ちの犬畜生どもが……そしてピアノのフォーンへとスポットの白い輝きが伸びていって、ブラスがスウィングする拍子に黄金の輝きがフォーンの顔に照り映えて、片側に傾ける首に照り映えて、ラッチにかすかな笑みを見せながら、ラッチの顔を撫《な》でるみたいに鍵盤《けんばん》を愛撫《あいぶ》して、そこにいる誰よりも深くラッチのことを愛してるんだ。

そして奥に、闇《やみ》の中に、目には見えなくとも絶対に欠かせぬ心臓のような存在があって、そこにはいつもクリスピンがいるんだが、奴はドラム・セットにかがみこんで耳よりも腹に感じるバス・ドラを叩《たた》いて、でも本当のビートはドラムじゃなくてあいつの手が生みだすもんだから、一打ちごとに叩きつぶしたみてえなラフが押しだされて、センターから外へと──ほんのちょっぴり──シフトして、ブラスの「ふー・はっ」に合わせる。クリスピンは見えないが、あいつが作ってるものは腹に感じる。みんながそいつを愛する。クリスピンはドラムと愛をかわす。クリスピンはペダルで、スティックでフォーンを愛撫する。あの暗闇《くらやみ》の中で。

そしておいらは舞台の上、袖《そで》に引っ込んで全部を見ていて、今でもそれが全部見えるんだ。あの口笛を吹きさえすりゃあ。何もかも全部そこにある──ラッチ、ラッチにまつわる全部、ラッチだった全部。ブラス・セクションがスウィングし、クリスピンはフォーンを愛していて、フォーンはラッチを愛していて、ラッチはスキッドのギターにテーマ・ソロをふり、自分じゃあつまらないオブリガートの方を奏でてる。そしてそこにはフルークがいる、それがおいらだ。もちろん暗闇の中に。フルークはいつも闇の中だ。フルークの顔を見せてくれるな。フルークは顔のせいで米国陸軍にも入れてもらえなかった。そうとは知らなかったろ? フルークの口は親指の爪二本分しか開かなくて、歯はみんな尖《とが》ってる。

おいらもみんなと同じにこの一部だったが、何も作っちゃいなかった。働いていただけだ。おいらは十小節のあいだ脇《わき》で待っていて、それからビートに合わせて登場し、囁《ささや》き声の歌手みたいにマイクを頰に寄せて言う。「ラッチはこっちよ、ラッチはあっちよ」ラッチはよく、フルークの声ってのはダブル・リード付きのアルト・ホルンみたいだって言ってたもんだ。ダーティな声だと言った。お世辞が達者な奴だからな。「ラッチは行ったよ、もう発《た》った」とおいらはさらに続ける。「朝もはよから山の上から。おいらあフルーク、お魚の尾びれ、くじらのおなら、皆々様にご紹介いたしますはそっちこっちのラッチのかたち……ラッチ・クロウフォードと役立たず《ゴーン・ギース》、ホテル・ハルパーンのルビー・ルームよりお送りいたします……」（でなきゃレインボウ・ルームか、エンジェル・ルームかどっかから）。それがおいら、フルークだ。こんな口上、おいらが考えたわけじゃねえ。「お魚の尾びれ」とかなんとか。そいつはラッチの考えだ。それがラッチって奴だ。テーマ・ソロを自分でやらずにスキッドのギターにふる。ラッチはレコーディングの日にまでおいらを呼びつけた。それがバンドってもんなんだ。バンドは車だ。誰かがエンジンにならなきゃなんねえし、誰かが運転しなきゃなんねえ。だからラッチ、奴が運転した。

　おいらは奴を殺さなきゃならなかった。

　かしこくやったときのことを話そう。

　五年前のことだった。あのときにゃあ、たいそううまい鍵盤弾きがいた。ヒンクルって奴だった。奴はいろいろアレンジした――おたくが知ってるこのバンドのスタイルは奴が作ったものなんだ。でも、奴のことは忘れていい。あいつはくたばった。売り出し中だったベース屋を聴こうとサウスサイドのダンスホールにくりだしたら、どこぞの酔っぱらいが喧嘩《けんか》をはじめて、ピストルを引っこ抜いて狙った奴をはずしてヒンクルを撃《う》った。ヒンクルとは関係ない喧嘩だったのに——そもそも知り合いなんざ一人もいやしなかったんだからな。ともかく、奴さんがバラされたもんでヤノピ抜きでギグをやる羽目になった。なんとかこなしてみたものの、まったくひどいしろもんだった。

そこへある朝午前十一時、このお嬢ちゃんがあらわれたわけだ。どんぐりまなこでびくびくしながら。曲の合間にラッチの燕尾服《えんびふく》をちょいと引き、熱いものでも触ったみたいにぱっと放し、ラディッシュみたいに真っ赤な顔で突っ立っていた。芳紀十七歳、ぽっちゃりして、長い黒髪とピンクの唇は可愛《かわい》い妹という感じ。三度言いかけては黙り、ようよう言いだしたのが、つまりは家でちょっぴりピアノなぞ弾いてるんで、お役に立てるんじゃないかということだった。

ラッチはいつでも本気で思い詰めてる相手にゃ弱かった。五秒も考えやしない。お嬢ちゃんをピアノに座らせて『ブルー・プレリュード』の合図を出した。こいつはリードがたっぷり活躍する曲なんで、ピアノがしょっぱいとなりゃ、すぐにでもカバーできるって寸法だ。

カバーの必要なんかなかった。お嬢ちゃんはヒンクルのピアノを弾いた。完璧に、そのままに、いともたやすく弾いてみせた。目を閉じればヒンクルがそこにいた。歩くような低音から三度駆けあがるところまで生き写しで。

残りのギグは嬢ちゃんのものだった、バンドの方はそれで決まりだ。嬢ちゃんは目も絢《あや》な技を次々に開陳した。スタイルもあってたし、しなやかな手首も持ってた。稲妻みたいに楽譜を読みこんで、それ以上に早く暗譜して、そこにさらにひと味加えた。はっ、フォーン・エイモリーが何者かなんて講釈は要らんだろうよ……ともあれ、そこでみんなで話しあい、ラッチは嬢ちゃんの家族と飯を食いに行った。フォーンはラッチ・クロウフォードがプレスしたレコードは全部持ってた——だからヒンクルのスタイルを覚えこんでたってわけだ——しかもジャリのころからピアノを弾いていた。ラッチはおやじさんと握手してフォーンを雇い、バンドにはまたピアノが加わった。

そのころからおいらたちはビッグになりはじめた。フォーンの演奏のせいじゃない——嬢ちゃんはうまいなんてもんじゃなく、ともかく最高だったけどな——フォーンがバンドに持ってきたもののおかげだった。この業界はつまみ食い好きなヤリマンと女たらしばかりだ。そこに、この娘は新風を吹きこんだんだ。フォーンのおかげで、バンドには格ってもんが生まれた。セッション・マンがバンドに残りたがるようになった。ただし図に乗りすぎてちょっかいを出したら別だ。そういうことは一人につき一度きりしか起こりゃしない。そういうときはみんな喜んで狼《おおかみ》の牙《きば》を引っこ抜いてやった。スキッドなんざ、四百ドルもするギターをトンチキの頭に叩きつけて壊したこともある（それも長い目で見りゃあいいことだったが。スキッドはそのあと真剣にエレキに取り組むようになったんだ。エレキ・ギター時代が来るずっと以前に）。おいらも鼻の下から歯を三本たたき出して、ペット吹きに唇をもうひとつ作ってやったことがある。奴さんの右手が、左手がなんのために雇われたのか忘れてやがったからな。入ったとき、フォーンはラッチにお目々うるうるだったし、それは誰の目にも一目瞭然《りょうぜん》だった。でも、あくまでもそこはきれいな関係だったわけだ。ラッチは、フォーンも他のメンバーとまったく同じに扱った。ラッチはあくまでもその態度を崩さず、バンドはツアーを続けた。眠れなかったのは、きっとおいらだけじゃない。ちょっかいを出す奴がいないかぎりはすべてがそのままで、バンドはジェットエンジンで後押しされて飛んでくってわけだ。そりゃもう舞い上がったともよ。

壊したのはフォーンだった。今ふりかえってみりゃ、そうなるってのは予想しとくべきだった。おいらたちはみんな賢かった。やったことは、みんな考え抜いてやったことだ。だけどあの娘はまだ子供だった。たぶん長いこと胸を悩ませすぎたんだろうし、こんなところで戦うには背伸びしてたんだ。あれはボールダー・シティで、午前二時にロードハウスで一服していたときだった。でっかい月があがってた。おいらは必死で自分と戦っていた。このころにはフォーンはすっかりおいらの骨の髄まで染みこんできていた。おいらはバーに入り、ボイラーメーカー（ビールをチェイサーに飲むウイスキー）をすすった——あれを飲むと必ず後で気分悪くなるんだが、おいらは他のことを考えたかったんだ。ピーチクさえずってるバンド連中をおいて、おいらは店の外に出た。細い砂利《じゃり》道があった。足下でげっぷをたてる奴だ。その道を避けた。芝生《しばふ》の上を歩いて月を見あげた。月は不吉で、ウイスキーがあばらの下の方で蠢《うごめ》き、おいらは死にたい気分だった。ってわけよ。

　フォーンだけのことじゃなかった。そのことはわかってた。ラッチとも関係したことだ。ラッチはすごく——自分が揺るがない奴だった。ちっ。おいらにゃとうてい真《ま》似《ね》できねえ。今の今、やっと次に何が来るのかわかるまでは無理なことだった。今じゃあ自分の望みがはっきりわかってるし、この手でそいつをやってのけた。そう言い切れる人間はそうそういねえはずだ。でもラッチは、あいつは違うんだ。奴には才能があった——でっかい才能だ。本物のミュージシャンだった。だけどその才能を使おうとはしなかった。指先で他人をちょっぴり導く以上のことはしねえんだ。奴は黙ってヒンクルにスタイルをつけさせ、自分のテーマを他人に演《や》らせた。そういう奴なんだ。あくまでも自分に自信があったから、しゃかりきになる必要なんかない。いつでも獲《と》れるとわかっているものは、手を伸ばして獲る必要すらない。おいらはと言えば、やってみるまで獲れるかどうかなんてわかりゃしない。ラッチ・クロウフォードみたいな人間はいちゃいけない。心配にも失望にも縁のない人間なんか。それで根性が座ってる、なんて言われるわけだ。そういう奴とはまともな競争もできねえ。奴が勝つか、それともおたくが勝つか。奴が勝つときは、息を吸うみたいにたやすく勝っちまう。おたくが勝てるとしたら、それは向こうに勝たせてもらったんだ。そういう奴は生まれてきちゃいけねえ。もし生まれてきたら、殺さなくちゃならねえ。とんとんにやってくってだけでも充分おおごとなんだ。ラッチの野郎はバンドのことをお気に入りの名前で呼んでやがった。〝ユニット〟だとよ。ニックネームらしくはないけど、そうなんだ。フルークは呼び込み《バーカー》で、〝ユニット〟の一部だ……おいらがいようといまいとバンドの出来には変わりないってのに。誰がやめても交代しても、ラッチ・クロウフォードのゴーン・ギースはそのままだったろう。だけどフルークはメンバーだったし、スキッドとクリスピンとみんなにもそのままいてくれってことだ。おいらは金にも、将来の仕事にもありついた——ラッチのおかげで。おありがとうございい、とくらあ。

芝生に立って月を見上げて、そんなようなことを感じてたとき、フォーンのすすり泣きが聞こえた。一度っきりだ。おいらはそっちに近づいた。草の上を、引く靴がきしまないように足を滑らせて歩いた。

フォーンは建物の角にラッチと立っていた。フォーンは月を見上げてた。声も出さず、顔を覆おうともせずに泣いていた。雨上がりでもやがかかって、横顔は曇《くも》りガラス越しに見てるみたいに見えた。

フォーンは言った。「どうしようもないの。愛してるの、ラッチ」

そしてラッチは答えた。「俺も愛してるよ。俺はみんなを愛してる。くよくよ悩むようなこっちゃねえさ」

「そうじゃない……」フォーンの言葉は問いかけで、こっちが気分悪くなるくらい細やかなあれこれが流れだした。「ラッチ、キスさせてちょうだい」とフォーンは囁いた。「二度とおねがいしない。たった一度だけ。一度だけ、どうしても、ラッチ、どうしても。これ以上、このまま続けていくなんて無理……」

そのとき、おいらは奴を憎んだ。たぶん、ほんの一瞬だけは、フォーンのこともちょっぴり憎かったはずだけど、でももし奴が嬢ちゃんの願いをかなえてやらなかったら、ペンサコラまで蹴《け》り飛ばしてやろうと思った。そんな気持ちになったのははじめてだった。はじめてだ。二度とごめんだ。

ともかく、奴は願いをかなえてやった。それから中へ戻ってクラリネットを抱え、ブルー・リックを一、二度吹いてみんなを呼び集めた。いつもとまったく変わらねえ調子で。フォーンは中に呼ばず、おいらのことも呼ばなかった。おいらが外にいたのは知らなかったはずだが。要するに、おいらは呼ばれなかったんだ……。

何とかその日のギグはやり終えた。ハートに響くクリスピンのドラム、スキッドは指板の上でお得意のグリッサンドを奏で――そいつはクリスピンが設計を手伝った新品のギターで、そりゃもう最高のグリッサンドだったけど、その件についちゃ、また後で触れよう――それにホーン・セクションとフルーク。フルークはかるーく、滑らかに。「スウィート・スーです、みなみなさま。素敵にスウィートなスーをお届けに、弾きますはフォーン・エイモリー、キーボードのそよ風……」そしてフォーンがイントロをさざなみ立たせ、おいらはPAでピアノを絞って囁きかける「ああ、フォーン、フォーンがいなけりゃ……」そしてピアノ・マイクをフル・ヴォリュームに戻す。そしてください台詞《せりふ》を何度も何度も口の中でくりかえした。「フォーンがいなけりゃ、フォーンが――」

クリスピンは金髪の大男で、電気工学の学位持ちだった。ドラムを叩いて学費を稼ぎ、卒業した後はそのままバンドで叩きつづけた。当初の予定通りに電気工学の道に進んだとしても、やっぱりドラムを叩きつづけただろう。それと同じで、ドラムマンになろうと電気から離れようとはしなかった。飽きずにPAシステムをいじくりつづけて、奴にとっちゃあスキッドのギターはおもちゃそのものだった。満足するってことがない。スキッドはメンバーに入る前からアンプにつないでいた――今時のバンドじゃあピックアップのないギター自体滅多に見かけねえ――でもあれは普通のコンサート・ギターに磁石でピックアップをくっつけてた時代だった。ギミックもいくつか使ってた――ペダルでヴォリューム・コントロールとトーン・スイッチを操作して、うねるような音を出したりもできた。問題はヴォリュームを上げるとピックアップが何もかも拾っちまうことだった――音色もピックのひっかく音もたこになった左手の指がぴんと張った弦の上を滑るときの独特のきしり音も。だからギター・ソロとなるといつもぽんとかぱんとか野郎どもの指笛とかもあわせて聞こえてきたもんだ。

クリスピン、奴がそこんとこを直した。でっかいクリスピンは人当たりのいい奴で、誰とでもすぐ仲良くなる。新しい町に行ったときにはまっすぐ〈ラジオ・ロウ〉に向かい、修理屋と話して作業場を何日か借りる算段をつけたもんだ。クリスピンは工場にスキッドのギター・アンプを持ちこんで、はらわたをかきだしてトーン・ジェネレーターやオシロスコープやらなんやらを取り付けて、それからたっぷり時間をつかって、スキッドに使い方を説明した。何年かするとスキッドには上に座ってタイプが打てるくらいの機材が揃《そろ》った。ビブラート音が出せて、押さえているあいだだけ六弦とも半音上がるテイルピースの仕掛けを肘《ひじ》で操作できるようになっていて、おまけにアテニュエーターとかって名前のオルガンみたいなフェードしない音を出すメカもあった。スキッドの脇には特注アコーディオンよりもたくさんボタンとスイッチとつまみが並んだパネルがあった。スキッドは、自分の食い扶持《ぶち》を稼いでくれるのはこの機械なんだと――スリー・コードしかひけない田子作《たごさく》でもこれさえありゃあすぐに自分の代わりはつとまると言っていた。おいらはそのとおりだと思った。ずっとずっとスキッドの言うとおりだと思ってた。

次の日のリハーサルの前、まだボールダーにいたときだが、そのクリスピンがふらっと近づいてきて、おいらが考えていることを言い当てやがった。そのときおいらはサンポーチに座り込んで、前の晩の月とあのときにあったこと、ラッチのこととラッチにとっちゃあ何もかもが簡単だってことを考えていた。ラッチは心を決めたりする必要もねえ。そのとき、いつの間にか隣に来ていたクリスピンがこう言ったんだ。

「フルーク、ラッチが心を決められないとこなんて、見たことあるか？」

おいらは「兄弟」と言い、それがノーって意味だってのはクリスピンには伝わった。クリスピンは親指を見下ろし、引っ張って鳴らした。「ラッチは人に頭なんか下げなくたって、なんでも欲しいものを手に入れる。人にものを訊《たず》ねるなんて考える必要もない」

「そのとおりよ」とおいらは答えた。無駄話につきあう気分じゃなかったんだ。

クリスピンは言った。「それだけの奴だからな。良かったよ」実際、嬉しそうだった。

「良かったな」本当は違った。「クリスピン、なんだって無駄口たたいてんだ?」

クリスピンは長いこと黙っていた。「それがさ、ラッチから訊ねられたんだよ。なんだかまるで――まるで――なんだかサヴォイにはじめてきた野暮天みたいなんだ。真っ赤な顔で足をもじもじさせて」

「ラッチが?」おいらは聞きかえした。普段のラッチは石炭みたいに燃えていた。全部蒸気で、煙なんか出さない。「なんだ、それ?」

「フォーンのことなんだ」

球撞《たまつ》きの球くらいのサイズと重さの何かが胃に落ちていくのを感じた。「フォーンがどうしたって?」

「もしフォーンと結婚したら、みんなはどう思うかって言うんだ」

「なんて答えた?」

「何を言えってんだよ?　いいと思うって答えたよ。何も変わりゃしないってね。これまでよりもよくなるかもしれない」

「よくなる」とおいらは言った。「間違いねえ」ずっとよくなる。手が届かねえってわかってても、夢に見ちまうことがある。何かが起こるんじゃないかって。ラッチとフォーン……いつまでもガキみたいなごっこ遊びはやってない。二人なら完璧にやってのける。

「おまえもそう言うだろうと思ってたよ」クリスピンは重荷を肩から降ろしたような口ぶりだった。おいらの背中を叩いて――これをやられるのは大嫌いだ――だぶー・だべいと口笛吹きながら歩み去った。

そのとき、おいらはラッチを殺すことに決めた。フォーンのせいじゃねえ。フォーンはほんの一部だけだ――そりゃあいちばん大きな部分だけどな。ラッチがなんの苦もなく美味《おい》しいところだけかっさらっていくのを見せつけられるのに、いいかげんうんざりしちまったんだ。子供のころヒッチハイクしてたことがある。あれは寒い日で、おいらはミネオラの近くの交差点に長いあいだ立っていた。おいらは本当に心から、まるでお祈りするみたいに心から願った。ずっと後になってやっとあのとき自分が何を願っていたのかわかった。乗せてもらうことじゃなかった。暖かな車を運転しているおっさんが止まってくれることじゃなかったんだ。おいらはただ、車がたくさんやってきて、自分が親指を突き出せますようにって願ってた。わかるかよ？　おいらが望んでいたのは自分の勝ち目がいくらかでも増え、ほんの少しやりやすくなることだった。誰だってそれくらいはもらってもいいはずなんだ。ラッチは生まれつき才能があって、ハンサムで、いいものをつまみ食いしながら歩いてく……そんな人間は生きてちゃならねえ。そいつらが生きてるかぎり、おいらみたいな人間はどうしてもそのことを思い知らされちまう。

一瞬だけ、やっぱり止《や》めよう、出て行こう、フケようと思った。それからラジオのこと、ジュークボックスのこと、エレベーターのドアの前で鼻歌をうたう奴のことを思いだした——それで絶対にあいつからは逃げられねえってわかったんだ。もしラッチが死んじまえば話は別だ。あの曲を聴けばウキウキしてくるだろう。そうだ、どうしても奴を殺さなきゃならねえ。

でもおいらはかしこくやることにした。

何日かどうやるか考えつづけた。頭の中にはそのことしかなかった。これまで聞いたありとあらゆる死に方を考えて、それぞれの死に方につき探偵小説に出てくるいろんなトリックを考えあわせた。おいらは自動車事故で行こうと決めた——ラッチはしょっちゅう車を運転してたし、バンドと一緒のときもあれば手紙やスペアのリードや楽譜やらなんかを取りに行くこともあって、確率的には大いにありえる話だった。ラッチはこれまで一度も事故を起こしたことがなかったからだ。おいらはラッチの車で近辺の道路を下見までしていたが、そこへよっぽど夢見がちの人間でもないかぎり思いつきもしないような幸運が転がりこんできた。

シンネバーゴの間道からハイウェイに入ったとき、サイレンが聞こえてきた。おいらはすぐに車を脇に寄せた。えび茶色のクライスラー・タウンアンドカントリーがハイウェイのカーブから八十マイルくらいで飛び出してきやがった。ウィンドシールドには穴がいくつも開いて、ドライバーは低くかがみこんで運転していた。バックシートには二人いて、オートマチックを乱射している。その後ろから州警の車が近づいてくる。ただ待って見てたわけじゃない。考える前に体が動いて、おいらは車から外に出ていた。車の裏にまわってそこから覗《のぞ》いた。顔をあげたとき、ちょうどタウンアンドカントリーにいた男が右腕を突きだして体をピンと伸ばした。ちょうどそのとき、ドライバーはおいらが今出てきた道へ車を乗りいれた。あのスピードでは曲がりきれるはずがなかったが曲がり、タイヤはディジー・ガレスピーのメロディを奏でた。そして撃たれた男は車からはじきとばされた。最初バウンドしてそれから滑った。滑って滑ってどこまでも滑ってくのかと思った。そいつが道路に落ちるのとほとんど同時に、パトカーが右前タイヤをパンクさせたまま走り過ぎていった。左に揺れ、右に揺れ、今度のタイヤはスタン・ケントンの曲だった。

重要なのはそいつのピストルが、撃たれた瞬間に宙に飛びだして、おいらのいた場所から二十ヤードと離れない藪《やぶ》の中に落ちたってことだ。警官が車を止める前に、おいらはとっくに銃を拾ってた。向こうは気づかなかった。忙しくしてたんだ。最初は車相手に、そのあとは死体の件でだ。おいらは死体のところまで歩いていって、警官どもに話しかけた。どうやらガソリンスタンドや自家用車を強盗してるギャング団らしかった。これまでに二人殺してるそうだ。一人の警官は戦争の記念品で持ち込まれた銃についてひとしきりぼやき、海外産の銃弾が全部撃ち尽くされちまえば安心なんだがと言った。それから逃げた連中もじきにつかまえてみせると請け合ってくれた。時間の問題だ。おいらはもちろんだと答えたよ。それからラッチの車に戻って、とっぷり考えこみつつ車でその場を去った。こんなチャンスは二度とない。そいつは確実だった。

翌日の午後、町に行くラッチに一緒についていくと言ってみた。ラッチは郵便を取ってこなきゃならなかったんだが、おいらはドラッグストアに用事があるって言った。ラッチはこれっぽっちも疑いやしなかった。おいらは銃を取ってきて、ジャケットの袖《そで》に突っ込み、脇の下に隠した。銃はそこにしっかりおさまった。大きなベルギー製のオートマチック拳銃《けんじゅう》だ。銃弾は四発残っていた。

てっきり大丈夫だと思っていた。うまくごまかしているつもりだったんだ。おいらの方を向いたラッチに――あいつが運転してたんだが――大丈夫かと聞かれるまではな。そのときになってはじめて鼻の下に汗をかいているのに気づいた。リア・ミラーを見やった。たぶん二マイルぐらい先まで見通せて――真っ平らなところを走ってたんで――車は影も形もなかった。前を見た。トラックがいた。走って消えた。それで道路から車はなくなった。

おいらは言った。「ラッチ、車を止めろ。話がある」

ラッチは驚き顔で言った。「聞きながら運転できるさ、フルーク。言えよ《シュート》」

撃て《シュート》よ、とラッチは言った。おいらは笑い出しそうだった。「止めるんだ、ラッチ」

おいらは普通に喋《しゃべ》ろうとしたが、出てきた声はかすれた囁き声だった。

「馬鹿言うな」ラッチは気やすくあけっぴろげだった。いつもそんな調子なんだ。

「いいからよ、フルーク、胸から吐きだしちまえよ」

おいらは銃を抜き、安全装置をはじき飛ばして肋骨《ろっこつ》につきつけた。「車を脇に寄せて止めろ、ラッチ」

ラッチは片手をあげ、視線を下げて銃を見た。「ああ、いいともさ」と言って、車を脇に寄せて止めた。エンジンを切り、シートとドアの角にもたれて斜めに顔を向けるようにして、言った。「どういうことだよ、フルーク。そいつで俺を殺《や》る気かい？」

怖がってるようには聞こえなかったが、それは怖がっちゃいなかったからだ。本当に怖がってなかった。ラッチはこれまでこんなことを経験したことがなく、だからこんなことで怖がったりしない。おいらを小馬鹿にしてたわけでもない。リハーサルのときみたいな調子で喋っていた。ラッチというのはまったく落ち着いた奴なんだ。

「ああ、そうだ」とおいらは答えた。

ラッチは不思議そうに銃を見た。「どこで手に入れたんだ？」

おいらはそれも説明した。もしあいつがあそこで冷や汗をかいて喚《わめ》きだしてたら、すぐ撃ち殺してただろう。おいらは心底奴を憎んでいたから、簡単に撃ったりはできなかった。全部説明せずにいられなかった。「チンピラどもはまだ捕まっちゃいねえ。ポリがおめえの死体から銃弾《たま》を掘り出したら、そいつは他の殺しで使われたのと同じ銃弾《たま》だってわかるわけだ。当然ギャングに殺《や》られたんだと思うわな」

「そう思うかね？　おまえの方はどうなんだ？」

「おいらも銃弾《たま》を受けるさ。腕にな。そのぐらいは仕方ねえさ。まだなんか知りたいことはあるか？」

「ある。なんでだ？　フルーク、なんでなんだ？　フォーンのことか？」

「そうともよ」

ラッチは首をふったかもしれねえ。「こんなことは言いたくないがな、フルーク、俺を殺したってそっちのチャンスが増えたりゃしねえと思うぜ。たとえフォーンにバレなかったとしてもな」

おいらは答えた。「わかってるよ、ラッチ。だけどおいらにも公平なチャンスが生まれる。欲しいのはそれだけだ。おめえがいたら、それだって手に入らねえ」

顔にはおいらへの同情が浮かんでいた。掛け値なしにそれだけだった。「なら、やるといい」

おいらは引き金を引いた。銃は手の中で跳ねあがった。あいつがくるりと回り、それから何もかも真っ暗になった。ミニスポの真下にいて、いきなりヒューズが飛んだみたいに。

意識が戻ってもまだ目がおかしかった。目が眩《くら》んで世界中に黒い斑点《はんてん》が飛び、頭の後ろから何か丸いものが生えていた。

おいらは車のフロント・シートに座ったままだった。手首が何かにひっかかれ、こすられていた。手首を引っこめて、頭を両手で抱えてうめいた。

「大丈夫か?」とラッチが言った。ラッチは身を乗り出し、心配そうに顔をのぞきこんでいた。

おいらはハンカチを取り出し、頭の後ろに当ててから見た。血がついていた――ほんの染みだけだ。「ラッチ、何があったんだ?」

ラッチはにやりと笑った。口をすぼめたってだけだが、笑いは笑いだ。「フルーク、おまえはガンマンにはなれねえな。二度ばかりみんなと射撃場にいったところを見たことはあるが。おまえは銃を怖がってる」

「なんでそうわかる?」

「引き金を引く前、いつも目をぎゅっと閉じて顔をしかめる。最初から半身《はんみ》の体勢だったから、手で銃をふりはらうのは簡単だった。払った拍子に銃が跳ね飛んで俺の手の下に滑ってきた。それから肩からおまえに体当たりして、おまえの後頭部をドアピラーに打ちつけたってわけだ。まだ痛むか？」

「当たんなかったのか」

「シャツはボロボロになっちまったぜ」

「このクソ野郎め」おいらは静かに言った。

ラッチは腕を組んで座席にもたれ、長いあいだ、こっちを見ていた。とうとうおいらが訊ねた。「何を待ってるんだ？」

「おまえが落ち着いて、運転できるようになるのを待ってるんだ」

「で、どうする？」

「クラブに戻る」

「いい加減にしやがれ、ラッチ。はっきり言えよ。どうするつもりなんだ？」

「考える」とラッチは言った。ドアを開けて車の外に出て、反対側へ車のまわりをまわった。「席を替われ」ラッチは銃を持っていた。こっちに向けてはいなかったが、いつでも引き金を引ける格好で。おいらは席を移った。

おいらはゆっくり運転した。ラッチは一言も喋らなかった。おいらにゃあさっぱり理解できなかった。ラッチはやると言ったとおりのことをしていた——考えていた。一度ハンドルから手を離した。ラッチの目はすぐにおいらを射すくめた。頭にこぶができたような気がして、手をやっただけだってのに。おいらはすっかり手足を縛られていた。

クラブの前で車をとめたところでラッチはようやく言った。「俺の部屋に行こう」(バンドが泊まってたのはホールの上の部屋だった)「俺は銃をポケットに入れて、おまえのすぐ後ろに立っている。誰かに話しかけられても、止まるな。自然に握手して階段を登っていけ。俺は銃を怖がっちゃいないし、言うとおりにしなかったらすぐに撃つ。俺が本気なのはわかるな?」

ラッチの顔を見た。本気の顔だった。「オーケー、わかったよ」おいらは言って、車を降りた。

誰も止めようとしなかった。部屋に入ると、ラッチは言った。「クローゼットに入れ」

おいらは何かを言おうと口を開けたが、何も言わなかった。クローゼットに入り、ドアを閉めて鍵をかけた。中は暗かった。

「声は聞こえるか?」

「おうさ」

今度は声をひそめて言った。「この声ならどうだ?」

「聞こえるよ」

「じゃあ、よく聞け。これからドアを開けるまで、よく耳を澄ましてしっかり聞いてるんだ。もし物音をたてたら、即座に殺す。いいな？」

「あんたが大将」とおいらは言った。頭がジンジンした。

長い時間が過ぎた――たぶん二、三分ってとこだろう。遠くでラッチが呼びかける声がしたけど、何を言っているのかはわからなかった。たぶん階段の踊り場に立ってたんだ。ラッチが入ってきて、ドアを閉める音が聞こえた。歯のあいだで口笛を吹いていた。だぶー、だべい。それからドアに小さなノックがした。

「どうぞ！」

フォーンだった。「色男さん、御用はなあに？」とフォーンは歌った。

「お座り、嬢ちゃん」

籐《とう》の椅子《いす》がきしむ音が聞こえた。

ラッチ・クロウフォードはいつも単刀直入だ。だからあれだけのことをやってのけられたんだ。「フォーン、こないだの晩、あの月の夜のこと。今でも気持ちは変わんねえか？」

「気持ちは同じよ」フォーンはしっかりした声で言った。

ラッチには、深く考えるとき、下唇を歯で押さえ、それからぽんと放す癖がある。ちょうどそのぐらいの時間だけ沈黙があった。それからラッチはこう言った。「俺とおまえのことで、噂《うわさ》になってるみたいだな」

「え、わたし——」フォーンは息を吸いこんだ。「ああ、ラッチ——」籐の椅子が鋭く乾いた音をたて、フォーンが立ち上がるのがわかった。

「待て！」ラッチの声は鋭かったぜ。「そいつは根も葉もない噂だよ、フォーン。忘れちまいな」

もう一度籐椅子が鳴る音がした。ゆっくり、前の部分、後ろの部分。フォーンは何も言わなかった。

「ハニー、世の中には一人や二人の人間がちょっかい出すには大きすぎるものもある」ラッチは優しく諭した。「このバンドもそういうものなんだ。どれだけの価値があるかはわからねえが、俺やおまえよりはでっかい。このバンドは良くなる、今よりもずっと良くなる。こんなに完璧なグループはありえないんだ。これはユニットだ。ぴったりはまったユニットだ。ぴったりしてるから、ちょっとでもおかしなことをしたら、バラバラに壊れちまうかもしれない。今、俺とおまえと——こいつはやっちゃいけないことだ」

「なんでわかるの？　どういう意味？」

「予感がするんだよ。要するに、ここまでは何もかもうまくいってたってわかってる。それにもしおまえが——俺たちが、ともかく俺たちは今の状態を変えるようなリスクは冒せないんだ」

「でも——あたしはどうなるの？」フォーンは叫んだ。

「俺が冷たいってか」ラッチとは昨日今日のつきあいじゃないが、自信の欠けた声を聞くのはこれがはじめてだった。「フォーン、ここには十四人がとこの仲間がいて、みんながおまえに、おまえが俺に思ってるのと同じ気持ちを持っている。おまえだけのもんじゃないんだ。世の中は冷たいもんだよ。今度盛りがついたら、そのことを思い出すといい」たぶんもう一度下唇を噛《か》んだんだろう。ラッチは、低いフレットを押さえたときのスキッドのギターみたいな声で言った。「ごめんよ、お嬢さん」

「お嬢さんなんて呼ばないで！」フォーンはかっとなった。

「練習に戻った方がいいんじゃねえか」ラッチはくぐもった声で言った。

ドアが音をたてて閉まった。

すぐにラッチはおいらを外に出してくれた。自分は窓のそばに座り、外を見ていた。

「なんであんな真似しやがった？」おいらはどうしても答えを知りたかった。

「ユニットのためだ」まだ外を見ながら。

「おめえは気違いだ。フォーンが欲しくねえのか？」

ちらりと見えた表情が答えになっていた。それまで、奴がどれほどフォーンを求めてたのか、おいらはわかってなかった。そんなこと、考えたこともなかったと思う。

奴は言った。「公平なチャンスが欲しいってだけで人を殺すほど深く思ってるわけじゃない。おまえはそうなんだろう。俺よりも深くあいつを欲しいって思う人間がいるなら、俺じゃあ不足だってことだ。俺はそう思うんだ」

そのときに、自分を悩ませてるのはフォーンとラッチのことだけじゃない、って言ってやってもよかったんだ。そんなのはほんの一部でしかねえんだ、って。でも、なんだか、あのときには全然まるきりどうでもいいことに思えたんだ。野郎が野暮天を気取るってんなら勝手にやってりゃいい。「荷物をまとめるよ」とおいらは言った。ラッチは飛び上がった。「そんなことは許さん！」と奴は怒鳴った。「いいか、お利口さん。今、俺がこのユニットを守るためにどこまでするのか見ただろう。今日、おまえは俺に教えてくれた。きついレッスンをな。なのに教えてくれたその足でバンドに後脚で砂をかけて出て行くなんて、神かけて絶対に許さない！」ラッチは大股でおいらの方に向かってきた。そばに立たれると、首の裏にしわをつくらなきゃ顔が見えない。奴は指をおいらの鼻につきつけた。「もし今バンドから抜けやがったら、地の果てまでだって探しにいってとっつかまえてやる。さあ、もう俺を一人にしてくれ」「わかったよ」とおいらは言った。「でも最後の約束はまだ早えぜ。おめえ、今はすっかりリフに乗ってるからな。落ち着いてもういっぺん考えてみろ。そのあと今晩、本当においらに残ってほしいと思ってるのかどうか言ってくれ。そんときゃおめえの言うとおりにするよ」

奴はまたおなじみのニヤリを浮かべた。「上等だ、フルーク、またな」

こんな野郎を憎むのは難しい。でも本気で頑張ればなんだってできる。

おいらはやり遂げた。

ってわけだ。こいつがかしこくやったときの顚末《てんまつ》だ。今度はおいらはこずるくやった。

バンドはしばらく西海岸を行ったり来たりした。二本の劇映画にゲストで出て、短篇映画を十三本撮《と》った。いちばんビッグなラジオ・ショーにもゲストで呼ばれた。シカゴにちょろっと寄って、フォーンの家族と毎年恒例の一家の団欒《だんらん》を過ごしたあとで東部に戻り、パラマウント・シアターで三週ぶっ続けで公演を打った。スマートに演《や》って、馴《な》染《じ》みのファンは目と目を交わして微笑《ほほえ》みあった。強烈に演れば、小屋が屋根までぶっ飛んだ。ってわけよ。

そして膝《ひざ》に降ってくる金ぜんぶ、嵐のような喝采《かっさい》ぜんぶ、おいらたちに涎《よだれ》を垂らす絶賛評ぜんぶがおいらは憎く、憎むものはいくらでもあった。次々にまったくタイプの違う音楽を演奏してたから、どこへ行こうと逃げられなかった。ジュークボックスにクロウフォードの名前が七つ並んでいたことまであったんだ！　ラッチはナイスガイだから、ラッチには世界中が土下座する。おいらはと言えばラッチがよくしてくれてるから甘い汁を吸えてるわけだ。そして世界中にあのクソ野郎とあいつが作った音楽があふれかえっていて、どこへ行っても気が安まらなかった（フランスのホット・クラブが『ダブー・ダベイ』をカバーしてるのは知ってるか？）。フルークさまにとっちゃあ、でっかい豪華なシルク張りの牢屋《ろうや》だった。安全な牢獄《ろうごく》だ。ラッチ・クロウフォードは安全な牢獄を作って、そこにフルークの野郎を閉じこめやがった。ボールダー・シティでの出来事のあと、フォーンはちょっぴりやつれたけれど、ようようそこから抜けでてきた。おいらたちがみんな学んだことだが、フォーンも、感じているのと別なことをやれるようになってきたんだ。結局んとこ、ショービジネスの根っこにあるのはそういうことじゃねえのか？　その点じゃあフォーンはプロだった……。

バンドはまた西に向かい、それから南部に向かい、そしておいらがこずるくやったのはバトンルージュに着いたときだった。

今回もロードハウスだった。やさぐれた安酒場、曲面ガラス窓に防音材張り天井てな感じのところだ。何か特別にきっかけがあったってわけじゃない――ずっと前にどうやるかは決めてあって、そのためには川が近くを流れている場所じゃなきゃいけなかったってだけだ。バトンルージュの玄関口にゃあ立派な川が流れてる。ミシシッピ川《オール・マン・リバー》、あいつは口の固い奴だ。

　とっても簡単だった――驚くほど簡単にいくこともあるんだな。何年も何年も思いわずらっていたものを片づけるのも、やっちまった後になってみりゃ……ラッチは手紙を受け取った。クラブのクローク係の女の子がコートをかけるために背を向けて、振り向いたらチップ皿の脇に手紙があったんだ。ロビーにはたくさんの人が出入りしてた。もちろん、おいらもだ。化粧室は地下にあった。その晩、おいらは腹具合が悪かった。それはみんなが知っていた。みんなしてフルークの野郎をからかってたもんだ。おいらはエビにアレルギーがあったのに、ニューオリンズ名物のフライド・シュリンプを一ポンドもたいらげなきゃなんなかった。グリース・ペイントを塗りたくっても隠せないような発疹《ほっしん》が顔に出て、かろうじて口上だけはこなしたが、二十分おきくらいに地下に駆けこむ羽目になった。しばらく出てこないこともあったんだ……。

　ラッチは手紙を受け取った。タイプで名宛《あ》てされて封してあった。差出人は書かれていない。クローク係の女の子は手紙をボーイ長に渡し、ボーイ長はラッチに手渡した。ラッチは手紙を読むと、クリスピンとフォーンに、すぐに戻る、でも何時になるかまではわからないと言いおいて、帽子をかぶって出ていった。道すがら何を考えていたのやら。たぶん、手紙のことだろう。手紙の中身はこんなだった。

親愛なるラッチ

まず最初に、この手紙を他人に見せたり、中身について話したりはしないように。肩越しに覗きこまれていないのを確かめてくれ。

ラッチ、わたしは今聞いた話のせいで心配で気もそぞろだ。わたしの娘、フォーンに危険が迫っているらしいので、どうしても会って話がしたいのだ。わたしはバトンルージュにいる。まだフォーンにはこのことを知らせないでほしい。

あるいは取り越し苦労かもしれないが、万全を期した方がいいだろう。わたしはモレーロの上手にある倉庫で待っている——バトンルージュの下流にある町だ。道路に面した側に〈LE CLERC ET FILS〉と書いてある倉庫だ。埠頭《ふとう》の側にある事務所にいる。来るときに、後をつけてくる奴がいるかもしれない。モレーロの駅までタクシーに乗って、そこから川まで歩くといい。場所はすぐにわかる。ただし後ろに気をつけて、用心してしすぎるということはない。これが杞憂《きゆう》に終わればいいんだが。

この手紙も一緒に持ってくるように。もしわたしの恐れが事実ならば、クラブで焼き捨てるのも危険かもしれない。どうか急いで。

不安ながら
ジョン・エイモリー

我ながらうまく書けたもんだ。フォーンのパパとラッチとはたいそううまがあってたし、じいさんは本当に大事なことじゃなけりゃ、ラッチにものを頼んだりはしない。証拠となるのは手紙だけだったが、ラッチはその手紙を持って出た。見事な手際だ、とおいらは自画自賛した。

誰もラッチの姿を見なかった。タクシーの運転手はラッチが誰かを知らなかったか、もし知ってたとしても何も言わなかったってことだろう。ラッチはまっすぐに倉庫に来て、事務所のドアをノックした。中は薄明かりがついていた。返事はない。ラッチは中に入り、ドアを閉めた。そうしてそっと呼びかけたんだ。「エイモリーさん！」

おいらは囁きかえした。倉庫の中から。「こっちだ」

ラッチは内側のドアを開けて倉庫に踏みこみ、そこで立ち止まって、事務所から漏《も》れた光が襟《えり》と髪の毛のあいだの狭い肌をくっきりと照らしだした。おいらはそこをめがけて鉄パイプを振りおろした。ラッチは音も出さなかった。今度は奴に喋りかけたりはしなかった。

床に倒れる前に体をつかまえて、流しの隣の長いテーブルまで運んでいった。流しには前もって水を溜めておいたし、それも念を入れて川の水にしておいた。もう一度殴ることになるかもしれないからパイプは手元からはなさず、テーブルにラッチを寝かせて頭を流しの上に突き出させた。それから水中に押しこみ、そのまま押さえつけた。

思ったとおり、ラッチは意識を取り戻して蹴ったり暴れたりしはじめた。だけどテーブルに麻袋を広げておいたので音はくぐもっていたし、おいらは肩のあたりをしっかりつかまえて、肘を首の裏にあてがって頭を水中に押しこんだ。しかも片足を流しの支柱にかけて支えていた。だから奴にはチャンスはなかったんだ。とはいってもその何分間かは一苦労だったけどな。

じきにラッチは静かになったけど、おいらは念のために五分ほど待った。それから小型ボート用の錨《いかり》を持ってくると——錨はもちろん古くって錆《さ》びてる奴だ——奴さんのまわりにしっかりと、でも自然に見えるように巻きつけた。事故っぽく見せかけるためだ。手紙はポケットから取りだして焼き、灰はブリキの小さな波板の上で細かくすり潰《つぶ》して板ごと川に捨てた。そのあとでラッチも転がした。流れはかなり早かった——水面下に沈むやいなや、たちまち下流に流されて消えちまった。おいらは「あばよ、スーパーマン」と言って、立ち上がり、明かりを消したり流しの水を流したりなんやかや済ませてから倉庫を戸締まりし、それから二ブロック先にとめておいた車をひろってクラブまで戻った。地下室の窓をくぐって、鍵をかけて出てきた男性用の個室に戻り、そこから気づかれないまま上に戻ってくるのは簡単だった。全部合わせても四十三分しかかかりゃしなかった。

おいらは事の成り行きに満足だった。錨のおかげで奴さんは水中に沈んだままで、泥の中に潜ってれば上がってこないし、ナマズがさっさと片づけてくれるだろう。だけどもし、たまさかのめぐりあわせ《フルーク》で、死体が見つかったにしても、まあ、錨は事故かもしれないし、奴が溺《おぼ》れ死んだのはまちがいねえ。それも川の水を飲んで。うなじにたんこぶがあるからって――そんなのどうってことないだろう。

だけど、ラッチ・クロウフォードはしぶとい奴だったんだ。

それから何カ月かのこと、新聞の大見出しやらなんやらの騒ぎについちゃあ言うまでもねえだろう。バンドはそのまま演《や》りつづけた。ラッチの手触り《タッチ》はいつだって感じられないぐらいに軽かったから、いなくなってもほとんど違いはないくらいだった。みんなも心配はしてたけど、本格的にパニックになったのは三日ほどたってからだった。そのころにはおいらはもうすっかり落ち着いていた。警察の捜査でも私立探偵の判じ物でも何も出てきやしない。バンド全員がおいらのアリバイを保証してくれた。それにクローク係の女の子も。みんなおいらが発疹出すのを見てたんだから。実を言えば、おいらには誰も訊ねようとすら思わなかったんだ。ラッチが何時にクラブを出たのか、誰も正確なところは覚えてなかった。人目を特別に惹《ひ》くようなことは何もなかったんだ。きれいな仕事だった。次にはこいつら仲間からきれいさっぱり抜けて、一人でやっていくことだ。だけどおいらは慎重に構えて、先に誰かが動くのを待ち、それまでは何もしなかった。ラッチが消えてから六週間後、とうとう来るべきものが来た。バンドはテキサスのフォートワースに移動した。フォーンとクリスピンはバトンルージュから動きたがらなかったけど、最後には自分を納得させた。ラッチがどこにいるんでもバンドのスケジュールのことはおいらたち同様よく知ってるんだから、戻ってこられるなら来るだろう。

フォートワースでは一大会議になった。みんな集まって、クリスピンが話を進めた。フォーンはあいかわらず酷《ひど》い様子だった。げっそりと痩《や》せていた。スキッド・ポートリーは五歳は老けて見えた。

クリスピンはラッチにならって、単刀直入に要点をついた。

「みんな、落ち着いて聞いてくれ。こうやって集まってもらったけど、ラッチの件や、ラッチがどこへ消えたかってことで新しいネタがあるわけじゃない。あいかわらず何もわからない。

集まってもらった理由だが、このあとブラウンズヴィルで二週間、サンタモニカで一週間やってツアーは終わりだ。いくつかオファーは来てるんだけど——中身については後から説明する――まずはこれからどうするかを決めなくっちゃならない。ラッチはここにはいないし、いつ姿をあらわしてくれるのかもわからない。サンタモニカのあとは休暇をとって、ラッチが顔を見せるまで楽器を休ませてもいい。じゃなきゃこのまま続けてもいい。どうする？」

「おいらあ休んでもいいな」とおいらは言った。

「みんな休んでもいいだろう」とクリスピンは言った。「だけど、ここでみんなを悩ませてるのはラッチの一件だ。それがなかったら、誰も次の夏まで休みを取ろうなんて思わないはずだ」

フォーンが言った。「ラッチはわたしたちにどうしてほしいと思うかしら」

モフ――てのはルー・モファットのことだ、管屋だ――が言った。「それについちゃあ、考えるまでもねえな」

全員が口の中で同意の言葉をつぶやいた。ラッチは続けてほしいと思うだろう。

「それなら続けるか？」

おいら以外、全員がイエスと言った。おいらは言わなかった。でも、誰も気づきやしなかった。

クリスピンはうなずいた。「これで大きな問題は片づいた。演奏自体はなんとかなるだろう。でも、誰か一人、ブッキングや契約、曲のアレンジ、ホテルの手配やらなんやらする人間が必要だ」

「一人かよ？　ラッチは四人分の仕事をやってたぜ」とスキッドが言った。

「そのとおりだ」とクリスピンは答えた。「で、ぼくらにできるか？　アレンジはどうなんだ？　スキッド、おまえとフォーンがいちばんよくラッチと一緒にやってたな」

スキッドはうなずいた。フォーンが答えた。「わたしたちでやれる」

クリスピンが言った。「お金関係のことはぼくがやろう。みんながそれで良ければだが」誰にも異存はない。「じゃあ、バンドの名前はどうする？　嘘はつけない。ラッチの失――あー――留守のことはすっかり知れ渡ってるし、ツアーの前にラッチが戻ってこなかったら、名前を掲げるわけにはいかないだろう。お客さんに失礼だから」

みんなしばらく黙って考えた。ようようスキッドが言いだした。「クリスプ、おめえがやっちゃどうだ？」

「ぼく？　ぼくはごめんだ」

そこで残ったみんなが同時に喋りはじめた。ラッチとクリスピンはずっと一緒にやっていた。クリスピンが引き受けてくれればいい、というのがだいたいの意見だった。

クリスピンはそれまで長いテーブルにもたれかかっていたが、すっくと立ち上がった。

「わかった、わかった。でも聞いてくれ。このバンドはラッチ・クロウフォードのゴーン・ギースなんだし、みんながこのままやってくってことならバンドの名前もそのままでやってきたいんだ。どうしてもっていうなら〝ドン・クリスピンとラッチ・クロウフォードのゴーン・ギース〟でもいいが。でもぼくは、このままの名前でいれば、ラッチがどこにいたとしても、自分のバンドだって伝わるって思うんだ。それは同時に、新しいアレンジや新趣向やら思いつきやらは、あくまでもラッチがやるようにやるっていう意味だ。ぼくらの能力《ちから》のおよぶかぎりでだけど。誰でも、バンドの中でラッチらしく聞こえないと思えることがあったら、その場ですぐに言ってくれ。そうなってれば、ラッチが戻ってくるときに――くそっ、絶対にもし戻ってきたらなんて言わないぞ――ラッチが戻ってくるときには、曲の途中で指揮棒を受け取って、そのまま演奏を続けられるってわけだ。みんな、賛成か？」

全員賛成だった。騒ぎが静まると、ホットなペット吹きのココ・デキャンプが、おそるおそると言い出した。「クリスピン、悪くとらないでほしいんだが、実はキングのコンボからメンバーに誘われてたんだ。ラッチとの契約はこのツアーの終わりまでだったし、キングと組めばもっと良くなると思うんだ。それは――」ココはすばやく付け加えた。「もしラッチが戻ってこないならってことだけど」

クリスピンは眉をひそめて頭をかいた。クリスピンはフォーンの方を見やった。フォーンはくりかえした。「ラッチは彼にどうしてほしいかしら？」

った」

クリスピンが言った。「それだよ。ラッチなら、なんでもきみがやりたいって思うことをするように勧めるだろう。ラッチは抜けたいって人間を引き留めたりはしなかった」

おいらの話を教えてやってもよかったんだ。でも何も言わなかった。

クリスピンはつづけた。「みんな、これを合い言葉にしよう。『ラッチならどうする？』そこが出発点だ。他に抜けたい人間はいないか？　恨みっこなしだ」

ベース・マン——ほんの数ヵ月前に入ったばかりだった——が抜けると言った。それからおいらが名乗り出た。

フォーンが言った。「え、うそ！」

「なんでだ、フルーク？」とクリスピンが訊ねた。みんながおいらを見つめていた。

おいらは両手を広げた。「抜けたいんだ、それだけだよ。申請書に記入しないとやめさせてもらえねえのか？」

「フルーク抜きのゴーン・ギースなんてありえねえ」とスキッドが言った。

お見事、そのとおりだ。結局名前は「ドン・クリスピンとラッチ・クロウフォード・オーケストラ」となった。クリスピンとフォーンはなんとかしておいらの気を変えさせようとしたが、でもノーだ。ノーだともよ。おいらは終わり、おしまい、抜けた。どうやらフォーンは、バンドに残るのが辛すぎるんだろうと思ったらしかった。

ラッチがおいらにすごく良くしてくれたから。けっ。おいらは思いっきり笑いたかっただけだ。でもバンドの連中が見ている前じゃあそんな真似はできねえからな。

　サンタモニカでのライブのあと、その場でさようならだった。一年かそこらはのんびり骨休めして旅行でもしようかと考えてたんだが、そこへ転がりこんできたのがシアトルのラジオ局からの願ってもないオファーで、ディスク・ジョッキーをやってくれっていう。こいつはおあつらえだった。おいらの声と話しぶりと当意即妙の切れ味はこいつにうってつけだったし、顔を見せなくてもいい仕事だったからだ。ときどき思うことがある。もし最初からラジオで仕事してたら、おいらも――おいらもこんな類《たぐい》の野郎にはならずに済んでたかも――ああ、そんなのはどうでもいいこった。

　おいらは延長オプションつきで二十六週の契約を結び、その気になればまだ掛け金をつり上げられたかもしれなかったが、それはせずに済ませた。クリスピンも残りのバンド・メンバーもみんなして応援してくれた。番組に電報を送ってきたり、ゲストで出てくれたり、クラブの公演で宣伝してくれたり。死んでいても生きていても、あいかわらずラッチはおいらに親切だった。そんなのは気になりゃしない。長生きしてりゃ、人間との絆《きずな》はそうそう簡単には切れないってことくらいはわかる。仕事を辞《や》める、離婚する、生まれ故郷を旅立つ。どこまでいったってぼろと端切《はぎ》れがずるずるくっついてくる。おいらは笑いをこらえるので精一杯だった。ラッチは死んだんだ。

それからある晩、おいらのところにメッカ・レコードから見本盤が届いた。クリスピン／クロウフォードの六枚組だ。

おいらはおなじみのフルーク・スタイルで紹介してやった。「おおっと、小僧っこ――ホットな新作、カリカリに焼けて焼き栗回《ぐり》せば栗スピン。クリスピンとクロウフォード、六枚組でご登場だ。ジョッキーのフルークにゃあ古くのおつきあい……次にかけるは傑作シングル。クリスピンのカリカリ乾いたスタイルでおなじみ『ディープ・パープル』」

おいらはレコードをかけた。放送前チェックはパスしていたが、おいらが聴くのははじめてだった。レコードが届いたのは放送直前だったんだ。『ディープ・パープル』はご本尊がアレンジしたレパートリーだった。ラッチが吹くはずのクラリネットはモフが吹いてたが、違いはほとんどわからないほどだった。ダブルタイムでくりかえす三度目のコーラスにスキッドが入れたギターのリックには聞き覚えがなかったが、これもあくまでもクロウフォード流だった。他の曲もおんなじだった。クリスピンが『レディー・ビー・グッド』に入れた長いドラム・ソロは新しいけれどやっぱりクロウフォードらしかった。新しい二枚は最後まで取っておいた。

新しいってのは新曲ってことだ。おいらも一度も聴いたことがない『ワン・フット・イン・ザ・グルーヴ』というバリバリの新作があった。作曲はモフとスキッド・

ポートリー。もう一曲は『タキシード・ジャンクション』のアレンジだった。この曲にはいつも決まったアレンジがあったんだが、今回は完全に新しいのを使ってたんだ。まずビーバップ風のパートが入っていて、そしておまけにエコーチェンバーを本格的に使っていた――クロウフォードの名前がついたレコードじゃはじめてのことだ。おいらはどんぐり眼《まなこ》で聴き入った。

曲は良かった。すっごく良かった。だけどおいらを打ちのめしたのは、その曲がどこからどこまでラッチ・クロウフォードだったことだ。ラッチは一度もエコーを使ったことはない。でもラッチなら使うだろう――きっと使うだろう。そいつが今のトレンドだったからだ。ビーバップのシークエンスも同じだ。レコーディング・セッション前の話し合いが目に浮かんだ。フォーンが言う、「ラッチならどうしたがるかしら?」

そいつを聴いてると、おいらにはラッチの姿が見えた。肩幅広く、長い手で、ブラスをこっちに押し、あっちに押し、手を差し伸べてドラムの音を引っ張りあげて、そこから一気に押しつぶし、つぶして残るのはシンバルの囁き。そこにテーブルでもあるみたいに開いた右手を目の前に伸ばして押さえこみ、下唇を歯でおさえてそれをぶるんとはなすまで押さえこんでいて、そして突然、そのとき、フラッシュが炸裂《さくれつ》するみたいに、いななくトランペットとつんざくギターで客をしびれさせる姿が。

隣りのターンテーブルがそっと仕事を終え、ピックアップは血圧計みたいにかすかに脈打っていた。たぶん、その音に幻惑されちまったんだろう。気づいたときには、ガラスの向こうでエンジニアが狂ったように「無音《デッドエア》」の合図を送っており、曲はとっくに終わってたんだ。おいらは喉《のど》を鳴らして深く息を吸いこみ、世界にあったひとつきりのことを言った――おいらよりもでっかくて、目の前に広げた台本やらマイクやなんかよりずっとはっきり見えていたものを。愚かしくもこう言ったんだ。「こいつはラッチだ。ラッチ・クロウフォードだ。ラッチは死んでない。ラッチは死んでない……」

おいらの目の前で何かが上がったり降りたりしはじめた。またもエンジニアが合図をしていた。おいらはまっすぐそっちを見ていたが、エンジニアのことは見えなかった。おいらが見てたのはラッチだ。エンジニアは下を指さし、指をくるくるくるくる回してみせた。レコードをかけろというサインだ。おいらはうなずいてビング・クロスビーの皿をかけ、力なく腰をおろした。高跳びの棒で腹を一突きされたみたいだった。

電話のライトが点滅していた。おいらは番組で生電話を受けていた。マイクに入らないように、電話はベルではなくライトで着信を知らせるようになっている。おいらは受話器を取り、何も考えずに応えた。「ジョッキーのフルーク」

「そのままお待ちください」交換手だった。それから「フルーク？　ああ、フルーク……」フォーンだ。フォーン・エイモリーだった。

「フルーク」フォーンの声は鍵盤の上で奏でる音のように、上下に微妙に震えていた。

「ああ、フルーク、わたしたちのフルーク、ラジオを聴いてたわ。みんなで聴いていた。わたしたちはデンバーにいるの。あなたの番組を聴くために今日はギグを入れなかったの。ねえフルーク、あなた言ったわね、フルーク、あなたが言ったのよ！」

「フォーン――」

「ラッチは死んでないって言ったわ。フルーク、わたしたちにはわかってた――みんなそうわかってるわ。でもあなたが言ってくれたとき――あれがどんなに重いことだったか、自分ではわかってないでしょ！　わたしたちはやったのよ！『タキシード・ジャンクション』――みんなで本当に、本当に頑張った――新しくって、それでいてラッチでもあるものを作るために。わたしたちが死なせないかぎり、ラッチは死なない。そうでしょ？」

「でも、おいらは――」

「フルーク、わたしたちはもっとやるつもりよ。もっとラッチを、本物のラッチ・クロウフォードをもっとたくさん作るの。フルーク、戻ってきてちょうだい。もっともっとゴーン・ギースのレコードを出したいけど、それにはあなたの力が必要なの。お

ねがいよ、フルーク。あなたが必要なの！」後ろでくぐもった声が聞こえた。それから、

「フルーク？　クリスピンだ。ぼくからも頼むよ。戻ってきてくれ」

「やめてくれ、クリスピン。おいらにゃできねえ」と言うのが精一杯だった。

「辛いのはわかるよ」とクリスピンは急いで付け加えた。電話を切ろうとしてるのがわかったんだな。「無理強《じ》いするつもりはない。でも考えといてくれよな？　ぼくらはやりつづけるつもりだ。何が起ころうと、ラッチがどこにいるんだろうと、生きてるんだろうと——ラッチがどこにいようと、ラッチのバンドはここにあるし、バンドがあるかぎり、ラッチはここにいる」

「おめえはよくやってるよ」とおいらは喉から絞り出した。

「ともかく考えといてくれ。おたくが戻ってきてくれれば、きっと倍も良くなる。また連絡するよ。じゃあ、フォーンに替わる」

　おいらは電話を切った。

　そのあと、どうやって番組を乗り切ったのかは皆目見当もつかねえ。どうしてできたかはわかってる。それができたのは、おいらが自分の力で生きてこうと思ったからだ。だからおいらはラッチを殺したかった。そういうこったよ、おいらの望みは——ラッチ・クロウフォード抜きで身を立てること。

朝の六時にあがりになった。おいらはなんとか仕事をこなしたはずだ。誰からも何も言われなかったんだから。おいらが電話に出ず、リクエストをぶっちぎり、手当たり次第長い曲ばかりをかけて話す時間を削ってても、スタッフ連中には、ギャラ泥棒がケタケタ馬鹿笑いしてるのを見てるような調子であしらわれた。

おいらは歩いた。どこへ向かってるのかもわからないまま。たぶんおいらの顔を見て、登校するガキんちょたちはみんな怖がっておびえ、ポーチの階段に雑巾《ぞうきん》をかけてる女たちは妙な顔をしてたはずだ。そんなことには気づきもしなかった。ラッチは死んでない、頭にあるのはそれだけだった。おいらが感じてたことを全部伝えるってのは到底無理な話だ。恐怖も感じてた。ラッチがおいらへ復讐《ふくしゅう》にやってくると思ったときだ。平穏になったときもあった。どうでもいいと思えたときだ――おいらは自分のことだけ考えて、ラッチには、他のみんなと同じで、くたばらせときゃいい。そして冷たい怒りも感じた。『タキシード・ジャンクション』の新譜でエコーするギターを聴いたとき、そしてクリスピンがラッチの新譜を出しつづけるつもりだと知ったとき――本物のラッチ、業界じゃあ他の誰にも真似られないものを作るって言ったときだ。ラッチは人の三、四人分の才能があったけど、たまたまこのバンドには才能を持った人間が三、四人いたってことだ。いずれにしても、そういうのは全部霞《かすみ》がかった向こうで起こってた。

十時ごろ、突然頭がすっきりした。おいらはキニアー公園の近く、エリオット・アヴェニューに立っていた——何マイルも歩いてたはずだ——何もかもきれいに片づいていた。おいらはラッチ・クロウフォードが憎い——残ってるのはその、おなじみの気持ちだけだった。そして、ラッチは死んでないんだから、その気持ちをなんとかしなくちゃならなかった。

おいらは電信局へ歩いて行って、クリスピンに電報を打った。

まずは欲しくもなかったものを押しつけられるところからはじまった——でも、そもその問題がそこだったんじゃないか？　今回はびっくりパーティと感謝ディナーだった。たぶんおいらは仏頂面をしてたんだろう。なんでそんな顔をしているのか向こうはわからなかった。クリスピンはおいらの機嫌を取ろうと、ラジオの契約を破棄したんだからその倍は払われるようにとりはからうと言ってきた。フォーンは——ああ、フォーンはおいらに優しくしちゃいけなかったんだ。そいつがそもそもの間違いだ。ともかく、ディナーが並び、酒があり、クリスピンとスキッドとモフとみんなが一人ずつ順番に立ってはおいらがどんなにいい奴かって語っていく。それからみんなが席について「そう言えばあのときは」ってさえずっちゃあ、テーブルの上座、ラッチのクラリネットが置いてある椅子に向かってそっと言葉を投げる。いいパーティだった。

そのあと、おいらは仕事をはじめた。連中にとっちゃ、おいらがやってたのは「次に参りますはズルズル・スウィズルをひっかけて『ラムとコカ・コーラ』、奏でるはスーパー・キッド、スキッドのスーパーチャージなギター、さあご覧《ろう》じろ！」さらに「夢からお目覚め、キッズ、柔らかで高らか、いささかなめらか、でも神経が一気呵《か》成《せい》。よう、モフ、おとなしいお客さんを『ヴェルヴェット・パウ』でなでてやんな……」だから――おいらは手を貸してやったんだ。

おいらが本当にやっていたのはラッチを殺すために、あいつを見つけることだった。そのために、延々続くセッションをじっと静かに聴かなきゃならなかった。曲を選んで、昔のラッチを見つけ出し、ミックスしなおして、死なせたくない何かに似せた新しい何かを作りだす。だから――向こうもおいらに手を貸してくれたわけだ。

あいつらを片っ端から殺しちまえば、ラッチも一緒にくたばったろう。その考えを捨てたわけじゃない。ひょっとしたらおいらはものぐさだったただけなのかもしれないが。ともかくこのグループの中のどこかにラッチの本質になるものがあった。そいつを嗅ぎ出して殺すことさえできりゃあ、ラッチはくたばる。そのことはわかっていた。あとはそれがなんなのか見つけるってだけだ。そんなにむつかしいはずはない。なんたって、おいらはあの連中を表から裏まで知り尽くしてた――ミュージシャン、アレンジ、何が好物かってとこまで。言ったろ——メンバーはほとんど変わっちゃいなかった。それにこの業界じゃあ、自分の本当の姿を隠しておける奴なんていやしない。

でも、そいつは簡単じゃなかったんだ。

このグループはたったひとつの目的のためにこしらえられた機械みたいだった——ただし市場で普通に売ってる標準規格の部品を組み合わせてこしらえたもんだ。だからって、その部品が一流品じゃなかったってわけじゃない。ぜんぶが百万分の一まできっちり調整されたもんだ。そこにはラッチが〝ユニット〟って呼んでた結びつきはあったが、それだけで自立した生き物が生まれるわけがない。ラッチがそこらにいたなら、よくできた機械に命を与えてるのはラッチなんだって言えただろう。でもラッチはここにはいなくて、なのにそいつは生きていた。ラッチは正しい部品を選び、正しい向きに押して、こいつに命を吹き込んだ。そのあとはこいつは自分自身の力で——自分の生命力で——動きはじめて、その命が続くかぎりラッチ・クロウフォードは死ぬことがない。奴か、おいらかだ。

だからおいらは手を貸してやった。クラブやホテルで演奏し、レコードを吹きこんで、ラッチを生かしつづけるのを手伝ってやった。

そして向こうも手を貸してくれた。新曲がトップテンに入るたび、誰かがイケそうな曲を持ってくるたびに、みんなでバンド用にアレンジした。セッションになるとバンドと作品そのものを、いちばん小さな部品にいたるまでバラバラに分解し、調べあげて議論しつくした。そこで話すことを、おいらは一言も聞き逃さなかった。だから――向こうも手を貸してくれたわけだ。

おいらにとっちゃ地獄だった。でも人を殺す度胸があるんなら、最後までやり遂げなくちゃならねえ。ラッチは生きていた。バンドと距離を置くのは最悪だった。世界中のラジオやジュークボックスからクロウフォードのこしらえもんが流れ出してくるんだから。バンドと一緒にいるのは最悪だった――あいつの姿が見えることまであったんだ！

クラブでのテーマ・タイム、いつも同じように照明され、バンドも変わらず、ただし今は正面センターにクリスピンのドラム・セットが鎮座《ちんざ》ましましてる。スウィングするブラス・セクションとあいつらの「ふー・はっ」とそれからスキッドのソロで、だぶー、だべいにモフがクラリネットでオブリガートをかぶせる。でも、モフは絶対に表に出てこようとはしなかった。昔のクリスピンみたいに、いつも闇の中にいた。ビートを叩きだすクリスピンは、囁くようなドラミングで、闇の中にいたときと同じにどこか遠くを見つめていて、スキッドもやっぱり、自分の指を見つめている……ものの本にはいいギタリストは自分の指を見ないもんだと書かれているけれど、たぶんスキッドはそんな本を読んだことがないんだ……でもうつむいた顔は誰かの指揮を聴いていて、その誰かはクリスピンじゃなかった。でもラッチをここに呼び起こすのはなんたってフォーンだった。ゆらめく黄金《こがね》の光が顔に触れては去るフォーン、首を傾けると豊かな髪がむきだしの丸い肩を撫でて前に落ちて、その顔にはあの表情が、あのかすかな笑みが、かすかに飢えたような表情が浮かんでるんだ――ラッチがいないからじゃなくて、そこにいて自分のことを見つめてるから感じる飢えが浮かんでたんだ。

だぶー、だべい……そいつはみんなに魔法をかけた。オープニングはいつもこいつだったけど、場合によっちゃあ全国ネットの三十分スポットが一晩に三度も入ることがあり、それはテーマのオープニングとエンディングがつくってことだった。いつも同じだ。おいらはよく思ったもんだ。ふー・はっに合わせて忠実に拍手をおくる観客連中は、こいつがまがい物なんだって気づいているんだろうか。こいつは――こいつは甦《よみがえ》りだった。一晩に八度もくりかえされる甦りだ。

最初、おいらはブラス・セクションにまちがいないと思った――ブラスの低音からはっきりパワーを感じたんだ。ほらな、こいつがおいらの強みだ――ラッチの存在を感じるのはいつものことだったが、姿までが見えるのはテーマを演《や》るときだけだった。バンド・テーマのとき、おいらはメロディじゃなくて聞こえてくる音に集中した。毎晩毎晩おいらはテーマを待ちつづけ、聴いているあいだはブラスの低音以外は耳に入れまいとした。おいらが聴いてたのは音じゃなくて音色――スタイル――ラッチそのものだった。一週間かそこらで、おいらは第二トランペットとトロンボーンにまで絞りこんだ。自信があった。間違いない。クロウフォードらしくなるのは、何より低音が全開になるときだった。

おいらはそこで一休み入れた。休んだのはカーピスとヘインツ、おいらが選りだしたトロンボーンとトランペット吹きだ。つまり、二人はスポケーンで、ホテルの同じ部屋に泊まってた。なんかの大会にぶつかっちまったせいだ。そしたらある晩、二人はギグの時間にクラブに来られなかったってわけだ。そこは火事が怖いぼろホテルだった――非常口もないようなところだ。部屋からはドア以外に出口がない。電話もない。小さな明かり取りはひっかかって開かず、ペンキで塗り込められていた。外から閉じこめるのなんてお茶の子だ。ワイヤー・ハンガーを鍵穴に突っ込んでねじるだけ。ベルボーイが二人を助け出したのは四十分後だった。

二人抜きのテーマを二回聴いた。おいらが後から訊ねてみると、クリスピンは簡潔にまとめた。「かすかだ。でもまだラッチだ」おいらも同意見だった。

もちろん、誰が二人を閉じこめたのかはわからずじまいだった。ばれるような手は使わねえよ。セントルイスに行ったとき、トランペット二人とリード吹き、合わせて三人が何マイルも後に取り残されちまったのも、誰のせいだかわからなかった。バンドはバス一台と車を何台か借りていた――このころにはカルテットに加えてソロ・ヴォーカルも二人雇っていた。そうしたら車が一台、霧《きり》の中で取り残されちまったんだ。誰がガソリンに変なもの混ぜやがった？　どうせガソリンスタンドのトンチキだ。一々気にしてもしょうがない。

その日、テーマはもうテーマじゃなかった。おいらはラッチの本質を潰したんじゃなかった——あいつらを引っこ抜いて、オーケストラごと潰しちまったんだ。ただの烏合《うごう》の衆だった。そんなのは答えじゃない。おいらはなんとしてもラッチの心臓を突き止めて、そいつを止めて、二度と脈打たないように杭《くい》を打たなきゃならなかった。

今度はベース・マンのストーミイがぶちのめされた。セントルイスで事件があった次の晩、寝ているあいだにやられたんだ。ストーミイは病院送りになって、急いで別な奴を連れてこなくちゃならなかった。そいつはストーミイじゃなかったが、腕は悪くなかった。当然ベースの音色は違ってた——でもオーケストラはやっぱりラッチだった。

いつまでこんなことを続けられる？　気が狂っちまうんじゃないかと思うこともあった。本当に狂うんじゃないかって。思わず客席に走り出してテーブルに座った客を手当たり次第にぶっ飛ばしたくもなった。おいらが探してたものがどこにあるのか、客どもが知ってるような気がしたんだ。もうあと少しのところだった。ラッチの本質は曲の合間に出てきては消えるのに、おいらはひとつの楽器かコンボを聴くのに必死で気づきそこなっちまう。今、同じ部屋にいる誰かには聞こえてるのに、おいらだけは気づいていないんだ。ときどき本当に気が狂っちまうんじゃないかと思った。

一晩だけ新しいピアノ弾きを入れてみたことだってある。こいつは堂々とやったが、まるっきり安全だった。おいらは音楽学校にへばりつき、ラッチ・クロウフォードにお目々キラキラの小僧っ子を見つけた。ちょっとしたタレント・スカウトってわけだ。ニキビ面のハンサム小僧だ。稲妻の右手はアート・テータムそこのけ、少なくともあと何年かすりゃそうなるだろう。おいらはフォーンに小僧のことを教えて、心から演《や》りたがってるんだと説明した。賭《か》けてみたわけよ。いわばさ。ご存じこのフルークの舌の冴《さ》えに。それにフォーンに、あの柔らかなハートにな！　フォーンは進んで小僧に鍵盤をゆずっただけじゃなく、クリスピンを説得までして一晩代役をやらせてくれたんだ！

小僧はやった。なかなかのもんだった。必死になって楽譜を読みこみ、書いてある音符を全部、ちゃんと正しく弾いた。その上に自分で夢見ていたこともたくさん入れて、そいつも間違っちゃいなかった。でも小僧はギース向きじゃなかった。こいつがお笑いなんだ。ラッチを殺す件とは別の話なんだが。小僧はおいらたちにゃあ合わなかったが、それでもあんまりうまかったんで、クリスピンがツアー・マネージャーのフォーウェイに相談し、今じゃレコードを出せば七十五万枚売れる売れっ子になった。

それも全部、フォーンを一晩ピアノから遠ざけようと、おいらがチャンスをやったからだ。なあ、どうだよこれ？

でも、おいらはその晩わかった。フォーンはおいらが探してた〝ラッチ〟じゃなかった。ピアノが間違ってるラッチ・クロウフォード・オーケストラになってた、それだけのことだ。ラッチがそこから、音符のあいだから消えちまうほど間違ってたわけじゃない。おいらはステージに駆けあがって、両手で音楽をビリビリに引き裂いて、大声で怒鳴りたかった。「出てきやがれ、この臆病者《おくびょうもの》！　出てきておいらと勝負しやがれ！」

フォーンじゃなくて良かった。もしそうだったら、おいらはフォーンを止めてただろう。でも、そいつは気分のいいもんじゃない……。

そしてとうとう見つけた！　見つけたんだ！

奴はずっとそこにいて、おいらを見ていて、おいらもはなっから見ていて、でもおいらにはそれが奴だって気づく頭がなかった。

見つかったのは謎《なぞ》の伝染病のおかげだ。その病気ってのは風邪《かぜ》みたいな、赤痢《せきり》みたいな、冗談ごとじゃない代物だった。そいつは強い風みたいにおいらたちのあいだを吹き抜けた。おいらが最初にかかったが、ほんの数日で治った。モフの奴は二週間も寝込んでた。でもバンドが休んだのは二日だけだった。それ以外の日は、フル・オーケストラみたいな演奏をやったときもあれば、骸骨《がいこつ》みたいに骨と皮のときもあった。同じくほんの数日で回復したのがギター弾き――スキッド・ポートリーだ。

スキッドはいつも、自分のギターさえあれば、どんな田子作でも自分と同じ音は出せると言っていた。おいらはその言葉を信じてた。なんで疑う理由がある？　なんせ自分でもいじくってみたことがあるんだ。指をフレットの裏に入れ、弦をつまびく。ペダルを使って大きくもできるしソフトにもできる。ボタンをいじればビロードの音が震えたり、叫んだり、ひゅっ！　と言って消えたりする。スイッチを使えば音はハープシコードやオルガンとまったく同じにもなる。脇の下のレバーで、六弦まとめて音があがり、火災報知器が六つまとめてフル・ヴォリュームで鳴っているみたいになる。演奏なんかじゃない。こいつは操作するもんだ。

スキッドが病気にやられたんで、シルヴィオ・ジョンドナートって野郎を呼んだ。イースト・セントルイス出身の、黒い髪で褐色肌の奴だ。ジョンドナートはおいらが見つけてきたピアニストみてえに、チャンスに目をまん丸にしてた。奴はたいそうなギターを弾き、スキッドの道具に手を触れるときには泣き出すんじゃねえかと思ったくらいだった。奴はスキッドのホテルの部屋に十時間こもって、惨めな気分のスキッドから、一歩一歩順繰りに仕掛けの使い方を教わった。スキッドが絶対やろうとしないようなことを、ジョンドナートならきっとやる。奴はジャンゴ・ラインハルトやエディ・サウスみたいなイカレた耳の持ち主だったからな——エディはギターを弾いてたわけじゃねえが(エディ・サウスはジャズ・ヴァイオリニスト)。

その晩、演奏にはラッチはいなかった。ジョンニー——おいらたちはジョニーと呼んでいた——はスターだった。観客たちは天井まで舞い上がった。大受けだ。でもラッチじゃなかった。

しばらくしてクリスピンはタムを派手に鳴らし、休憩の合図をした。でも、おいらには聞こえてなかったと思う。おいらはステージの袖にしゃがみこみ、頭の中ではラッチがいない、ラッチがいない、ラッチがいない！ とこだまして、笑いをこらえるのに必死だった。ずいぶん長くかかったもんだ。

クリスピンに肩を叩かれたときには、思わず大声を出しそうになった。「ラッチがいねえ！」とおいらは言った。こらえきれなかった。

「おい」とクリスピンは言った。「フルーク、ヴォリュームでかいぞ。じゃあ、おまえも気づいたな？」

「兄弟」

「たった一人いるかいないかでこんな違いが出るなんて思わなかったろ？」

「わからねえ」本当にわかんなかったんだ。「ジョニーはすげえギター弾きだ。くそっ、スキッドよりうめえような気がするくれえだ」

「上手《うま》いよ」とクリスピンは言った。「でも――なんでジョニーが弾くとラッチが出てこないのかわかるような気がする。ジョニーは凄《すご》いギターを弾く。スキッドは凄いエレキ・ギターを弾く。わかるかい？　やってることは二人ともほとんど同じだ――チェロとビオラも同じじって意味でな。でも攻め方は全然違ってる。ジョニーはギターを使い尽くす。これまで見たことないくらいとことん。でもスキッドはあそこにある楽器を演奏する」

「それがラッチとなんの関係があるんだよ？」

「よく考えてみろよ、フルーク。スキッドが入ったときにはアンプを使ってた。でもそれだけだ。今はあれだけのものがある――それでここまで来たんだ。わかるだろ、ぼくらはすっかりあいつに頼りっきりになってるんだ」

「あいつのギターに頼ってるんだと思ってた」

クリスピンは高い鼻の大きな顔を振った。「スキッドにだよ。今のいままで、ぼくもちゃんと気づいてなかった」

「ありがとよ」とおいらは言った。

クリスピンは不思議そうな顔だった。「なにが？」

おいらは肩をすくめた。「何がって――いい気分なんだよ、それだけだ」

「フルーク、おまえは奇妙な気分屋だな」

おいらは答えた。「昔から有名じゃねえか」

三晩後、後ろからスキッド・ポートリーを襲った。おいらはラッチ・クロウフォードをボルトクリッパで殺した。こいつがラッチだ――ラッチの音楽、ラッチのジャズ、ラッチの摑み、ラッチの誇り、ラッチのすべてがおいらのてのひらに載っている。文字通りおいらの手の中に――三匹のピンク色のなめくじが一方に爪を、一方に血をつけて載ってやがる。そいつを宙に放り上げて、受け止めて、ポケットにおさめて『ダブー・ダベイ』を口笛で吹きながら歩く。この八年ではじめて、心から楽しくこの曲を聴けた。一人の人間を殺すのに、ずいぶん長くかかることもあるもんだ。

次の日のリハーサルはお通夜みたいだった。

クリスピンが用意を整えていた。全員集合して、なんとなく所在なげにしていたが、クリスピンはステージの下段で立ち上がった。みんなが押し黙った。おいら以外、といってもそのときは聞こえるように笑ってたわけじゃない。

クリスピンは口を引き結んでいた。「ぼくはフォーンにどうしたらいいか訊ねた」と唐突に切り出した。「ラッチがやってたみたいに、だ。フォーンはこう言った。『ラッチならどうするかしら?』ぼくはたぶん、ラッチならまず最初にこれまで通りやっていけるかを確かめる――どのくらい深いダメージを負ったかを確認するだろうと思う。どうかな?」

みんな同意の声を出した。ラッチならそうするだろう。誰かが言った。「スキッドの様子は?」

クリスピンが怒鳴った。「おまえはペット吹きだろう。誰かに唇を切り取られたら、どう思う?」それからつけ加えた。「怒鳴ったりしてすまない、リフ」

リフは言った。「気にすんな、いいってことよ」

みんなが席についた。フォーンはバトンルージュの直後みたいな様子だった。ジョンドナートがギターに近づいた。クリスピンが手をふって止めた。「ちょっと待て、ジョニー」クリスピンはギターを見つめた。いつでも弾けるように、ネックを上にしてスキッドの椅子に置いてある。クリスピンはギターに触れ、慈しむようにまっすぐ撫でた。腰を曲げ、スピーカーをわずかに外へずらした。それからドラム・セットに座った。「テーマを」と言い、おいらの方を見た。おいらはマイクを握り、息を吹いて、レベルを調整した。

クリスピンが声に出さずにワン、ツーと唱えた。フォーンが和音を叩いた。ブラス・セクションが右にスウィングした。ふ、ー、。

そして左に。はっ、はっ。

フォーンが和音をさらにかぶせた。おいらはフォーンに目を投げた。はじめて、フォーンはバンドの正面のフロアを見ていなかった。フォーンはクリスピンのことを見てたんだ。

ふー・はっ、はっ。

モフがクラリネットを持ちあげ、舌をなめ、唇をマウスピースにあて、不安げにキイをはじき、それから吹いた。

そしてクラリネットの最初の音と一緒に、衝撃的に、ビブラートのかかったスキッドのギターが大音量で流れだした。だぶー、だべい、だべい、だぶー……

そしてその音をも圧して、雷鳴のような、獣《けだもの》じみた、咳《せ》きこむような喘《あえ》ぎ声がして、ばかでかい声が叫んで、叫んで、高笑いするみたいにすすり泣いていた。音は大きくて、狂っていて、谺《こだま》して小さくなって消えていった。「あいつは死んでない、あいつは死んでない……」

そしてそのときおいらは息を吸いこみ、それではじめて声を出していたのは自分だって気づいて、おいらはその場に立って凍りついていて、スキッドのきらめくギターを見つめて、マイクを頬に押し当てていた。泣き出しそうだった。自分ではどうしようもなかった。おいらはマイクを投げ捨てて——雷鳴のような音をたてた——ポケットから丸めたハンカチを取り出してギターに投げつけた。いつまでもいつまでもラッチのテーマを奏でつづけるギター、ラッチが望んだそのとおりに、誰か他人の手で鳴りつづけるギターに向かって。丸まったハンカチは宙で開いた。ふたつはギターに当たって弦を鳴らした。もうひとつは包まれたまま椅子の下に消えていった。

　モフが駆け寄った。おいらは叫んでいた。「そいつを使え、クソったれ！」モフは拾おうとするみたいにしゃがみこみ、そしてのけぞった。「クリスピン――こいつは――指だ……」それからモフは体を折って椅子のあいだにばったり倒れちまった。

　クリスピンは、おいらが最初マイクに吹きこんだのと同じような音を出した。それから飛びかかってきやがった。コートの前とベルトをつかまれ、高々と持ちあげられた。フォーンが「ドン！」と悲鳴をあげて、それからおいらは床に投げつけられた。おいらはフォーンよりもでっかい悲鳴をあげた。

　一瞬気を失ってたんだろう。目を開けると、おいらは床に寝ていた。左腕には肘がふたつできていた。まだ感触がなかった。クリスピンはおいらの上に、両足でまたぐように立っていた。みんなを抑えるように遠ざけている。どいつもこいつも犬みたいにうなっていた。クリスピンは一マイルも高いところにいるみたいだった。

「なんでスキッドをあんな目に遭わせた？」とクリスピンは訊ねた。声は落ち着いていた。視線はそうでもなかったが。「腕が……」と言いかけると、クリスピンに蹴飛ばされた。

「ドン！　ドン、わたしが——」押し合い、ぶつかりあって、フォーンが抜け出してきた。フォーンはおいらのそばに膝《ひざ》をついた。「こんにちは、フルーク」驚いたことに、フォーンはそう言ったんだぜ。

おいらはまた泣きはじめた。「かわいそうに、おかしくなっちゃったのよ」とフォーンは言った。

「かわいそう、だあ？」ストーミイが怒鳴った。「こいつはなあ——」

「フルーク、なんであんなことしたの？」

「あいつが死なねえからだ」

「誰が死なないっていうの、フルーク？　スキッドが？」

こいつらにはうんざりだ。どこまで馬鹿なんだ。「ラッチだ。ラッチが死にやがらねえ」

「おまえがラッチの何をわかってるんだ！」クリスピンは歯をくいしばった。

「口を出さないで」フォーンは睨《にら》みつけた。「続けて、フルーク」

「ラッチはスキッドのギターに生きていた」おいらは辛抱強くくりかえした。「だから解放してやんなきゃならなかったんだ」

クリスピンが毒づいた。そんなことは決してやらない男だと思ってたのにな。そのときはじめて、腕の痛みを感じた。フォーンがゆっくりと立ち上がった。「ドン……」

クリスピンはうなった。フォーンが言葉を続けた。「ドン、ラッチはいつもフルークのことを気にしてた。フルークだから必要なんだってわからせようとしてた。フルークは誰とも違う、特別なものを持ってるからって。でも、彼は信じようとしなかった。いつも、ラッチもわたしたちも自分のことを哀れんでるんだと思ってた」

ギターはまだ鳴っていた。クレッシェンドで高まった。おいらは身悶《みもだ》えした。「スキッド――」とおいらは叫んだ。

「モフ、そいつを止めろ」クリスピンが言うと、すぐにギターは止まった。「絶対引っかかるだろうと思ったんだ」とクリスピンは言った。「でも、まさかおまえだとは思わなかった。ギター・アンプから録音を流したんだ。スキッドのギターをテストしているときに、何百本も録音してたからな。ぼくはずっとこのところの不運続きが気になってた――コーラスが欠けたと思ったら、次の晩はメンバーが一人欠け、その次の日にはコンボが出てこない。考えれば考えるほどパターンがあるように思えてきた。誰かの仕業だ。スキッドが襲われたとき、もしそれでも、ほんの一瞬でも、ギターが聞こえてきたら、犯人は正体をあらわすかもしれないと考えたんだ。だけどまさかおまえとはな！」

「ほっときなさい」フォーンは疲れたように言った。「何言っても通じないわ」フォーンは泣いていた。

クリスピンはフォーンの方に振り向いた。「きみはこいつをどうしたいんだ？　キスして仲直りか？」

「殺してやりたいわよ！」フォーンは金切り声で返した。マニキュアした爪を曲げ、かぎ爪のように突きだした。「この手で！　わからないの？」

クリスピンはたじろぎ、一歩引いた。

「でもそんなことはどうだっていい」フォーンは低い声で続けた。「よりによって今、あのことを忘れちゃいけないでしょ──ラッチならどうする？」

部屋はとても静かになった。

「戦争中、この人がなんで軍隊に取られなかったか知ってる？」

誰も何も言わなかった。

フォーンが言った。「容姿の極端な醜《みにく》さ。それが徴兵猶予の理由。信じられないなら、自分で調べてみるといいわ」フォーンはゆっくり首をふり、おいらの方を向いた。「ラッチはいつもこの人の気持ちを気にしてた。みんなそうだったはず。ラッチは整形手術を受けさせたがってたけど、フルークにどう切り出せばいいのかわからなかった──フルークは異常なくらいそのことに敏感だったから。ともかく、ラッチは時が来るのを待ちすぎて、わたしもその時を待ちすぎて、その結果がこれよ。わたしは、さっさと手術して、この——生き物の中で、救ってやれる分だけでも救ってやるべきだと思う」

ストーミイが言った。「右の頰をぶたれたら左の頰もったたって限度がある」みんなが口々に不満を言った。

フォーンは両手をあげて、みんなを静めた。「ラッチならどうする?」

「ラッチはおいらが殺した」とおいらは言った。

「黙れ」とクリスピンが言った。「いいだろう、フォーン。でも、いいか。病院から出たあとは、こいつがヘディ・ラマールみたいな美形になっても、もう関係ないからな——今度目の前にあらわれたら、ベッドに縛りつけてなまった爪ヤスリでバラバラに分解してやる」

ようやく、ようやくにおいらは気を失った。

ただ仰向けに寝っころがって、白くて角の丸まった天井が流れていくのを見ているだけのときもあり、包帯に開いた穴から外を覗いているだけのときもあった。おいらは一言も口をきかず、ほとんど言葉をかけられることもなかった。自分の仕事をわきまえた見知らぬ人しかいない世界で、それがおいらにはありがたかった。

今朝、包帯がはずされて鏡を手渡された。おいらは何も言わなかった。みんな出ていった。もう一度自分の顔を見直した。

おいらは色男じゃなかった。でも神かけて、今のおいらよりも醜い人間は何百人もいるだろう。こないだまではただの一人もいなかったってのに。

じゃあ、おいらはラッチ・クロウフォードを殺したのか？

あいつはどいつだ？　優しげなお道化、賢《さか》しげな目をした小利口屋、手には聖書を、口には金言をぶらさげて「人間のなす悪事はその死後もなお生きのびる……」（『ジュリアス・シーザー』第三幕第二場）とかぬかしやがったしたり顔のトンチキは？　そいつはラッチ・クロウフォードを知らなかった。ラッチは善行をほどこした。

鏡の中の顔を見てみろ。ラッチがこれをやったんだ。

ラッチは死んでない。おいらは誰も殺してない。

何度も何度も何度も言ったろう！　おいらは自分の力で生きたいんだって。

こんな顔なんて欲しくない！　こうして全部書き記したから、もうおいらは行かせてもらう。ラッチ、おいらをでっかくするのはさしものおまえにも無理だったな。おいらは小窓から出て行く。あそこならくぐり抜けられる。それから六階下へ。顔から先に。

ああ、フォーン——

ルウェリンの犯罪

柳下毅一郎 訳

病院の無料クリニックの事務手続きという地味で退屈な仕事につき、働きはじめたその日からずっと同じことを続けていたが、それはもう十九年前のことになる。名前はルウェリンと言い、アイヴィ・シューツからはルルと呼ばれていた。

アイヴィが面倒をみていた。二人は一緒に住んでいた。アイヴィが自信なげな少女のような顔をした厚底メガネのインテリ娘で、ルウェリンが高校を出てからはじめて仕事につくまでのあいだ、思春期の無気力に落ちこみ怯《おび》えて混乱していたころからずっと一緒に。アイヴィはいくつかの意味でルウェリンの初体験だった――はじめてのデート、はじめての酒、はじめての前後不覚、そしてはじめて二日酔いで見知らぬ街の見知らぬホテルで見知らぬ少女の隣りで目を覚ますこと。見知らぬ存在であれ妙な存在であれ――実際奇妙な娘だった――アイヴィはルウェリンの秘密だった。

ルルのような男には秘密が必要だった。実践道徳とポットカバーとオールドミスの叔母《おば》たちとからなる保護された生活と、それまでとは暴力的なコントラストをなす——叔母たちが保険をかけずに火事で焼け死んでからの——生活保護で暮らす十八カ月間を通じて、ルウェリンは、すべてのことを知り尽くしているかに思われる人たちに取り囲まれた世界と折り合っていくのはとうてい無理だと悟った。そこで喜んでアイヴィ・シューーツとの取り決めと、それに付随する秘密を受け入れたのだ。

ルウェリンは小柄で、小太りで、頭の回転は鈍く、目もあまり良くなく、硬貨一枚でも盗み、横断歩道もないところで道路を渡ると考えることすら馬鹿馬鹿しかった。自分のまわりの男たちはみなこぞって罪という美徳を振りまいているように思われた——女の子に投げるウィンクや口笛、月曜日の自慢話（こないだの土曜の晩ときたら、さあ）、たやすい口説きとふしだらと気軽な不貞、淫《みだ》らなジョーク、悪罵《あくば》に神の名を使うこと——そしてそれになんの疚《やま》しさも感じていないように見えるから、男の世界で男として認められるのだ。

ルルはその世界にたちまち溺《おぼ》れてしまっていたかもしれない。ただ秘密のおかげで沈まずにいられた。ルルは誰にもそのことを話さなかった。ひとつには本能的に、自分だけの秘密にしておいた方がずっと大事なものになると知っていたからだし、ひとつにはたとえ証明したって信じてはもらえないだろう、とわかっていたからである。

男たちの羨《うらや》むべき自慢話をおとなしく聞きながら、心の中できみが知っていたらな！とかその程度のことで大騒ぎしているわけ！と考え、その間ずっと、自分はここにいる誰一人としておよばぬ深い罪の中に生きているのだという思いを抱きしめていた。

病院で働きはじめたとき、ルウェリンは事務員の中でいちばん若かった。ルウェリンは他の罪人たちを大いに見下していた。数々の勲功をあげながらも自分のように身を罪に染めることができずにいる奴らを。年月が過ぎて年長者の側に加わると、若者をかわいがり、同年輩を蔑《さげす》むようになった。

もちろん、このすべてはいちばん秘やかな内奥《ないおう》で起こっていることだった。表面的にはルウェリンは目立たない存在で、たまに存在に気づかれたときは——それすらごく稀《まれ》だったが——馬鹿にされていたのだが、嘲笑《ちょうしょう》も悪意も本人は嫉妬《しっと》のこもったお世辞として受け止めていた。きみたちは知らないし想像もできまい。でもあんたが話しかけてる相手はとんだ道楽者なんだぜ。

アイヴィとの生活は、ある意味では、叔母たちと過ごした幼年期と同じくらいに、秩序だって守られ、制限によって保護されているものだった。一緒に過ごしていた長い年月のあいだ、家に誰も招かないことも、それを言えば一度も一緒に外へ出かけなかったことも、ルウェリンにはおかしいと思われなかった。アイヴィにはアイヴィの友人がおり、ルウェリンにはルウェリンの知り合いがいたが、二人は滅多にお互いで友人の論評などはしなかった。

実を言えば、二人が話すこと自体滅多になかった。アイヴィ・シューツは統計数字のタイピストで、そもそも変わり者の部類に属していた。特別に集中しなくとも細かく正確な仕事ができ、毎日、債券発行額の長いリストやカタログ番号や特許リストの校正用草稿を高速でタイプしつづけていた。


毎晩、アイヴィは五時四十五分から数秒と離れずに帰宅する。朝六時に出勤したルルが帰宅を待っており、そのパターンに変化はない。つねに変わらずポテトを茹《ゆ》でる用意ができている。ルウェリンが買い物をして、アイヴィが料理をする。二人で食べ、ルウェリンが皿を洗う。すべて意識することもないほとんど自動的な行動となっていた。ルウェリンの買い物リストは八つあり、アイヴィには八種類のメニューがあったので、毎日メニューを変えていけば毎週水曜日同じものを食べずに済む。

ルウェリンは月曜日には洗濯物を出し、火曜日にはドライ・クリーニングに出し、両方をまとめて金曜日に受け取った。アイヴィがベッドメイクとお金の管理をした。ルウェリンは雑巾《ぞうきん》をかけ、ほうきで掃き、ゴミを出した。土曜日の朝、八時にアイヴィは家を出た。日曜日の夜九時ぴったりに帰ってきた。

ルウェリンは土曜日の午前中は家を掃除して過ごし、午後には映画に出かけ（短篇アニメ五本つきの子供向け昼興行）、日曜日は一日中ヴォリュームを大きくしてラジオを聴いた。アイヴィが音を嫌ったので、平日の夜はイヤフォンで聴いていた。そして平日の夜にはアイヴィは小説を読む――ブック・クラブの推薦図書ばかり――アパートの一階にあるドラッグストアが営む貸本棚から借りていた。

アイヴィと過ごした年月のあいだ、ルウェリンが一度も開けなかったものがふたつあった。ルウェリンの給料袋とナイト・テーブルに載っていた黒い金属の箱である。最初の方を開けることなど考えられなかったし、二番目の方は不可能だった。鍵《かぎ》はアイヴィが首からリボンでぶらさげていたからだ。いずれの件もアイヴィの完全主義のあらわれだった。

アイヴィは自分の稼ぎをルウェリンの給料袋と合わせ、一ペニー残さず使い道を記録していた。ルルは酒も飲まず、煙草《たばこ》も吸わなかった。仕事への往復は歩き、弁当は紙袋に入れて持参した。現金など必要なく――土曜日の映画代以外は――触れることすらなかった。洗濯と食料品は月極《つきぎめ》の請求書が来て、郵便で支払った。九百九十一週のあいだ、掛け値なしにただの一度も給料袋の封を切らなかった。

禁欲的な態度は変化のない毎日の生活に見合ったものであり、ルウェリンはすべての誘惑に背を向けていた――さらには米国の外交政策にも、野球の試合結果にも、キツツキの求愛行動にも、週末アイヴィがどこに行っているかにも、その他自分が参加しないすべての活動に。たぶん、ただ脇《わき》に片づけてしまった、と言う方が正確だろう。忘れたのではなく単に覚えていなかったのだ。

そうやって十九年のあいだ生活は続いてゆき、気づかれないまま通り過ぎていった戦争も四季も、ルウェリンには野心や変化同様、縁のないものだった。ルウェリンの生活はひそやかに続いてゆく短篇アニメ五本つきの子供向け昼興行と午前中の仕事と午後五時のポテトの皮むきであり、そしてさらに言えば、毎月三度の火曜日と三度の金曜日に声もない暗闇《くらやみ》の中でくりかえされる、自分の秘密にとってもっとも大事な、だがおざなりな行為だった。

毎夜毎夜、静かな夕べに、ラジオはイヤフォンを通してルルのなかばまどろむような、どんよりとした心に流れこみ、アイヴィ・シューツは部屋をへだてて向かい合うように、片手に小説を、もう一方の手に鎮痛剤の吸入器を持って——いつも鼻風邪《かぜ》をひきかけているか治りかけているかだった——まっすぐな背の椅子《いす》に座った。定義づけが好きな人たちなら、はたして二人が幸せだったかどうか延々議論することもできるだろう。だが間違いなく、ルル・ルウェリンとアイヴィ・シューツよりも自由な生活をしていて、二人より不幸な人はいくらもいるはずだ。

この取り決めがはじまってから十九年目になって、アイヴィ・シューツは良心にチクリと痛みを覚えた。あるいはアイヴィがそのとき凝っていたヨガのまがい物のせいだったのかもしれない——その神秘主義もどきのカルトは、高位の自我は嘘と罪のせいで地球に縛りつけられており、すべてを告白して自分を真に解放しなければならないと教えていた。ともかくもアイヴィは悩みはじめ、三日三晩のあいだ悩み、そしてある夜何度か深呼吸をして——そのせいで咳《せ》きこんだ——そしてついに打ちあけた。

「ルル、あなたはいい人よ。本当にいい人よ。あなたは人生で間違ったことなど何もしていない。そんなことはできない人だから。だから恥じたりしないで」

ルルは、もちろん、ひどく驚いた。左耳のイヤフォンを入れなおし、まばたきした。

「ぼくは恥じてなんかない」とルウェリンは言った。それから、驚きで呆然《ぼうぜん》としたルウェリンの前で、アイヴィは跳ねおき、黒い箱の鍵を取りに走った。次の瞬間、アイヴィは箱を開けて、中身の書類をかき回していた。その次の瞬間、アイヴィはルルの静かな生活に爆弾を落とす紙を見つけ出した。アイヴィは黙ってルルの前まで来ると、紙を手渡した。

「さあ、読んでちょうだい」

ルウェリンはまばたきし、その言葉にしたがった。何が書いてあるのかまったくわからなかった。それはあきらかに法的な書類だった——名前やら日付やら証人やらが記されていた。そこまでは理解できたが、心はそれ以上の理解を拒んでいた。ルウェリンは紙切れを振り、うつろな声で訊《たず》ねた。「これは何なの?」

アイヴィは息をゆっくりと吐きだし、最初からすぐにわかってもらえるとは思わなかったと言わんばかりに天井を見上げ、それからルウェリンの手からそっと証明書を取り上げた。ルウェリンに見えるようにはっきりとかざして、その意味を教えた。それぞれの項目を説明していった――ルウェリンのサイン、自分のサイン、証人、場所、役所のスタンプ、そして最後に日付、十九年前だかの日付。パズルのピースがひとつずつはまりこむたびにルウェリンはうなずき、そして最後にアイヴィは言った。「……だからね、わたしたちはあの夜に結婚したの」そこでルウェリンは顔をあげた。

「いや、結婚なんかしてない。なんかの間違いだ！」

「でも、結婚したのよ、ルル」アイヴィは書類を指で叩《たた》いた。「結婚したの」

「いや、そんなことはない」だがもはやルウェリンの声には自信のかけらもなかった。

「あの晩のことは覚えてる？　思い返してみてちょうだい。よく考えて」

「すごく前のことだし」

「あの翌日、ホテルで目を覚ましたとき。そこから始めてちょうだい」

「あれは――」ルウェリンは目を大きく見開いて紙を軽く叩き、アイヴィはうなずく。

「うう」そしてちょっと間があり、ルウェリンの最後のようすが、たったひとつすがれるところ。「ラジオで言ってた……」言葉を切り、なんと言っていたか正確に思い出そうとして、それから続けた。「それはできないって言ってた――酒を飲んで、その場で結婚したりなんかは」

「ルル、これは十九年前の話なのよ」

ルルは座りこんで結婚証明書を見つめた。目の前で書類がかすんできた。ルウェリンは囁《ささや》いた。「アイヴィ、なんでこんなことをしたんだ?」

「結婚したかったから、それだけ。わたしには……こうするしかなかったから」

それはルウェリンの問いへの答えにはなっていなかった。ルウェリンが訊ねたのは自分自身とこの古い紙のことだった——アイヴィのことなどどうでもよかった。だが質問をくりかえそうとしてもそれはできず、やがてその気すらなくなってしまった。アイヴィは十九年昔に戻り、喋《しゃべ》っていた。「あなたに言おうと思ったんだけど、怖かったから。ルル、あなたのことがわからなかった——今みたいにはわかってなかったから。あなたが怒るか、わたしを憎むか、出て行くか、何をするか。あなたにちゃんと言うつもりだった」間をおいて付け加えた。「でもあなたが怒ったりしないってわかるまで待つことにした。そして一週間して……」アイヴィは目をつぶった。「……嬉しかった。あなたはそう言ったわ。これだけがあなたがこれまでにやった、やったと思っていた、たったひとつの悪いことだった。これだけが。でもこれで悪いことなんか何もしてなかったってわかったでしょ。わたし——わたしは、あなたはショックだったでしょうけど、でも……」アイヴィは肩をすくめ、目を開け、そして微笑《ほほえ》みかけた。

「ともかく！」アイヴィは勢いよく言った。「あなたに知ってほしかったの。少なくとももう良心を悩まさなくてもいいわけだし。あなた！」アイヴィは心の奥底からの、だが素朴な好意をこめて付け加えたが、それはしばしば嘲笑一歩手前のものでもあった。「あなたが何か悪いことをするなんて！　そんなのありえない！」

ルウェリンはいつもの椅子にいつものだらしない姿勢で沈みこみ、足には靴を履いており――まちがいなく足指を動かしたはずだ――心臓の早さもいつもとほとんど変わらなかった。全身どこからどこまで元のまま、生きて感じており、前と同じ名前で前と同じ体重を同じ椅子のたわんだバネに同じようにかけていた。だがルウェリンは身長が一メートル八十になるよりも小人にまで縮むよりも、変身してリスやフィロデンドロンの鉢になるよりも、はるかに大きく変わってしまっていた。

ルウェリンは麻痺《まひ》した心で自分がいつ変わってしまったのだろう、なぜこれほど劇的な変化が外にはまったくあらわれないのだろうかと考えた。自分の中で何かが壊れたのだが、正確に何が壊れたのかはわからなかった。それを探ろうとするかのように突きだした小さな腹に手をやったが、触れても何も変わっていないように思われた。

アイヴィ、なんでこんなことをしたんだ？

だがその問いを声に出して言うことはできなかった。そのかわりルウェリンは突然立ちあがり、そしてうまく自分をコントロールできなかったために、耳障りな、鞭《むち》をならすような声を出した。「アイヴィ、ぼくに思いこませておいて――」

アイヴィは体をくるりと回し、青ざめた顔を向けた。

自分の声のせいでそんな顔をさせてしまったのを後悔し、怯えさせたのを後悔した。そして自分も怯えているのに困惑していた。喋ろうと唇を開き、そのときにアイヴィが怯えて全身で見つめているのに気づいた。次の言葉は彼女が生涯決して忘れない言葉になるだろう。言葉が出てきて、出て行った。「もう寝た方がいいかと思うんだ」よたよたとアイヴィの脇を通り過ぎた。アイヴィの顔から恐怖が引き、血色が戻ってきていた。

「そうね、もう疲れちゃったわよね」アイヴィは陽気に言った。「ちょっと変な気分だったの。わたしは何かお腹に入れてから寝るから!」アイヴィはスライスしたパンをつまみながら、お気に入りの鼻歌もどきをハミングしていた。ずっと昔から聞かされつづけていたせいで、ルルはもはや自分がその曲を好きなのか嫌っているのかもわからなくなっていた。それはおよそ四音くらいのあいだをランダムに行き来する音符のつらなりだった。だが普通の音楽と異なり、フレーズの切れ目は小節線でもなければ旋律でもなく、いつも垂れてくる鼻水を女らしくすすり上げる音なのである。てっぺんはわルルはゆっくり服を脱ぎながら、気がつくとその鼻を見つめていた。

ずかにふくらんでおり、赤くなってとても柔らかだった。長年鼻をかみ、拭《ぬぐ》い、たまに垂れてこなければ確かめようとつつくのをくりかえしたおかげである。ルウェリンは鼻を見つめ、心の中で十九年間とつぶやき、そしてなぜか腑《ふ》に落ちる気がした。ルウェリンは床《とこ》につき、アイヴィが寝室に入ってくるまでずっと天井を見つめて待った。

アイヴィは寝室のドア口で立ち止まった。脇に黒い箱を抱え、もう一方の手に小さなサンドイッチを持っていた。アイヴィは一口ほおばり、呑《の》みこみ、それからサンドイッチを持った手で愛情たっぷりに小さな黒い鉄の箱を叩いた。

「忘れないで、ルル！　あなたが人生で何か悪いことをしたって言われたら、そうじゃないって証拠はこの箱に入ってるんだから」

アイヴィは部屋に入ってきて、ナイト・テーブルに箱をおろし、また叩いた。ほんの一瞬ハミングし、それからサンドイッチをもうひとかじりして言った。「ああ、言ってしまって本当にすっとした。ルル、書類はライティング・デスクのMの項にファイルしてあるから。忘れないでね――入り用になったときのために。もう箱にしまっておく必要はないわね」

アイヴィは下着を洗い、乾かすために小物干しにかけ、しばらくしてベッドにやってきた。火曜の夜でも金曜の夜でもなかった。日曜の夜だった。二人は言葉も交わさず眠りについた。

ルルは月曜日仕事にいった。たいそうひどい日だった。月曜日の会話はいつも同じで、ひどいというのはそのことだった。

……九杯目のビールで……

……まだ高校生の小娘なんだけどよ、ジョー、それがまた……

……ロクデナシめが先走ってこけたんで……

……んでオレは……

……たっぷり……

……ダンスホールで……

たいそうひどい。それは体を洗い、しぶきになってかかり、まわりでうずまき、潮《しお》となって引き、そしてまた満ちて戻ってくると泡立ち、音をたててルウェリンを呑みこんだ。秘密はルウェリンから逃げていったが、反射行動だけは置きっぱなしだった。ルウェリンは身についてしまった防御法を忘れられなかった。これまで粗野に、自慢するような調子でセックス、罪悪、醜聞《しゅうぶん》にまつわることがらが語られるたびに、ルウェリンは心中で高みから見下ろし、ほくそえむことでバランスを取っていた。

だがあの忌々《いまいま》しい証書が入った黒い鉄の箱のことが頭にあって、どうして楽しい気分になれるだろう？　心でこの反応が起こるたびにルウェリンは打ちひしがれ、また打ちひしがれ、そしてまた、何度も何度も同じことがくりかえされなければならなかった。だけどぼくらは結婚していた、結婚してたんだ。そうルウェリンは何度も自分に向かって言い、そしてわがものと呼べる罪はどこにもなかった。

火曜日はさらにひどかった。男らしさを誇示するような会話は、もちろん、土曜の夜のようなネタ元がないせいもあって、はるかに減った。だが少ない分、はるかに並はずれ不埒《ふらち》なものばかりだった。いつ何時慈善病棟の患者が机の前のアーチになった格子に顔を突き出し、でこぼこになった顔の輪郭《りんかく》と負った傷によって甚だしい罪の証拠を見せつけたり、あるいはルウェリンがくりかえすことはできるかもしれないが決して一人では思いつけない男らしい猥談《わいだん》をぶつけてくるかもしれない。そしてそのときにはルウェリンをつないでいるおぞましい小さな鎖《くさり》があった。反射、高みからの見くだし、事実、そして打ちひしがれうつろな自分。

何より最悪なのは、月曜日と違って、火曜日の苦悶《くもん》は仕事が終わったあとも続くことだった。正確に言えば、苦悶は終業後に再登場した。すべてが終わったあと、帰宅、ポテト、夕食、皿洗い、ラジオと読書のあと。一日の最後におこなうアイヴィとの火曜日ごとの――および金曜日ごとの――ただし最終週をのぞいて――つとめはすっかり生活の決まりごととなっており、刺激はすっかり失われていた。ただひとつのことをのぞいては。そのひとつこそがルルたった一人のもの、彼だけが創りあげたものだった。それこそが秘密の芯《しん》にある結晶だった。

ルウェリンはその瞬間が来るまで、変化があったことを自分自身にも隠し通していた。ベッドに入ってアイヴィに背を向けて横になったとき、いつもと同じように、肩を二回、しっかり叩かれるときまでは。ルウェリンは即座に、はっきり心を決めて、首をふった。闇の中での動作は見えなかったが、ベッドを通してはっきりその動きは伝わった。アイヴィの反応は一瞬息を止めることだった。呼吸が戻ってきたとき、その区切りとなる鼻をすりあげる音はそれまでほど頻繁ではなくなったが全身で出すようになり、（それまでの）オーボエがクラリネットに取ってかわった。

決まりきった手順からの離脱はひどく憂鬱《ゆううつ》なものであり、そのときはじめて、ルルはおぼろげに未来は過去とまったく異なるものになるのかもしれないと感じた。惨めな一、二時間を過ごしたあと、さらに悲惨なことを発見した。習慣の奴隷《どれい》となった自分は今拒絶したばかりのものを恋しがっていたのだ。

おまえもか？　ルウェリンはもの悲しく、この二日間心に問いつづけてきたことを体にも問うた。おまえも、もう何もかも変わってしまったっていうのがわからないのか？　なぜか体はわかってくれなかった。ルウェリンは惨めに身を固くして窓のサッシがガラスよりも暗くなるのを待ち、それから起きて服を着て出勤した。ルウェリンが朝起きるとき、アイヴィは身じろぎしたりしていたものだが、今朝は寝ているにしては静かすぎるほど静かに目をつぶって横たわっていた。

意外ではないが、水曜日は地獄のかけらをのみこんだ静かな日だった。終業時間が近づくころ、雑役夫《ざつえきふ》たちがルルのオフィスと隣りあった従業員用ロッカー・ルームで騒ぎたてていた。雑役夫たちの頭にはつねにひとつのことしかなく、それを振り払うには三つのやり方があった——笑い話、他人への侮辱、大言壮語《たいげんそうご》。ロッカーの配置のせいで——大きな部屋でお互い同士対角線に来るように置かれていた——雑役夫たちは声をはりあげて罵声《ばせい》を飛ばしあうことになった。出入り口の場所のせいで、否応なしにルルの椅子の後ろが通り道になっていた。

雑役夫たちは沸騰《ふっとう》してロッカー・ルームからオフィスに流れこんできた。ルルは顔をあげもしなかった。一人がこう言ったときですら。「よう、今度の給料日はあれだよ。ルウェリンじいさんを引っ張り出して燃えかすに火つけてやろうや」

「女も簿記台帳になってないと、どこに何があんのかわかんないんじゃねえの」

「意外とびっくりはそっちかもよ？　意外と家になんか囲ってて、それでじっと黙っててんじゃゃねえの？」

ルルは動かず、動かないことで雑役夫たちの関心を惹《ひ》きつけた。洒落《しゃれ》た切り返し、肩越しに笑みを投げるだけで男たちは出て行っただろう。だが切り返しなど知らなかったし、笑顔の浮かべ方もわからなかった。ただ背を向けてじっと座っていることしかできなかった。

「いんやあ。本当のところはよ。生きちゃいねえんだよ。女のケツを追っかけなくなったら人間生きてるたあ言えねえよ」

やかましい笑い声。あきらかに心からの楽しい笑いがルルからの反応を埋め合わせた。雑役夫たちは突然背を向け、出口に歩いていった。

突然、ルルは興奮して立ち上がった。「見てろ。今から出かけてスケを買ってやる」と自分に言った。そして突然気分良くなった。結婚証明書を見た晩からこっち、はじめて気分が良くなった。なぜ唐突にそんな考えが浮かんできたのかわからない——ともかく浮かんできたのだ。

スケを買ってやる。五分後にトイレの鏡に浮かんだ顔にそう話しかけた。顔は力づけるかのように頷《うなず》きかえした。結果がどうなろうと、それで話の種ができる。自慢話になるかもしれないし、誰にも話さないかもしれない。あるいは女に財布と時計を盗まれたって話になるかもしれないし、それはそれでおかしかろう。それとも女にもっともっととせがまれたという話になるかもしれないし、女に指輪を売らせて貢がせたって話になるかもしれない。

決して誰にも話すまい。病院を出るときに心に固く誓った。ぼくはやってみせる、それだけだ。あいつらに教えてやる必要はない、ぼくが知っていればいい。

帰り道もなかばまで来たところでルウェリンは一人ごちた。ぼくは財布も持ってない。まず財布を買わなきゃならない。

家の階段を登るときにつけくわえた。それに時計もだ。

かなり醒《さ》めた気分でアパートに入ってくると、ジャケットを掛け、ポテトとナイフと水を満たした鍋《なべ》とむいた皮を入れる紙袋を用意し、キチネットのカウンターの前に立った。

財布と時計にはいくらかかるんだろう……。

ルウェリンは知らなかった。きっと大金が要るだろう。ルウェリンにはスケを買う金も必要なのだから。

ルウェリンはむきかけのポテトを置き、下唇を引き結んだ。できることはひとつしかなかった――土曜日の映画をやめることだ。

「一度や二度の土曜じゃない」と呟《つぶや》いた。

自分の給料袋に手をつけることなど最初から考えなかった。いずれにせよ、ルウェリンにとっては現実味がなかった。金のことを思うと、浮かんでくるのはアイヴィの顔だった。実際、アイヴィにただ頼んで金をもらうという直接的発想を諦《あきら》めるまでにもずいぶん時間が必要だった。単純な解決法を捨てたのは、アイヴィがお金を持っているとは思えなかったからである。どうしても、毎月アイヴィに電気とガスとその他家計の出費を払わせていることが頭から離れなかったのだ。

安定した仕事を持つ二人の人間が中の下程度の生活を十九年間変わらず維持しつづけてきたとき、いかほどお金が貯《た》まるかなぞ、ルウェリンの理解をまったく超えたことだった。アイヴィのライティング・デスクをかきまわしたのも、例によって病院で耳に飛び込んできた聞きたくもない逸話が頭にあったからである――八十セント足りなかったので母親の財布を漁《あさ》り、四十ドル見つけた少年の話だ。「おふくろさんの買い物のお金だよな……」とルウェリンは呟いた。

さて、そこには買い物のお金はなかった。アイヴィのデスクにあったのはきわめて丹念にそろえた便箋《びんせん》と封筒と、番号、日付、振り出し先のアルファベットで検索できるように整理された支払い済み小切手の束――毎年元旦、アイヴィが七年たった小切手を燃やす不可解な儀式をしていたことを思い出した――三つのサイズに分けられた、クリップの小さな箱。二サイズに分類された輪ゴム。第一種郵便と第四種郵便のラベル、それだけだった。赤とブルー・ブラックのインク瓶《びん》。四万二千ドル分の債券。未開封の鉛筆三箱と手紙のファイル。ルルはがっかりしてポテトの皮むきに戻った。

ルウェリンはため息をついてラジオをつけ、ポテトの皮むきを再開した。ラジオから腕時計の宣伝が流れ、ルウェリンは途中で作業の手を止めて聞き入った。男の声はわずか四十九ドル九十五セントから各種取りそろえておりますと言っていた。ルルにはあまり「わずか」には思えなかった。それだけの金は――ええと――ルルは目をつぶって唇だけを動かしながら暗算した――およそ二年と九カ月分の土曜日の映画に匹敵する。そのあとは財布を手に入れなければならず、まださらに金が要る――女に払う金が。スケにはいくらぐらいのお金を払えばいいんだろう。まあいい。きっとそのうちにわかるだろう。あと三年か四年の内に――ともかく、どれだけ長い時間がかかろうとも。

　ニュース速報。ほんの一時間前、ハイ・ストリートのオフィスを襲った二人組の強盗が近隣五州で指名手配された。強盗は現金および市場性債券四千ドルと、有価証券一万二千ドル相当を奪って逃走した。

　それだけの金があれば充分だろう、とルルは思った。なんて簡単なんだ！　想像もしてみろ――心底金が欲しくて、出かけていってつかみとる。たったそれだけだ。想像もしてみろ、こんな自慢話を（心に秘めておいてもいいし、人に話してもいい）。それで銃を突きつけて言ってやったわけよ、よおし、そこの有価証券とやらをいただこうか。ルウェリンは「有価証券」がなんなのかよくわかっていなかったが、一万二千ドルにもなるものなら持っていても悪くはないと思われた。そんなことをやってのける気骨があれば、長い長いあいだの罪なき生活も埋め合わせられるだろう。

　何年も何年も小銭を数えて、スケを買う金が貯まるまで待つ必要はなかった（ルルはもっぱらお昼のラジオを聴いていたが、連続ドラマでまっとうな人の人生を狂わすのは大抵の場合スケだった）。実際、そんな風に金を盗めるのなら、女すら必要ないだろう。盗みは充分に罪だ。よおし、その市場性債券をもらおうか。債券というのがなんなのかもわからなかった。それに銃も持っていなかった。

突然手が止まり、ルウェリンは目を落として、皮むきナイフから延びている長いポテトの皮を見つめ、そして大声で言った。「債券なら見たことあるし、銃なんか必要ない」

木曜の午後二時半、ルウェリンはファースト・ナショナル銀行の中、だだっぴろく広がる磨きあげた大理石の隅にびくびくしながら立っていた。今は書類フォルダを肌に直接、下着の中に入れて上からシャツをかぶせて隠したりはしていなかった（出がけにアイヴィから「ルル、ちょっと太ったんじゃない？」と言われた）。ルウェリンは病院にあった大判のマニラ封筒に債券を押しこんでいた。封筒はルウェリンの手に握りしめられて湿っていた。きょろきょろと周囲を見回すばかりで、どうすればいいのかわからないでいた。

警官の制服――ただし青色でなく灰色のもの――を着た男が立っているルルに近づいてきた。銃を持っていた。「なんのご用でしょうか？」

ルルは大きく息を吸いこみ、「債券を持っている」と言おうとした。だが音は出てこなかった。咳《せ》きこみ、もう一度言おうとした。

「有価証券のことでご相談ですね？」警備員はほとんど奇跡のように助け船を出してくれた。

ルルはかろうじてうなずいた。警備員は微笑んで言った。「わかりました。ではこちらへどうぞ」

ルルは警備員のあとについて、輝く低い壁に開いたマホガニーの両開き扉の前にやってきた。扉の向こうには半ダースばかりの机と半ダースばかりの椅子が、大河に浮かぶ小さな島々のようにお互い同士遠く離れて散らばっている。警備員はある机のそばの椅子を指さした。

「こちらに座ってお待ちください。すぐにスカリーがお世話をいたします」

警備員は去っていった。

ルルは扉を通り抜け、「お世話」でどこに連れて行かれるのかと高まる不安を胸に抱きつつ、封筒を膝《ひざ》にのせて椅子のはしに座った。デスクの向こう側に座っているのは大男だった。銀白色の髪で薄青色の目をしており、首には世界一清潔なカラーを巻いていた。スカリー氏はデスクで罫線《けいせん》の引かれたカードを処理しており、最後に勢いよくゴム印を押した。それからルルの方に目をやった。ルルは心底恐ろしい笑みを受けて椅子の中で縮みあがった。男は訊ねた。「なんのご用でしょう?」

「あー」とルルは言った。視線を落とし、封筒を見つめ、債券のことを思い出した。封筒を大柄なスカリー氏に差しだした。

スカリー氏は咎《とが》めるような目を向けた。債券を取り出す前に、債券を取り出してから、そして三度目に債券の束に指を走らせてから。中でも三度目の視線が最悪だった。

スカリー氏は言った。「なんですか、これは」

「その」とルルは言った。「債券」

「ふむ、そのようですね」

スカリー氏はベストのポケットから眼鏡ケースを取り出してぱちんと開き、眼鏡を取り出してかけた。眼鏡は黄金の小さな唇で鼻梁《びりょう》をそっと噛《か》み、ぶらさがった。ルルは魅せられたように見つめていた。スカリー氏は首をわずかに前に傾け、レンズの上縁との隙間《すきま》からルルのことを見やり、眉を寄せた。「この債券はあなたのものですか?」

「ああ、うん」とルルは言った。

「ふむう」とスカリー氏は債券に向かって言った。わずかに持ち上げ、デスクに落として、また束に目を落とした。

「ぼくが欲しいのは」ルルはおずおずと言った。「お金だ」

「ほう？」とスカリー氏は言った。

ラジオのニュース速報で聞いたフレーズが浮かび上がってきて、ルルは指をたてた。

「これは市場性債券だ」声はわずかに震えていた。

「ええ、さようです。たしかに、ミスター……」

「ルウェリン」とルルは補った。

「ルウェリンさん、もちろん、そうですね。ちょっと失礼します」スカリー氏は黒々とした文字が書かれた黄色い紙をとりあげ、電話のダイヤルの上で指をすばやく三度動かし、受話器に向かって言った。「今、手元にBW三百七十八号のリストがあるんだけど。これって最新？　間違いない？　ありがとう」電話を切り、黄色い紙を調べ、それから債券の束の隣に置いてひとつひとつ、債券の番号とリストにある番号とを照らし合わせていった。「ふむ」としばらくしてから言った。「この点は問題ないな、とりあえず」

スカリー氏はまた黄色い紙をつまみあげ、ルルに向かって振って、笑みを浮かべた。笑みを浮かべながらも、目は正確に狙いをつけていた――鋼鉄のドリルのように鋭く。「これは盗難届の出ている債券のリストですよ」と説明した。「もちろんちゃんと把握しているわけですよ」

それからしばらく、ただルルの顔を見つめる以外何もしなかった。ルルの顔にはまったくなんの表情も浮かんでいなかった。完全に固まっていたからである。

「さて、それでは、この債券をすべて流動化したいわけですか、ルウェリンさん？　なるほど。申し訳ありませんが少々お時間をいただくことになります。よろしければこちらでお待ちいただければ……」

ルルはパニックに陥って、壁の大時計を見上げた。あと一分かそこらで銀行の閉店時間だった。けたたましい鐘の音がだだっぴろい大理石の内装に反響し、入ってきた大きなドアの方を見やると、真鍮《しんちゅう》の扉はすでに閉じられていた。警備員が建物の側面にある小さなドアから人々を追い出していた。

「ああ、いや。それは駄目です」ルウェリンは息を呑んだ。「ポテトの下ごしらえをしないと」

「ミス・フィッシャー」スカリー氏は平坦な声で言った。

ルルは驚いて答えた。「え？」

だがそれ以上言ってはならないことを言う前に、瓶底《びんぞこ》眼鏡をかけた年齢不詳の地味な太った女がデスクの反対側に立っていた。「はい」

「この債券をお預かりして、番号を書いた受け取りをこちらのルウェリンさんにお渡ししして」とスカリー氏は言った。「ルウェリンさん、明日の同じ時間にもう一度ご足労願えますか？　それまでには用意を整えておきますので」スカリー氏はすばやく、異議を封じこめようとするかのようにつけ加えた（ルルにはとうてい口をはさむ勇気などなかったが）。「今日は無理、不可能です。時間がありません。時間がかかるんですよ、おわかりですよね？　ミス・フィッシャー、ご住所をお聞きして。ルウェリンさん、あちらでお待ちください」ルルに向かって、しかめっ面で指さした。

ルルは「あちら」に向かった。そこは反対側の壁沿いにある革の長いベンチだった。その近くにはスカリー氏のものよりずっと小さなデスクがあり、ミス・フィッシャーが君臨していた。彼女の前には電動タイプライターがあった。肘《ひじ》の脇に債券の束を置き、左手で一枚ずつめくっていきながら、右手は狂ったように、ルウェリンの視線になど気づかずにキーの最上段の列で踊っていた。

ルルは畏敬《いけい》の念をこめて彼女を見つめた。柔らかく膨らんだ鼻はアイヴィそっくりで、ルルは安堵《あんど》した。ミス・フィッシャーの鼻の頭だけが、この冷たくよそよそしい世界にあって、いくらかでもルルになじみのある唯一のものだった。

可能とは思えないほどの早さでミス・フィッシャーはタイプを打ち終わった。続けてルルの名前と家の住所と勤務先の住所を書き取り、さらに自動車の登録証か――そう聞かれてルルは嬉しかった――何か身分証明になるものを持っていないかと訊ねた。ルルが給与支払い証を見せると、満足したようだった。それから灰色の制服を着た警備員に小さなドアから外に出され、ルルはポテトの皮むきをするために急ぎ帰った。

スカリー氏が債券の正当な所有者を突きとめるには電話三本と、貴重な時間が四十分必要だった。そのすぐあと、アイヴィ・シューツはスカリー氏のデスクの向かい側に座っていた。スカリー氏が同じ説明を三度繰りかえし、しまいに債券の実物も見せて、ようやくアイヴィもどういうことなのか理解した。

ルルはできるだけ物音をたてないように起きて服を着た。あるいは自分の思い過ごしかもしれないが、アイヴィは前の晩やけに静かで、どうも嫌な感じだったので、できれば話をしないでアパートを出たかったのだ。だがルルが寝室のドアまで来たところで、飛んできたアイヴィの声に呼び止められた。

「ルル」

ルルはゆっくりとふりむいた。「早く行かないと遅刻しちゃうよ。もう……」

「まだ大丈夫よ。ちょっと話をしたいの」アイヴィはナイト・テーブルのランプをつけた。「ルル、お金のことだったら、まずあたしに相談してちょうだい」

ルウェリンは何も言わなかった。恐れはなく、ただ秘密の幸せを強烈に感じていた。金は問題ではなかった。つかまるかどうかもどうでもいいことだった。大事なのは債券を盗むことであり、その事実はアイヴィには決して変えられなかった。アイヴィには前置き抜きにさっさとけりをつけてほしかった。一刻も早く病院の格子の内側に座りたかったからだ。まわりの人たちが話すのを聞き、心の中で言ってやりたかった。ところできみは市場性債券を三ポンド半盗んだことはあるかい？

「本当に馬鹿なことをしたわ。ルル、あなたにはああいうことはわからないんだから。もうほんのちょっとで」――アイヴィは親指と人差し指でごく細い隙間を作って見せた――「あの債券を盗んだって逮捕されるところだったのよ」

ルルは返事をせず、一切言い訳をしようとしなかった。ただ下唇を突きだし、靴を見下ろしただけだった。なんと言ったらいいのかわからなかった。

「あたしがお金を全部自分のものにしてるって思ったんでしょ？　そう思ったんじゃないの？」

ルルはまだ黙っていた。

「ああ、あなたを責めたりはできないわ。まさかそんな誤解をされてるなんて思ってもみなかったし、あなたは何も言ってくれなかった。それがいちばんいいような気がしたから。信じてちょうだい、ルル！　信じてくれる？」顔を見上げ、不幸そうに鼻をすすり、鼻をかんだ。「駄目ね――信じてくれないのね。待って――証明してみせる」

ルウェリンはアイヴィを見た。彼女が自分の顔に何を読み取ったのかはまったくわからなかった。だがアイヴィは突然、ショルダー・ストラップを片方吹き飛ばすような勢いで乱暴に喉《のど》をかきむしった。リボンでぶらさげた黒い箱の鍵を取り出すと鍵穴にさしこんで箱を開け、中身を見もせずにいちばん上にあった紙を取り出し、ルウェリンに渡した。

「今日の午後、銀行に行くときにこれを持っていってスカリーさんにお渡しして。とってもいい人よ。全部きちんとやってくれるわ」

ルルは書類を見下ろし、素早くアイヴィの方を見返した。「それは譲渡証書っていうの。債券をあなたのものにしてくれる書類よ、ルル。もともとあなたのものなのよ。わかってちょうだい。小銭まで残らずきちんと計算してたのよ――あなたがいくら稼いだか、わたしがいくら稼いだか、二人で使った額がいくらか。ルル、あれはあなたのお金なの。最初からあなたのものにするつもりだったって、それだけわかってくれればいいの」

ルウェリンは譲渡証書を見下ろし、それから銀行でミス・フィッシャーからもらった受け取りと一緒に胸ポケットにそっとおさめた。

「刑務所に行くかもしれなかったのよ、ルル。お馬鹿さん。自分のお金を盗もうとして。想像もできないわ、あなたが――盗むなんて！」

アイヴィと黒い箱を見つめた。突然、ルウェリンは震えはじめた。ルウェリンの中には何か差し迫ったものがあり、それを見とってアイヴィはシーツをつかんで胸に引き寄せた。「ルル！」

ルウェリンはくるりと背を向けて駆けだした。走りはじめる前からすでに息は荒かった。痛くなるほど唇を引き結び、頬はふくらみへこみ、ふくらみへこみ、小さな蛇腹のように息をはいた。目がうるみはじめ、喉が痛くなった。

自分は何も盗んでいなかった。そして金曜の午後、スカリー氏は叔母たちが死んでから会った誰よりも親切な人だった。ルルに向かって、今では相当な額のお金を持っており――その言葉を借りれば――「あの素晴らしい女性にそのままお任せになるのがよろしい」と言った。ルルが何も反応しないと――また固まってしまっていたので――ため息をつき、お金の大部分を普通預金口座に、一部を当座預金口座に預け入れる手続きをしてくれた。

スカリー氏は小切手の振り出し方と控えをとっておくことまで教えてくれた。本当に親身にルルの世話をしてくれたが、ルルの方はその五分の一も吸収しないでようよう陽光の中に逃げ出した。

金曜日の買い物リストを眺め、何も考えずに買い物を済ませ、帰宅し、階段をあがり、鍵を開け、食料品を片づけた。それから居間に行って、ラジオの脇の隅にある自分の椅子に座った、あるいは崩れ落ちた。

ルルは混乱し、絶望していた。かつては盤石《ばんじやく》の青写真があったはずの未来がまったく見えなくなっていた。何よりも、ルルは失ってしまったものを取り戻したかった

——このアパート、この決まり切った手順、すべての面倒を見て自分を守ってくれるアイヴィの手。手はラジオの方にさまよっていったが、スイッチを入れることはできなかった。そこから封筒が突きだしていたからだ。アイヴィの素早く正確な筆跡で、ルウェリンの名前が書かれていた。不思議に思い、封筒を破り開けて折り畳まれた紙を引き出し、目の前に広げて中身を読もうとした。素早くすべての言葉の上に目を走らせたが、手紙の意味はまったく頭に入らなかった。最初はまず言葉の雰囲気だけをつかもうとした。それからもう一度、一文一文ゆっくりと意味を頭に入れていった。

愛するルル

明日の朝ではなく、今晩のうちに仕事に行くことにしました。だからポテトを皮むきしすぎないのと、レバーを半分、わたしの分に残して冷蔵庫に入れておくのを忘れないでください。

今週は考えることがあるので、早く出かけるつもりです。債券のことではわたしは大いに目を開かされましたし、開いた目でしっかりまわりを見なければなりません。どうか、わたしが貯金を盗《と》るつもりなんかなかったことだけは信じてください。どうしても信じてほしいんです。おねがいだから。すべてわたしに便利な取り決めになっていただけで、あなたを傷つけるつもりもなかったし、誤解されるとも思っていませんでした。すべてあなたに簡単なようにとやっていたんだけれど、これからはすべて公平にするつもりです。ルル、本当にごめんなさい。今、この意味がわからなくても心配しないで。いずれわかります。大丈夫。

ルル、どうか、どうかおねがいだからつまらないことだけはしないで。何をしてもいいけど、わたしを置いて出て行ってしまうことだけはしないで。あなたは自分の面倒も見られない。もしどうしても出て行くというなら、それはしようがないことです。でも、せめてその前にあなたが自分の面倒を見られるように、そのやり方を教えさせてください。あなたが何か恐ろしいことに巻き込まれるんじゃないかと、それだけが怖いの。

ルル、あなたはいい人よ、やろうと思っても悪いことなんかできるわけがないとてもいい人。わたしは今、自分にうんざりしているし、あなたがそう感じていたとしても当然だと思います。わたしがやってしまった間違いを取り戻すため、あなたのお手伝いがしたい。だから、どうか出て行かないでください。わたしは死ぬほど心配してしまうから。債券のことは誓って本当です。こうしてあなたの分をきちんと分ければ信じてもらえるでしょう？　どうかどこにも行かないでください。

アイヴィ

最後の段落は何カ所か行が乱れていたり、あちこちで線を引いて消してある単語があったりしたので、読むのには時間がかかった。ルルは最後の段落を四度読み、それから紙を机に置いてラジオを睨《にら》みつけた。「そうじゃない！」以前、我知らずアイヴィを怯えさせてしまったときと同じ、怒りをこめた声で怒鳴った。……やろうと思っても悪いことなんかできるわけがないとてもいい人。「ぼくはそうじゃない！」もう一度大声で怒鳴った。大股に部屋を行き戻りし、そのときみぞおちのあたりのどこかでこれまでになかった何か、まるっきり新しい何かが脈打っているのを感じた。それは怒りだった――その瞬間にいたるまで人生で経験してきたいかなることも、ルウェリンを怒らせたりはしなかったのだ。

ルウェリンは手紙を両手に持ち、睨みつけた。その腹立たしい言葉――ルウェリンはもう一度大声で否定した――以外に、その手紙がルウェリンに告げていたのは、どうかどこにも行かないで、という必死の懇願だった。

アイヴィを捨てる――自分が持っているたったひとつの家庭を捨てる――なんて、何十年たとうと決して思いつきもしなかったろう。だがアイヴィにそう言われてみると、それもくりかえして言われてみると、その言葉はルウェリンの心の中で爆発せずにはいられなかった。「ぼくはそうするぞ」ルウェリンは紙切れに向かって厳粛に宣言した。「ぼくはやってやる。出て行く」

そしてそうした。本当にやったのだ。紙のショッピング・バッグ二つに衣類を詰めこみ、土曜の午後にいつものように映画に行くかわりに家を出た。家具付きの部屋を、病院から通りをはさんですぐ向かい、銀行から通り一本南にくだったところ、映画館から一本北に上がったところに借りた。

月曜日には事務室に呼び出され、受話器がはずれている電話の前に座らされた。ルウェリンは受話器をとりあげて耳を傾け、すると電話の向こうにいるのは確かにアイヴィで、彼女ははじめて職場に電話をかけてきていたのだ。声だけでも酷《ひど》い様子で、金切り声で懇願し、しょっちゅうすすり泣きが入り、例によって鼻風邪だった。ルウェリンは一言も口を挟まず言葉が止まるまでただ聞いていた。意味のありそうな言葉は何ひとつ浮かんでこなかった。

最後にようやく言った。「いや、いや、できない。ぼくにはできない。聞こえたろ、ぼくにはもうできない」ルウェリンは受話器を電話機に戻し、そのまま座りこんで見つめた。自分の体が震えているのに気づいた。少なくとも病気になったりひどい面倒に巻きこまれたりはしていない、と言うべきだったと思った。もう一度受話器を取り上げたが、ただ雑音がするだけだった。アイヴィはそこにはいなかった。ルウェリンはまた受話器を戻した。

病院の出納係《すいとう》がルウェリンの方を見やり、近寄ってきた。「大丈夫か?」ルルは立ち上がり、手の甲で上唇をぬぐった。「自分の面倒くらい見られる」ほとんど喧嘩《けんか》を売るような調子で答えた。

「もちろん、わかってるよ」出納係は一歩引いた。「ただ、調子が悪いんじゃないかと思ったんだ。それだけだ」

「ぼくは絶対に戻ったりしない」とルルは言った。

「わかった、わかったって」出納係はなだめるように両手を挙げた。「ちょっと大丈夫かなって思っただけだって」

「いくら言っても言うだけ無駄だ」とルルは言った。よたよたと受付デスクに戻る後ろ姿を困惑した若者が見送っていた。

それから数週間、ルルの生活と思考はもっぱら一人暮らしに慣れることに向けられており、罪に使っている時間などなかった。家具付きの部屋に暮らし、レストランで食事をするのは、知的な人間にとっても簡単なことばかりとは限らない。ましてやルルはジャングルに放り出された赤ん坊のようにすべてをゼロからはじめなければならなかった。ルウェリンはいつも小切手帳を使った。現金を持ち歩く習慣すらが複雑でとても難しかった。十セントのコーヒー一杯とサンドイッチを買うのにも小切手を切り、ラジオ番組を調べるために新聞を買うのに切ったことさえある。しまいにルウェリンが食べているところにレストランの主人がやってきて、これまでに切った小切手の束をかざし、もうやめにしてもらうと言い渡した。

「今度から大きな額の小切手を切って、現金をお釣りでもらってポケットに入れておいて使うようにしてくれ。いいだろ？　あんたの小切手を預入伝票に書き記すのに、毎週うちの女の子が一時間半かかってるんだ」

ルルは傷ついて真っ赤になり、今後はもっとちゃんとやると約束した。自分でも驚いたが、それは可能だった。同じことを食料品店でも試してみた。それまでは毎晩ソフト・ロールふたつと昼食用のレバーソーセージ六切れのために小切手を切っていた。ルルは十ドルの小切手を切り、お釣りの現金を一週間使った。店主は喜び、お礼代わりにレバーソーセージを少し厚めに切ってくれるようになった。

二度、通りでアイヴィとすれ違った。アイヴィは口をきかず、ルウェリンは彼女のことを考えただけで言葉が出てこなくなった。

新しい生活に一本、予想もしなかった糸が織り込まれた。解き放たれてから二日目、レストランのブースで食事していると、ちょうどスープを飲み終えたとき、テーブルの隣りに誰かが立っていた。顔をあげると、そこにいたのは銀行のミス・フィッシャーだった。

ミス・フィッシャーはおそるおそる言った。「ごめんなさい。そのう、相席させていただいてもよろしいですか。どこにも空いた席がないので……」

ルルは慌てて立ち上がって小さなテーブルを片づけた。相手が塩を持っているのに気づき、自分のトレイの上に相手のトレイを重ねて空間を空けた。ようやくテーブルが片づき、弱々しくお礼の笑みを浮かべ、そこでミス・フィッシャーは気づいた。

「あら、ルウェリンさんじゃないですか！」

その晩は、ルルはそれ以上何も彼女に話さなかった――話せなかった。だが次の夜、ミス・フィッシャーはルウェリンより先に店に来ており、トレイを持ってきたルウェリンに声をかけて、自分の前のテーブルを叩いて示した。それからはいつも一緒に食事をするようになった。ミス・フィッシャーは物静かで感じよく、ルウェリンが黙っていたいときには無理に喋らそうとしなかった。

それから六、七週後のこと、病院でルルにとって忘れがたい事件が起きた。怒りに燃える若い娘が、ルルが腰を据える格子窓の前に顔を突きだし、詰問してきたのだ。

「ジョージ・ヒッケンワーラーはどこ？　今すぐ会わしてちょうだい」

ルルは呆然《ぼうぜん》と見返すだけだったが、娘は手のひらを格子窓の脇の棚に叩きつけ、質問をくりかえした。表情が不吉に曇《くも》りはじめ、首の両側の血管が危険なほどに目立ちはじめた。

そのときようやく思い出した。ジョージ・ヒッケンワーラーというのは既婚の雑役夫で、やたらと自分にちょっかいを出してくる奴だった――なぜなのか、理由はルルにはわからなかったが。「ただいま呼んで参ります。少々お待ちください」と約束した。ルルは立ち上がり、ロッカー・ルームの入り口に向き直り、するとそこにジョージ・ヒッケンワーラーが壁に背をくっつけて立っていた。ヒッケンワーラーは狂ったように手で苦悶《くもん》と祈りを表現し、口を奇妙なかたちに曲げて、何か大げさな、声にならない、懇願するような言葉を理解できない言葉で吐きだしていた。

ルルは格子窓の前に戻った。「そこにいます」とドアを指さした。「そこに、いる?」と若い女は言った。女は後ろに立つ男の方に怒ったように振り向いた。男は警官だ、とルルにはわかった。「そこにいるって」と伝えた。「そこに、いるのか?」と警官は応じた。警官は正面の、オフィス入り口の方に走ってまわり、ルルの背後を駆け抜けてロッカー・ルームへ入っていった。

追いかけっこの音と慈悲を求める泣き声が聞こえ、それから哀れなヒッケンワーラーは惨めに警官の手で引きずり出された。顔を真っ赤にした大柄な警官は肉付きのよい手を襟首《えりくび》にかけ、もう一方の手でベルトの後ろをつかんでいた。

このころには人だかりができており、ルルの隣りにはヒッケンワーラーの友人、同じく雑役夫をやっている男が立っていた。男は悲しげに首を振った。「だから言ったんだ、うまくいくわきゃねえってよ。あいつったら『自分のやってることはわかってらあ』ってぬかしやがる。『なんとかなるって』」雑役夫はまた首を振った。「たしかになんとかなったってわけだ。まあこれで良かったんだろうな」

「何をやったんだい？」とルルが訊ねた。

「結婚したんだよ」

「あの女と？」ルルは怒れる女を指さした。女は警官の手をかいくぐってヒッケンワーラーの耳を強く殴りつけた。

「ああ、それにもう一人と。だから言ったんだよ、ばれるに決まってるってよ」

「女房二人？」

「重婚だよ」雑役夫は訳知り顔で言った。

「それってすごく悪いの？」ルルはどうしても知りたかった。

雑役夫は首を傾けてルルに向けて目を細めた。「おっさん、いいかい、一人だって充分悪いんだ」

「ああ、でもこの——あ——重婚ってのは。そいつは本当に悪いことなんだ、ふむ」

「天国には行けんな」

「うん」とルルは答え、仕事に戻った。

夕食時、ミス・フィッシャーと心地よくブースに。なぜいつも、自分と一緒に楽しそうに食事をしているのか、ルウェリンには理解できなかった。いったい何が目当てなのか。ルウェリンは訊ねなかった。だが疑問は消えなかった。

「ああ、そこにいたか！」誰かが肘《ひじ》の脇に立っていた。店主だった。店主はブースに体を半分突っ込み、上から迫った。「おまえさんの面倒はもう片づいたもんだと思ってたがな！」店主はルルにかみついた。

ルルは口がきけなかった。シートの中で身を縮めていた。ミス・フィッシャーは店主の剣幕に怯え、ルルのことを心配しているようだった。

店主は銀行から来たメモつきの小切手を机に叩きつけ、ルルの目の前に叩きつけた。「あれだけ面倒かけたあげく、とうとう不渡りよこしやがって」

ルルはなんと言えばいいのかわからなかった。ミス・フィッシャーはルルを見つめ、店主は睨《にら》む視線をゆるめなかった。お客たちが首を回して成り行きを注視していた。ルルはさらにもう一段体を沈みこませた。

突然ミス・シェリー・フィッシャーが小切手をひったくった。「ちょっと待ってください、グロスマンさん」シェリーはしっかりと言った。「すぐに解決できます。ルウェリンさん、たしか二、三週前、ファースト・ナショナル銀行で多額の引き出しをなさいませんでした?」

ルルはうなずいた。

「そのあと、当座口座にお金を移しました。

ルルはおとなしく首をふった。「そんなことしなきゃならないなんて知らなかった」

とつぶやいた。

「じゃあ、普通預金からは引き出してます?」

ルルは首を振った。ミス・フィッシャーは言った。「グロスマンさん、わたしが保証します。ルウェリンさんはまだ当座預金のシステムに慣れてないんです。普通預金の残高は充分にあります。信じてくださいな」

「あんた、銀行で働いてんの?」

「いつでもお訪ねください」

店主はゆっくりうなずいた。「よおし、そういうことならな」とうなり声をだした。小切手を拾いあげ、ルルの鼻先でひらひらさせた。「いいな、明日のこの時間までにちゃんとしとけよ」

「もちろん大丈夫です。もちろんです」ミス・フィッシャーはなだめるように告げた。ミス・フィッシャーはルルの手に手をかさね、ルルはさらに椅子の中に沈みこみ、とうとうテーブルが胸の高さになった。グロスマンは去った。

「もう大丈夫よ、もう大丈夫。ちゃんと座ってくださいな、ルウェリンさん」

顔に恥じらいを浮かべ、ルウェリンは従った。「知らなかったんだ」かぼそい声で言う。

「誰かに小切手帳を見てもらった方がいいわ。わたしが見てあげましょうか？」

「家に置いてある」ルルは渋々、会話を断ち切ってしまう一言を告げた。

「かまわないわ」驚いたことに、ミス・フィッシャーはそう言った。「別にやることもないし」

「え、じゃあぼくの……」

言うことをきかない舌と格闘しているルウェリンに向かって頷《うなず》いた。しばらくして、彼女は立ち上がった。「行きましょう」

信じられない思いでルウェリンは一緒にレストランを出て、それから自分の下宿へと案内した。

とても狭い部屋だったので、ミス・フィッシャーがテーブルに座ると、ルウェリンはベッドに座らなければならなかった。きれいに片づけていても安下宿のみすぼらしさは隠せなかった。ルウェリンは小切手帳を見つけ、手渡した。ミス・フィッシャーは控えをパラパラめくり、何も書きこまれていないのを見て取った。

「まあ。無理もないわ！」ミス・フィッシャーは丁寧に、控えにきちんと記録を取っておいて、不渡りにならないよう気をつけなければならない、と説明した。話すあいだ、ルウェリンは身をちぢめ、三秒ごとにうなずいた。ミス・フィッシャーは優しく説明し、馬鹿にしたり嘲笑《あざわら》ったりはしなかった。

「ええ、そのことはスカリーさんから聞きました。たぶん頭に残ってなかったんだと思う」

「一度で全部覚えられる人はあまりいないわ」

この人はすごく立派な女性だ、とルウェリンは心の中で言い、その言葉を口に出して言えればどんなにいいだろうと思った。

「あれは何？」ミス・フィッシャーは戸棚の上にきれいに並べられた、十一個の現金入り封筒を指さした。

「ああ、あれはぼくの給料袋」

ミス・フィッシャーは封筒をひとつ取り上げ、平らにのばし、振り、最後にタイプされた文字を読んだ。「現金、あらまあ。現金でもらってるのね。現金を置きっぱなしにしちゃ駄目よ」

ルウェリンはかろうじて言葉をしぼり出すことしかできなかった。「すいません」

「もう、あなたには面倒をみてあげる人がいなくちゃね」ミス・フィッシャーは封筒を数えた。「わかるでしょ、このお金を毎週当座預金に入れておけば、いつでも不安なく小切手を切れるわけ」

ルウェリンにはわからなかった。ルウェリンは封筒の列を手で指ししめし、不幸そうに言った。「どうしたらいいのかわからなかったんだ」

ミス・フィッシャーの驚きの表情をとらえ、ルウェリンはみじめに言った。「ぼくにはどうしても理解できなかった。ぼくを助けてくれる？」

こうしてミス・フィッシャーはルル・ルウェリンの世話をするようになった。

ルウェリンは幸せを感じはじめた。だがミス・フィッシャーとの関係はごく罪のないものであり、彼女その人はこれまでに会ったどんな女性とも違っていたので、ルウェリンはまたしてもあの苦悩を感じるようになり、気が付くとまた他人の罪から身をすくめていた。とはいえ、ルウェリンの罪の哲学は徐々に変化して、罪に対する反応も少し違ってきていた。自分が無能なのけ者だと感じるのではなく、誰かの罪が述べたてられるのを聞くたびに、自分自身について知っていることと照らし合わせてみるようになった。ぼくにもあれができるだろうか？　ギャンブルはできるだろうか？　誘惑は？　窃盗は、瀆神《とくしん》は、暴行は、詐欺《さぎ》は？　答えはいつもノー、ノー、ノーであり、アイヴィの手紙の一節が澄んだ意識に浮かびあがってきた。やろうと思っても悪いことなんかできるわけがないとてもいい人。

そしてある日、ヒッケンワーラーの友人の顔が自分の窓の前を通りすぎたとき――

ただそれだけ、記憶をくすぐるもの。すべてのものがそうであるように、遅まきながら、ルル・ルウェリンに答えが浮かんできた。

ルウェリンはミス・フィッシャーに会いに行き、申し込み、そして彼女は泣いた。

そして、はい、結婚します、と答えた。それからもう一度泣き、哀れっぽく語った。八歳のときに自分とは誰も結婚したがらないだろうと悟り、そのことを受け入れなければならないと決めたのだ、と。

そこで二人は市役所に出かけ、結婚許可証をもらい、三日後に結婚した。ルウェリンは熱情に浮かされた花婿《はなむこ》よろしくさえずり騒ぎ立てた。だが、ルウェリンにとりついていた熱はたいていの花婿とは違うもので、もっと大事なものだった――少なくとも、本人にとっては。

まさにその夜、ルウェリンはアイヴィのアパートに入ってゆき、二階へと階段をのぼった。鍵をつかわずに扉をノックするのは少し不思議だったが、なぜか自分はノックすべきであり、それだけの礼儀を尽くす義務があるという気がした。ルウェリンは幸せな気持ちで待った。胸ポケットで結婚許可証が心地よくかさついた。

ドアが開いた。

「ルル！　ああ――ルル、本当によかった」アイヴィは疲れて頰も血色悪そうだったが、目は輝いていた。ルウェリンを中に引き入れ、ドアを閉じた。「きっと帰ってくるってわかってた。きっとそうするって、そうしてくれるに違いないって」

　ルウェリンは咳払いをした。「ぼくは――」

「話さないで。何も言わないで。やっとわたしもちゃんと考える時間を持てたんだから。ああ、ルル、わたしは本当に考えなしだった。本当にごめんなさい」

「でも、ぼくは――」

「もう何も言わないで。今はわたしの話を聞いてちょうだい。わたしはもうたっぷり待たされたんだから。あなたはここに、あなたの場所にいてちょうだい」

　冗談めかしながらも強い手で、アイヴィはルウェリンを愛用の古い椅子に押しやって無理矢理座らせた。

「すぐに戻《セコンド》るから」と言い、走って部屋を出た。

　ルウェリンは背中がなじんだ古椅子に腰をおろし、興奮しながら考えた。きみが最初だ。ミス・フィッシャー――彼女の方が二番目《セコンド》だ。病院でこの話をしたらどんな風に聞こえるだろうか。想像をめぐらすのはまたの機会にした。

　すぐにアイヴィは寝室から黒の金属箱を下げて出てきた。「ルル、わたしは馬鹿な女じゃないの。本当なのよ。わたしは本も読むし、ちゃんと自分で考えるし、教育のある人と話してもついていけなくなったりはしないし。でも、すごく賢い人が、大馬鹿者よりものを見えなくなってしまうこともあるの。ともかく自分に言い聞かせたのよ。誰かに相談してみなくちゃいけないって。ルル、そうしたのよ——それで答えもわかったわ」そしてアイヴィは箱に鍵をさしこみ、ひねり、黒い金属蓋を開けた。「その人は親切な人、すごく頭のいい人。精神科のお医者さん。わたしはぜんぶ話したわ。でも心配しないで、ルル。あの人たちは牧師さんみたいなものだから。それにどっちにしても、あなたの名前は言ってないし」

アイヴィは箱をかきまわして紙切れを見つけ出し、話しながらその紙をふりまわした。

「それで気づいたのよ。愚かなわたしの目の真ん前にぶらさがっていたのに、全然見えてなかったものに。先生が説明してくださったの。あなたにとっては、結婚しないでわたしと一緒に暮らすのがとっても大事なんだって。それがないと男になれないんだって。あなたは厳格に育てられたおかげで——先生がおっしゃるには、〝白黒はっきりした〟道徳観をもってるって。それをすごく真剣にとらえたものだから、子供のころには悪いことはなにひとつできなかった——試験でズルをするのも、子犬をいじめるのも。だからだ、って先生はおっしゃってたわ。わたしたちが暮らしてるのが〝白い〟ことで、それもそもそも最初からずっとそうだったってわたしが言ってしまったのが、あなたの自尊心を傷つけちゃったんだって。あなたには我慢できないことだった。

これだけは誰にも絶対に言わないつもりだったの。わたしは十四歳のときから一人暮らしをはじめて、いつも全部自分のために考えなきゃならなかった。それでうまくいくこともあったし、駄目になっちゃうときもあった。でもいつもまず自分のこととして考え抜かなきゃいけなかった——法律や誰か他人のことやそういうこととは関係なしに、ともかく自分一人のために。ああ、今はそんなことはどうでもいいわ。言いたいのは要するに——わたしはこれまで、自分にはどうしても自由が必要だって思っていた。自分の場所さえあれば、誰と何をやっても大丈夫だって思ってた。こっちと向こうをわける高い壁みたいなしきりさえ立てていればね。あなたにはわからないでしょ？　それはいいのよ。もうじきあなたの話になるから。

ルル、あなたは十九年のあいだ、わたしが週末に何をしてるのか不思議に思わなかったの？　気にもしなかった？」

ルウェリンは答えようとしたが、アイヴィはその機会を与えてくれなかった。「いいえ、あなたは不思議に思ったりはしなかった。ただそういうものだった——水が低い方に流れるとか、太陽が東から上がるとかといったのと同じで。わたしが土曜日と日曜日はいなくなるってわかっていたから黙って受けいれた。可哀相《かわいそう》なルル！　そうね。じゃあ話すわ。しばらくのあいだは経済学の勉強をしていた。あれは——六年ほど前。ええ、週末にはいろんなことをやった——それから、あの人と会って。どうしちゃったのかしら、わたし、あんなになったのははじめてだった。もう二度とないでしょうけど」哀れにも、小声でつけ加えた。

それから鼻をすすりあげた。「こんなにひどい風邪ははじめてだわ、ルル。なんか熱があるみたい。だからわたしはその人を思って、それでしばらくはその人も同じように感じてくれてるんじゃないかと思ってた。だから弁護士さんに会って、わたしの書類を見せて、それでこれをもらったの。見て、ルル、これはあなたのよ。あなたのためのもの」アイヴィは紙切れを差し出した。

かつて自分の平穏な生活を打ち砕いた一件にあまりにそっくりな成り行きに、ルウェリンは見もしないで紙を受け取ってしまった。ルウェリンはただ目を閉じ、立ち上がって震えながら立ちつくした。それが何かがわからぬまま、何かが来るのを待ちうけていた。

アイヴィは理解して幸せそうに笑った。それから咳きこみ、また笑って、ルウェリンの手から書類を取り上げた。「恐いのね、無理もないわ。じゃあ、わたしが読んであげる」アイヴィの手が触れ、指から紙が滑って抜けるのを感じた。

「『――市の郡裁判所において――』ああ、もう弁護士のご託はいいわね。ああ、ここ。『そこで非公開審理における証拠の重みに鑑《かんが》み――』つまり内密にってこと――『前記L・ルウェリンと前記アイヴィ・シューツとのあいだの婚姻は解消され無効となり存在していない』」

アイヴィは勝ち誇ったように書類をルウェリンの膝に返した。「ルル、わかった？　これは離婚じゃないの。離婚というのは結婚していてもう止《や》めるってこと。これはね、法律の目から見たら、それにわたしの目から見たら、ルル、それにあなたの目からも、ルル、最初から結婚はなかったってことなの。わかる？　わかる？　だからもしそのことを気にしてたんだとしたら、もう気にする必要はないのよ。もうなくなってしまったの。あなたがそうしたいなら教会の手を煩わせなくてもいい。その方が良ければ内縁の関係でもいいの。ルル、あとはあなたが――」

ルウェリンは打ち寄せる思考とそのかけらの波にもまれていた。いちばん上でぐるぐる渦巻いているのは現代社会における証明書の意味という問題だった。もちろん、それほど明晰《めいせき》な思考ではなかったが。ルウェリンは苦しみなどなかった存在が一枚の紙切れで打ち砕かれるのを目の当たりにした。人が法を破り、法によって砕かれるのを見た――いずれも紙切れ一枚のことで。やったこと、やらなかったことのすべてが紙切れ一枚に記される。あるいはものごとが本当に真の意味で為されるのは書類を書きかえたときなのかもしれない。

「ルル」とアイヴィは囁《ささや》いた。「もしあなたが望むなら――他の人とけ、結婚するんでもいいのよ。そうしたっていいの、わたしを傷つけたって――」それからアイヴィは咳きこみはじめた。苦しそうな、あまりに耳になじんだ咳を聞いて、ルウェリンは椅子の中で落ち着かなげに身じろぎし、心臓の上で新しい結婚証明書がかすかに優しい音をたてた。

ルウェリンの奥底のどこかで苦々しい絶望的な思いが蠢《うごめ》いた。結局、スケをひっかけなければならないのだろうか。スケをひっかけて結婚する――そうしなければ重婚にならない。ルウェリンは両の拳《こぶし》をゆっくりと額にあげて目をつむった。そのままずっと立ったまま、唇は言葉をつむぎだそうとしていた。ようやく文章のかけらがこぼれ落ちた。「考えてみる」と言った。ルウェリンは出口の方に向かった。「考える。ぼくは……考えてみる」

「帰ってきて……早く」とアイヴィは言った。「駄目なの――ルル、わたし、どうしたら――ともかく、帰ってきてちょうだい」ドアまでおくってはこなかった。アイヴィは咳きこむか、泣き出すか、じゃなかったら何かもっと心をかき乱すようなことをするに違いない、とルウェリンにはわかっていた。彼はさっさと家を出た。

ルルは二階の調剤部で訊ねた。「ジョー、よく眠れないんだ」

ジョーは答えた。「どのぐらい眠りたいんだ?」

「一度だけ、十二時間ぶっ通しで。冷たいシャワーを浴びても目がさめないくらい深く」

「簡単だよ、ルー。二錠ばかりで――」

「いやそれなんだけどさ、ジョー。錠剤ってどうも飲みにくいんだよ。あまり味のない粉薬とかない？」

「もっといいもんがあるって。全然味のしない水薬だ。ただな。ルー、このことは人には言わないでくれよ？」

「ぼくが？　そんなわけないよ」

「それならいい。それならいいよ、ルー」

一時間後、ルルは言った。「ミルクをお飲み」

従順に、シェリーはミルクを飲んだ。新婚四週目にしては、シェリー・フィッシャー・ルウェリンはひどく不幸だった。不幸を逃れるため、当座、シェリーは夫の喜びそうなことならなんでもやるようにしていた。ルルは椅子から立って伸びをした。

「きみはどうしたいのかわからないけど、ぼくはもう寝るよ。眠くなかったら別に一緒に寝なくてもいいよ。おやすみ」

「あら。わたしも寝るわ」

シェリーが眠るまで、ルウェリンは抱きしめていた。「朝までこうやって抱いててあげるよ」

午前二時をまわったころ、ルウェリンは足音をひそめてアイヴィの家にあがる階段を登り、自分の鍵でドアを開けた。アイヴィは鍵を返すよう言わなかったし、言うつもりもなかった。チェーン・ロックもかけていなかった。

手袋をしてスニーカーをはいていた。中は真っ暗で、ルウェリンはひそやかな部屋に溶けこんだ。どこで床が音をたて、どこにものが突きだしているか知っていた。家の中をさまよい、身を切る風のように寝室に入りこんだ。

アイヴィはベッドで仰向けに静かに寝ており、唇をわずかに開いていた。その姿がはっきり見えたわけではないが、そこに静かに、とても静かに寝ているのはわかった。

ルウェリンは二番目の枕、自分の枕をベッドから取り上げた。ルウェリンの思っていたとおりだった。アイヴィは頬でも手でも枕には触れておらず、ルウェリンがとりのけても身動きしなかった。アイヴィは枕を注意深く顎《あご》の下にはさみ、よだれかけのように胸に垂れ下がらせた。それから枕をアイヴィの顔にかぶせてベッドに横たわり、両手でベッドの枠を上に引っ張り、全体重をかけた。数秒のあいだ、彼女とベッドと床までもが自分に反撃してくるかのように思われたが、すぐに終わった。ルウェリンはそのまま長いあいだ、まちがいないと思われるまで体重をかけつづけた。

喘《あえ》ぎながらルウェリンは起きあがり、立ち上がり、息をとめて耳を澄ました。世界中が眠っていた。

終わった、とルウェリンは口に出さずに言った。あいつはいつも黒い箱の中に答えを持っていた。いつもぼくの裏をかいた。でも今度はこっちの勝ちだ。とうとう一番でかい奴をやってやった。

あの箱。そこにあった。ルウェリンは部屋を横断して箱をとりあげ、きっと鍵がかけられているだろうと思いながら蓋を開けてみた。驚いたことに、鍵はかかっていなかった。

ルウェリンは箱を開けた。中には紙が一枚だけ入っていた。

ルウェリンは震えはじめた。もしアイヴィが自分に見せたくなくて紙を隠していたのなら、自分はそんな紙は見たくもない。ルウェリンは暗闇で紙を手探りし、バスルームまで持っていってビリビリに破くとトイレに流してしまった。

それから出ていった——正面のドアからではなく、避難ばしごを使って。寝室の扉を開けっ放しにし、避難ばしごをおろした——下におしさげ、上に戻らないようにゴミバケツでおさえておいた。

部屋に戻るとすばやく、音もなく服を脱ぎ、ベッドにもぐりこんだ。ルウェリンは歓喜し、有頂天で、巨人であった。シェリーは朝、ごく恥ずかしそうに囁いた。「あなたって、たいした人！」

部長刑事はくたびれた顔に鋭く輝く目を浮かべていた。病院でルルが担当する窓の前に来て、格子から中を覗きこんで言った。「ルウェリンさん?」

ルルは答えた。「ぼくです」

「昨晩はどちらに?」と刑事は訊ねた。

「家で寝てました」

「ああ、そうですね。それはもう確認済みです。ええと、前の奥さんはアイヴィ・シューツさんとおっしゃいましたね?」

ルルの顔にどんな表情が浮かんだにせよ、それは刑事にとっては問題ないものだったらしく、ほんの一瞬言葉を切っただけで続けた。「実はですね、シューツさんがお亡くなりになりました」

ぼくが殺したんだ、とルルは言った。だが自分でも驚いたが、口に出しては言えなかった。そうしたかったのに、なぜかできなかった。ルルは何も言えなかった。

「そう深刻にならないで」と刑事は言った。「みんないつかは死ぬんですから。知りたかったのはですね——あなたは葬儀の手続きをする気がありますか? どなたにお知らせすればいいのかわからないということで、お医者さんの方から通報があったんですよ。それで所持品を調べて、あなたの住所を見つけたんです。たいした額ではありませんが、遺産はすべてあなたに贈られていました」

「はあ」

「できるだけ早くにシューッさんの家に行って、様子を見てきた方がいいでしょう。昨晩、泥棒が押し入ったようですし。どうやら無くなったのは死亡証明書だけのようですが。お医者さんは証明書を書いてベッド脇の金庫に入れておいたと言うんですがね。あったのは箱だけでした」

「死亡証明書？」ルルは囁いた。

「そうそう。奥さんは肺炎でお亡くなりになって、カチカチになってたんですがね。そこに誰かが忍びこんで枕を顔にあてがって、死亡証明をかっさらっていったわけです。たぶん暗かったんで、なんか価値のあるものだと思ったんでしょうな。見事にかつがれたというわけです。でも、とりあえず向こうに行って、様子を見といた方がいい」

「ぼくが殺した」とルウェリンは言った。「ぼくがやった。あいつを殺したんだ」

「はいはい、わかったわかった」

「本当にやったんだ」

「正式な法的書類がそうじゃないって言ってますよ」と刑事は言い、ルルをアパートまで車で送ってくれ、そこにはたくさんの人が待っていてルルがやらなければならないことを全部説明してくれた。ルウェリンはそれを全部やって死んだ。ルウェリンは今でも病院で小さな鉄格子の裏側で働いており、月曜日には洗濯物を火曜日にはドライ・クリーニングを出して金曜日には全部まとめて引き取り、毎日女房が仕事から帰ってくる時間にはポテトを用意している。でもルウェリンはすっかり死んでいるのだ。

輝く断片

伊藤典夫　訳

いままで女を抱いたことは一度もない。だが、こわくはなかった。女をかかえて部屋にはいり、ドアを蹴《け》るようにしめ、その女のぐっしょり濡《ぬ》れたスカートから一定間隔でしたたり落ちる血の音を聞いたときから、恐怖は吹きとんでいた。いや、それより先、歩道のふち石の上に死んで横たわる女を見つけたときから、そして女の口からもれるうめきとも吐息ともつかぬ音を聞いたときから、そんな感情がはいりこむ余地はなくなっていた。運んではきたものの、おびただしい血を前に、彼は左を向き、右を向き、それから女のからだをフロアに置いた。脳みそはぐずぐずにかきまわされたようで、こめかみの血管は、不慣れな運動のために音高く脈打っていた。ベッドカバーに、血ィつけるな、そう考えるだけで精いっぱいだった。天井の明かりをつけると、目をぱちくりさせ、荒い息をつきながら、つかのま立ちつくしたが、やおら窓にかけより、中をのぞきこむ街灯やいろんな視線を避けるため、ブラインドを下ろそうとした。だが伸ばした手を見て、われにかえった。両手とも血まみれで、ふれるものすべてを赤く染めようとしている。彼は声にならぬ声をもらしたが、心のどこか超然とした部分では、それが濡れそぼつ夜道で女の発した苦悶《くもん》のうめきとそっくりなのに気づいていた。明かりのスイッチにとびつくと、すでにそこに赤いしみが一つあり、さわればもう一つ増えることを知りながら、片手でスイッチをはらった。それからよろめく足で隅の流しに向かい、手を洗い、洗いなおし、その間も数秒おきにうしろを見やっては、女のからだと、リノリウムの上をくねりながら近づいてくる分厚い平らな血の指をながめた。

息がおさまると、今度はもっと注意深く窓ぎわに移動した。ブラインドを下ろし、カーテンを引き、左右と下側を見て隙間《すきま》がないことをたしかめる。まっ暗闇《くらやみ》のなか、手探りで向かいの壁に行き着くと、リノリウムのふちを伝って動き、ふたたび明かりをつけた。血の指はいまや触手のように長くのび、汚れがつきやすい柔らかなフロアボードをめざしている。彼はガス台のわきのエナメル・テーブルから台所スポンジを取ると、飢えた触手の先っぽにスポンジを落とし、結果に満足した。もはやそれは生き物ではなかった。いつでも拭《ふ》きとれる、こぼれた液体にすぎなかった。

彼はベッドカバーをはがし、真鍮《しんちゅう》のヘッドレールにかけた。食器戸棚の引出しと折りたたみ式テーブルの上から、ナイロンのテーブルクロスを一枚ずつ取る。その二枚を充分にだぶらせてベッドにかけ、つかのま不安げに身を揺すりながら、下唇を指でつまんでひっぱった。ちゃんとやれ。きっぱりと心にいう。なおす前に死んじまう、いいから、やるんだ、ちゃんと。

鼻から息をはきだし、食器戸棚から本を何冊か抜いた——六年前のワールド・アルマナック、ペーパーバック小説六冊、ジュエリークラフト材料のずっしりと重いカタログ。ベッドは壁ぎわからずらし、その二本の脚の下に本をさしこむと、全体が裾《すそ》のほうにわずかに、また部屋の中央に向かってわずかに傾くようにした。つぎに毛布を取りだし、丸めて、ナイロン・クロスの下にすべりこませ、高いほうの側に塀のようなものを作った。流しの下からは六クォート入りのアルミ鍋《なべ》を出してきて、ベッドのいちばん低い隅にあたるフロアに置き、ぶらさがったクロスの端を鍋のなかにたらした。さあ、いくらでも流せ。彼はほっとして、声もなく女にいった。

女の上にかがむと、ぶつぶついいながら、腕をわきの下に入れて抱きあげた。首の骨がないかのように女の頭がのけぞり、あやうく女を落としそうになった。ベッドへ引きずっていったが、スカートが血だまりに浸かっていたので、赤い幅広の軌跡がうしろに残った。女をフロアから持ちあげると、両足を踏みしめ、抱えたままベッドにかがんだ。これは意外に大仕事だった。自分がどれほど消耗し、疲れ、老いぼれているか、そのときはじめて思い知らされた。不器用に女を下ろす。ていねいに敷いたテーブルクロスを乱すまいと手を離しそうになり、いっしょにベッドに倒れかけた。血でぬめる腕をてこに女から離れると、あえぎながら立ちあがった。ぐしょ濡れのスカートのふちにはもう血がたまり、見まもるうちにも、ものうげに低い隅への道をまさぐりはじめている。こんなにも、こんなにも、人間から血が出るのか。驚きあきれながら——食いとめろ。止まらんときはどうやる？

錠のおりたドアに、閉ざされた窓に、時計に目を走らせる。耳をすます。雨はひどい降りになり、夜更けの屋根をたたき、吹き荒れていた。ほかに物音はない。アパートは寝静まり、通りに人影は絶えている。彼は問題をかかえ、ひとりぼっち。

唇をつまみ、女の血をなめたと知って、あわてて手を離した。咳《せき》こみ、流しにかけよって唾《つば》をはき、口をすすぎ、それから手を洗った。

さて、よし。電話して……。

電話？　どこにかける？　病院で警察呼んでくれるか？　だったら、いっしょにかけちまえ。バカ。何しゃべる？　妹でして、車にひかれちまって、おまわりが信じるか？　ほんとのこと言え、この先で、車から女が突き落とされるのが見えたんで。ライトもつけてない車で、そのまま行っちまって、降られてかわいそうなんで、連れてきたらこの血で、だれが信じてくれる？　バカめ。貴様どうした、やることとやりゃいいんだ、わかったか。

女をかついで雨のなかにもどそうかとも考えた。やれよ、人に見つかるぞ、バカめ。

見れば、リノリウム上の血の帯は光沢をなくし、乾いたり吸いとられたりして色を薄くしている。彼はスポンジをとりあげた。六割がたは赤く染まり、あとは本来の明るいブルーだが、一隅だけ鋭い赤鉛筆で描いたパンみたいに見える個所ができていた。血がたれないよう裏返しにして流しにはこび、蛇口をあけはなすと、何回も何回もすすいではしぼった。バカ、だれか呼んで、助けてもらえ。

だれを？

この十八年、夜になるとフロアをワックス磨きし、絨毯《じゅうたん》にクリーナーをかけてきたデパートのことを思う。近所なら、食品店と肉屋は知っている。どこも戸締まりし、寝支度にはいり、だれも出てこない。名前も電話番号も知らない。それに、だれが信用できる？　くそっ、五十三になるまで、友達もできなかったのか？

彼は洗ったスポンジを取ると、そのままリノリウムの上に膝《ひざ》をついた。そのとたんベッドの上をはっていた血が角に行き着き、細い流れに変わった。血はトンといって鍋に落ち、つぎにトトトン、トトントトンと一団になって、そのあとは一秒に三滴の割合で絶え間なくしたたり落ちた。この出血が自然に止まる性質のものでないことは、さすがの彼にもわかってきた。小声で泣いていたが、やがて立ちあがるとベッドに行った。「死ぬなよ」と声に出していい、声の大きさにびくりとした。女の胸に手をかけたが、ブラウスに裂け目があり、その下にも出血個所があるのに気づき、手をひっこめた。

彼はぐっと唾をのみ、感情をころすと、女の着衣を脱がせはじめた。平べったいバレエシューズは、ずぶ濡れの使い古しで、紙みたいに薄かった。絹製の小物はいままで見たこともないもので、ストッキングの足をくるむ部分だけからできていた。ここにも血――いや、ちがう、冷たい白い足の爪先《つまさき》に、はげかけたマニキュアがこびりついているのだ。スカートは横にボタンが一つ、その下はジッパーで、これには少々とまどったが、ジッパーを下げると両側のすそを交互にすこしずつ引っぱって、なんとか脱がせた。その間、女のからだは力が加えられるままに、かすかにぐったりと左右に揺れていた。小さな絹のパンティーはぐしょ濡れだったが、左側が大きく裂けているので、手をかけるとかんたんに破れた。だが右側は驚くほど強靭《きょうじん》で、ハサミで切らねばならなかった。ブラウスは前にボタンがあるので問題なく、ブラジャーは胸のところでまっぷたつに切った。つまみあげようとしたが、からだから外すにはストラップを片方切らねばならなかった。

彼は流しに走ってスポンジを洗い、よくしぼると、シチュー鍋にぬるま湯を満たしてかけもどった。スポンジで女のからだを拭いてゆく。締まったからだつきだが、痩《や》せすぎの感じで、あばら骨が浮きあがり、腰骨が鋭く左右に出っぱっていた。左胸に長い切り傷。それは正面のあばらのあたりにはじまり、カーブしながらほとんど乳首に達していた。深手のようだが、血はふつうに出ているだけだ。しかしもう一個所、股間《こかん》にある傷は、弱々しいながらも、ぐっ、ぐっと規則正しく鮮血を押しだしていた。似たような傷を、まえに見たことがある。エレベーターのケーブル室で、ガーバーが片腕をもがれたときで、あのときは血が一フィートも飛んだ。これもそうだったのか。ふと思い——だけどもう勢いはなくなってる、じきに止まるさ、そうとも、バカめ、死んだ人間かかえて警察に何ていう？

湯のなかでスポンジをしぼり、傷口を拭いた。ふたたび血がたまる前に、両側に押しひらき、中をのぞく。股動脈がはっきりと見てとれた。スパゲッティの切り口に似て、一個所でつながっていたが、すぐにまた血で何も見えなくなった。

かかとに尻《しり》をのせてしゃがみこみ、血まみれの手で無頓着に唇を引っぱりながら考えをまとめようとした。締めろ、ふさげ、はさめ。はさむ道具。ピンセットだ！　道具箱にかけよると、爪《つめ》で掻《か》くようにしてこじあけた。むかし、銀の角線で細い鎖《くさり》をつくる技術をおぼえ、小さな環《わ》をこさえては、アルコール・バーナーと針の先のようにとがった鏝《こて》で環を閉じ、ひまな時間をつぶしたものだった。彼はピンセットを手に取ったが、思い直して、環を固定するのに使った小さなバネ付き締め金《クランプ》に替えた。流しに走り、クランプを洗い、ベッドにもどる。小さな血の海をもう一度拭きとり、クランプの細いあごで動脈の切り口に近い部分をはさんだ。間をおかず、ふたたび血が噴きだした。もう一度拭きとったが、そこですばらしいインスピレーションがひらめき、金属のあごを外すと、向かいあう切り口のほうに移し、そちら側の動脈をはさんだ。

　傷の内側からはまだ血がしみでているが、あのすさまじい律動的な出血は止まった。ふたたびかかとに体重をもどすと、二分ほどもたってこらえていた息を吐きだした。緊張のあまり目が痛み、頭はくらくらしていたが、それとは別に、ある感覚、痛いような苦しいような新しい感覚が、どこにもなく、またどこといわずみなぎっていた。思わず笑おうとしたが、同時に目に痛みが走り、熱い塩のようなものが狭い孔《あな》から噴きだしてきた。

　しばらく後、まばたきして気をひきしめると、せきたてられるように跳ねおきた。ちゃんと、全部やらなきゃ。流しの上の薬品戸棚に近づく。接着テープ、ガーゼのパッド。もしかして、小さすぎるか。かまわん、くっつけて貼《は》れ、ちゃんと。新品のチューブ、このサルファ・チア・ジアなんとかウムを、何にでも効く、前にクリーナーのごみが傷口にはいって、手が膿《う》んだときも。おできもなおった。

　やかんとシチュー鍋にきれいな水を入れ、ガス台にかけた。縫っちまう、そうだ。彼は針と白い糸を持ってくると、鍋に投げこんだ。ベッドにもどると、考えにふけるようすで、長いあいだ、女の胸の血のしみでる傷口を見つめた。そして股《また》の傷をもう一度スポンジで拭き、じわじわとわきだす血がクランプでとめた動脈を隠すまで、沈痛な顔でのぞきこんだ。確信はないが、止血器というものは、ときどきゆるめないと困ったことになると、どこかで聞いたおぼえがあった。動脈でも同じか？　これは縫ったほうがいい。口があいてるだけで、切れてるわけじゃないのだ。つぎはぎしたソックスみたいでなく、ちゃんと管になるように縫う方法がわかれば。

こうして鍋には、ピンセットと、針の先のようにとがったペンチがはいり、さらに考えた末、ジュエリークラフトの箱から銀のブローチ・ピンを十本あまり取って入れた。沸騰《ふっとう》を待つあいだ、両方の傷をもう一度調べる。眉根《まゆね》をよせながら唇をつまみ、細い針をまた一本取ると、ペンチではさんで灼熱《しゃくねつ》するまでガスの火にかざし、別のペンチで小さな半円形に曲げてから、湯のなかに落とした。スポンジの一部も切り刻んで、小さな厚板状のものをたくさん作り、同じように湯に落とした。

時計をちらりと見やり、それから十分間、白いエナメル・テーブルの天板《てんばん》をクレンザーでごしごし磨いた。流しの上に傾けて蛇口の水ですすぎ、つぎにやかんの熱湯をゆっくりと流した。それからガス台のところに運び、片手で天板を支えながら、煮えたぎる鍋のなかに銀のナイフをさしいれると、ペンチをずらし、柄《え》が湯の上に出るように立てかけた。つぎに清潔な洗面用タオルでおそるおそるペンチをつかみ、シチュー鍋のなかのものを注意深く一つ一つ、残らずテーブルに移しかえた。針の最後の一本と、見つかりにくい銀のピンを取りだすころには、目のなかに汗が流れこみ、天板はいまにも手から抜け落ちそうだった。だが丸っこい黄色い歯をくいしばって耐えた。なおも天板を持ったまま、木の椅子《いす》を一つ、部屋の隅からすこしずつ足で押しながらベッドのそばまで移すと、運んできた荷を椅子のシートに置いた。病院じゃないけどな、と彼は思った。おれが全部なおしてやる。

病院だと！　そうだ、映画で――

引出しに行き、清潔な白いハンカチを出すと、映画で見たように口と鼻をマスクで隠そうとした。彼のいかつい顔と角ばった頭はハンカチ一枚では足りず、けっきょく三枚を使って目から下をおおい、大きな白い房を飛行機雲のようにうしろに垂らす羽目になった。

しばらく途方にくれて両手を見つめ、肩をすくめた。ゴム手袋はない。なに、かまうものか。よく洗った。いままでの作業で手はもうピンクにふやけていたが、念のため流しにもどると、石鹸《せっけん》を取っていかつい爪が白いかすだらけになるまで引っ掻き、指先が痛くなるまでやすりで磨き、洗ってまた磨いた。そしてようやくベッドのかたわらに行き、イスラム教徒さながら、浄《きよ》められた両手を注意深くひたいに上げると膝をついた。指で唇をつまみそうになり、危うくこらえた。

サルファ軟膏《なんこう》のチューブから二つかたまりを天板の上にしぼりだし、ペンチにスポンジの切れ端を二つはさみ、ねっとりした薬を何回も何回もこねてスポンジにしみこませた。そして股の傷をふき、薬入りのスポンジを傷口の両脇にさしいれ、動脈が底から浮きでるようにした。ピンセットとペンチを使い、湾曲させた針に苦労して糸を通す一方、糸の端をなめないようにするのにも気をつかった。

だが、なんとか動脈の切れ口に四針入れ、糸が組織を破らないように、しかも切れ目が合わさるように細心の注意をこめて一つ一つを結んだ。終わるとしゃがんだが、肩は緊張のあまり火がついたようで、目はかすんでいた。やがて大きく息をつくと、クランプを外した。

血が傷口に満ち、スポンジに染み込んだ。だが出血はゆっくりしたもので、噴きだすことはなかった。彼は陰気に肩をすくめた。さあ、どうする、パンクのときみたいにゴムのパッチあてるか？　もう一度血を拭きとり、急いで傷口に軟膏を満たすと、傷をなおすというより隠す気分でガーゼを押しあてた。

彼は二の腕でひたいを拭《ぬぐ》い、もう一方の腕でまた拭い、細い銀の鎖を作っていたころと同じように、向かいあう壁にじっと目をすえた。目のかすみが晴れると、今度は胸の下側の長い傷に注意を向けた。これだけの長さになると、縫い方の見当がつかない。だが料理の心得はあり、鶏を串刺しにする方法は知っていた。舌をかみしめながら、銀のブローチ・ピンを一本取ると、切り傷の真横から肉につき刺し、反対側にとおした。つぎのピンもそこから一インチと離れていないところに刺し、三本目もそうした。四本目になって、傷の内側でギリッと抵抗があった。ドアが轟音《ごうおん》をあげてしまったかのように驚いたが、唇をかんでこらえた。彼はピンを抜き、ピンセットで注意深く探りを入れた。うん、なにか硬いものがある。さらにさしこむと、ピンセットは無傷のままの組織にはいり、おびえた指先にしか聞こえない、カリカリという音をつたえた。彼は身震いを抑え、女の顔に一瞬目を上げた。それっきり、二度と見る気は失せた。そこにあるのはもはや死人の顔だった。

バカ！　だが自嘲《じちょう》のことばも、すぐにはじまった精神集中に呑《の》みこまれた。ピンセットの先が、なにか硬い、つるつるした、動かないものにふれたのだ。いままで経験したことのない柔らかな肉の感触にとまどいながら、ピンセットを前後に揺する。すこしずつ、すこしずつ、鋭くとがった何かの角が現われた。指でつまめるようになるまで揺すりつづけ、それからピンセットを置くと、そっと抜く動作にはいった。半分出てきたあたりで、血がどくどく流れだしたが、すっかり抜けるまで手を休めなかった。スチールの破片で、研いだ凹面とぎざぎざの破断面が電灯の光にきらめいた。ためつすがめつ二回どおり調べ、折りたたみ式カミソリの一部だと気づいた。車の事故だといって警察に引きわたしていたら、何といわれたろう？　そんなことを思いながら、破片をエナメル・テーブルに置いた。

傷口をできるだけ広げ、止血の処置をする。乳首が指の下でうごめき、ピンクの乳輪がちぢんで、しわしわになった。手のひらを虫がはっていると勘違いし、うなり声をあげて目をやったが、どういうことであるにしろ、死につながるものではないと判断した。手当てにもどらなければ……血をふき、傷口を広げ、軟膏をたっぷりすりこんで傷をふさぐのだ。作業をつづけるうち、とうとう十二本のピンから成る梯子《はしご》が、傷の端から端にのびた。彼は糸を取り、二重にすると、輪になった一端をいちばん上のピンにからげ、両側から傷口をはさむかたちにした。そして二本の糸を左手に持ち、ピンで留まった傷口を右手の指でそっと閉じた。糸はそのまま切らずに引きしぼり、交差させ、つぎのピンにかけると、ふたたび傷口を閉じた。同じ動作を下までつづけ、ピンごとに傷口を密着させた。最後のピンに来ると、彼は糸を結び、余りを切った。できあがった作品は血のりと軟膏で見るかげもなかったが、拭きとってみると、なかなかのできばえだった。

立ちあがると、しびれた足にひりひりと感覚がもどってきた。からだは汗みずくで、毛ずねを伝って流れ落ちるしずくが、まるで南京虫《なんきんむし》の引越しのように感じられた。わが身を見下ろす。服はしわくちゃで、雨と血にまみれていた。いびつな鏡を見ると、そこにはマスク姿の醜い鬼がいた。ひたいが棚のように出っぱり、目はやぶにらみで落ちくぼみ、しらがまじりの髪は洗っても煤《すす》のような色で、顔を隠す白ハンカチには巨大な血痕《けっこん》がこびりついていた。彼はハンカチをずり下げ、あらためて見つめた。顔は隠したほうが男前だぞ、やっぱり。目をそらす。だが顔から逃れられるものではなく、鞍《くら》ずれに苦しむロバの辛抱強さで、いっしょに顔もそむけた。

疲れきったからだでエナメル・テーブルの天板を流しに運ぶ。手のひらから腕にかけてを洗い、首からハンカチをとって顔を洗った。そして残ったスポンジと、石鹸を溶かしたぬるま湯を鍋に入れ、ベッドにもどった。

長時間の作業があとにつづいた。最初は、女が寝ているテーブルクロスのスポンジがけで、傷がひきつらないよう相手のからだをそっとずらしながら、寝ていた場所を洗って乾かした。それからきれいな湯に替え、女のからだを頭から爪先まで洗い、あらためてベッドを拭いた。途中、女の頭を持ちあげたとき、雨と渇きかけた血でかたまった髪に、新しい血がまじっているのに気づいたので、テーブルクロスの下から大きな枕を肩にあてがって頭をのけぞらせ、髪を洗って乾かした。後頭部には大きなこぶと、まだ血のとまっていない挫傷《ざしょう》があった。彼はその部分から両側に髪をとかし、冷水をあてがった。それで出血はとまったが、こぶはプラムほどの大きさがあった。それからガーゼをいく切れもとって、こぶの周囲にあてがい、こぶに余計な圧迫がかからないようにした。うつぶせにするのは避けた。

女の髪は、濡れて汚れているときは黒いかたまりだった。だが洗ってとかすと、目のさめるような濃い赤褐色で、わずかなちぢれもなかった。それはベッドの両側につややかな広い帯となってのび、月のように冷たい青白い顔ときわだった対照をなしていた。彼は女のからだにベッドカバーをかぶせると、長いこと見下ろした。あの不思議な、痛みに似た、どこにもなくどこにでもある感覚はいまだ消えてはいず、それは決して心地よいものではないが、ふりきってしまうのもためらわれた……もしかしたら、二度と味わえないかもしれないのだ。

彼はため息をついた。骨の髄から、人生の底からしぼりだすようなため息をつき、ふたたびかたくなにフロア磨きに打ちこんだ。やがて仕事が終わり、針と糸をしまい、使わなかったテープの切れ端や、ガーゼ・パットの包み紙、ベッド下の鍋にたまった血などをかたづけ、道具をすべて洗って箱にもどすころには、夜は明け、ひかれたブラインドからは陽光がうっすらと忍びこんでいた。彼は電灯を消して立ちつくし、ここからでも女の生死を判定できないかと、息をとめ耳をすませた。近くに寄ったら、死んでた――冗談じゃない。ここにいて知りたいのだ。

だがトラックが通りすぎ、女が子どもを呼び、だれかが笑った。彼はしかたなく近寄ると、ベッドわきに膝をつき、目をつむり、片手をそろそろと女の喉《のど》もとにあてた。肌ざわりはひんやりとし――頼む、冷たいのはご免だ！――道路に落ちている手袋みたいに動きもない。

と、手の甲の毛が女のはく息にふるえ、そのあとまた、かすかな、かすかな動き。両眼がちくちく痛みだし、燃えさかるような衝動がこみあげてきた。何かしてやりたい、スープを作って、薬を買って、それから、贈り物にリボンか、時計でも。掃除をしよう、買い物に行こう……こういうことを心のなかで一度に実行しながら、全身をふるわせ、声にならぬ声で何回も何回も納得がいくまで、彼女は生きていると叫びつづけた。そして感情のたかぶりが頂点に達したとき、どうしたものか横すべりが起き、前後不覚の眠りに落ちていた。

彼は夢を見た。だれかが太い湾曲した帆縫い針で彼の両足を縫いあわせ、同時に、腹から糸をたぐりだしている。腹のなかの糸巻がぐるぐるまわりながら空っぽになっていくのがわかる。うめきながら目をさましたとたん、いますわりこんでいる場所と眠りに落ちたいきさつを思いだし、うわごとをいった自分を恥ずかしく思った。片手をあげ、指を動かして感覚をたしかめ、手をそっと女の喉もとにあてた。温かい――いや、熱い、熱すぎる。のけぞるようにしてベッドから離れると、両手と萎《な》えた無感覚な両足でフロアを半分がたはっていった。無言で毒づきながら、からだを思いきりのばし、手もとに引いた木の椅子を支えに立ちあがった。離すと転びそうなので、椅子を杖《つえ》におずおずと隅に歩き、あえぎながら身をよじって流しのふちにつかまると、顔や煮えたぎる酸が足を下って消えるのを待った。不自由なく立てるようになると、顔や首に冷水を浴びせ、まだタオルを使いながら、ふらつく足でベッドに行った。ベッドカバーをはぎとったが、指に軽い反発があり、バカめ！　と叫びそうになった。カバーが股の傷口にはりついていたとは知らず、不器用に縫った動脈の切れ目を裂いてしまったように感じたのだ。目はきかなかった。おもてはもう暗くなりだしている。何時間ぐらいすわっていたのだろう？　明かりのスイッチに走り、はねかえるようにもどった。うん、血が出てる、また出てきている——

だけど、すこし、ほんのすこしだ。ガーゼが半分ぐらいめくれたのだろう。露出した傷口は血に濡れていたが、血が流れているわけではなかった。出血のあとはあったが、彼が眠っていたあいだのことで、マットレスにこぼれるほどの量ではなかった。ガーゼの浮いた部分をそっと持ちあげ、はがれそうもないと気づいた。だがスポンジ——サルファなんとかをしみこませたスポンジの切れ端は、まだ傷の内側に残っていた。二時間ほどしたら取るつもりでいたのだ。かさぶたができてしまっていたら！　湯と大きなスポンジを取りに走る。石鹸も入れてだ、うん。思いどおりには動かぬ足でベッドぎわにしゃがむと、優しい手つきでガーゼを湯にひたしはじめた。気配に顔をあげた。女が目をひらき、こちらを見ていた。顔にも目にも、まったく表情がない。見まもるうち、目はゆっくりと閉じ、ゆっくりとひらいた。どんよりした無関心なまなざしだ。「だいじょぶ、だいじょぶ」荒々しくいった。「おれ、全部やる」女は視線をはなさない。彼はがむしゃらにうなずいた。そこには慰めのすべて、励ましのすべてがあり、希望とまったき平安を約束していたが、見た目には、醜い大きな顔の激しい上下運動でしかなかった。相変わらずの口べたにいたたまれず、彼は作業にもどった。ガーゼがはがれると、今度は傷口から顔を出したスポンジの一つに湯をしみこませた。抜けそうだと見当がつくと、そっと引っぱった。

かぼそい、ささやくようなソプラノで「だ……れ……?」と女がいった。問いのようにも泣き声のようにも聞こえた。女は首をのろのろと左にかしげた。「だあ……れ?」女はまた首をめぐらし、意識を失った。

「おれ」興奮し、声を荒《あら》らげて「おれは――」といい、それきり口をつぐんだ。どっちみち聞こえていない。彼はじっと動かず、手のふるえが止むのを待ち、ふたたび仕事にかかった。

傷は見ちがえるほどきれいになっていたが、周囲の皮膚は乾いて発熱していた。内側をのぞくと、ゼリー状のかたまりのなかに動脈が見えた。多分なおりかけているのだろう――よくはわからない。だが大丈夫な気がして、さわらないことにした。ひらいた傷に軟膏をつめ、ふちをそっと閉じると、テープを貼った。だが、ついたと思う間もなくはがれた。彼はそれを捨てると、傷のまわりの皮膚全体を乾かし、最初にガーゼをあて、それからテープ留めした。今度ははがれなかった。

もう一つの傷はきれいに閉じており、ピンでとめた個所は癒着《ゆちやく》がずっと進んでいた。こちらもまた乾いて赤く発熱した皮膚にかこまれていた。

後頭部のすり傷から血が流れたあとはなかったが、こぶはいままでになく大きくなっていた。顔や首すじは乾いて、多少熱っぽいものの、からだ全体は平熱のようだった。冷やした布を取ってもどり、目にかぶせ、頰に押しあててやると、女はため息をついた。布をどけると、また女が見つめていた。

「だいじょぶか?」とたずね、それから空元気《から》をだして「だいじょぶ」といった。一瞬、女の顔にいぶかしげな表情が浮かんだが、目はすぐに閉じられた。眠ってしまったようだ。彼は指の背を女の頰にあて、「熱い」とつぶやいた。

明かりを消し、暗闇のなかで着替えた。引出しの底から子どもの練習帳をだし、鉛筆で大きく黒々と電話番号が一つ書かれている紙きれを抜いた。「帰るから」と、闇に向かっていう。女は答えない。彼は部屋を出ると、ドアをうしろ手でロックした。

彼は大きなドラッグストアから苦労して事務所に電話をいれた。ダイヤルを一回まわすごとに紙と見くらべ、指止めにたっぷり三秒も四秒もダイヤルをとめて、番号がちゃんとつながるように念をおした。彼をとまどわせたのは、いきなり大ボスのラディー氏が出てきたことだった。もう十年あまりも口をきいていない。電話口のいらだった三回目の「もしもし？」に、彼は雄牛のような声をはりあげた。「病気！　おれ――うう、病気だもんで！」受話器からは「――なんだ、こいつは……？」という声。いっしょにウィズマー氏の笑い声が聞こえ、「こっちにまわしてください。きっとわたしンとこのオランウータンですよ」ついで彼の耳もとで「もしもし？」

「今夜は、病気だもんで――」とどなる。

「どうした？」

　彼は生唾をのみこんだ。「行けんです」

「それは歳をくったんだよ」とウィズマー氏。そばでラディー氏が笑っている。ウィズマー氏がまたいった。「この十五年で、何日休みをとったね？」

　考える。「いいや！」とどなった。といっても、正確には十八年だ。

「そうだとも、わかってるじゃないか」とウィズマー氏はいい、電話口をふさごうともせずラディー氏に話しかけた。「十五年勤めていて、休みをとりたいとは一度も言ったことのない男で」

「ま、どうせ用なしだ。休みたいだけ休ませてやれ」

「あれじゃあねえ」とウィズマー氏はいうと、電話口で「いいよ、おっさん、休みな。

仮病はつかうなよ」笑い声を最後に電話は切れたが、彼はそれ以上声がないと納得するまでボックスで待ち、それから受話器をもどすと、客たちの視線を浴びながらドラッグストアの店内に出た。視線はいつものことだ。それは気にならなかった。一つだけひっかかるのは、「どうせ用なしだ」というラディー氏の声で、それは頭のなかにいつ果てるともなく鳴りひびいていた。早いとこ止めなければ。その声に面と向きあい、それにからみつく雑念をみんな濾《こ》してしまわなければ。それはわかっていた。だが、いまはやめてくれ。頼むから、いまは。

彼は忙しく動くことで気をまぎらわした。テープとガーゼと軟膏と、粗布をはった簡易ベッド、それに氷嚢《ひょうのう》を三つ買い、ちょっと考えた末、アスピリンをつけ足した。便利だと前に聞いたことがあったからだ……それからスーパーマーケットに行き、九人家族が九日間ひもじい思いをしないですむほどの食料を買い求めた。それだけの荷に加えて、彼の太い腕と広い肩は、さらに二十五パウンドの氷を運ぶ余裕があった。

ドアをあけ、氷をアイスボックスに収めると、廊下にもどって荷物を運びこみ、それから女のところに行った。女のからだは火のように熱く、息づかいは、風のなかに飛びたつ海鳥を思わせた。小さなパタパタ、小さなパタパタ、そしてバランスをとるための長い休止。彼は氷の角を割ると、ふきんに包み、腹だたしげに流しにたたきつけた。砕いた氷を氷嚢の一つにつめ、ひたいに置いた。女はため息をついたが、目はあけなかった。彼は残りの氷嚢にも同じように氷をつめ、一つは胸に、一つは股間にあてた。しばらく途方にくれて両手をもみあわせていたが、ふと考えがひらめいた。何か食べさせなければ、あんなに血が出たんだから。

二分ごとに女のようすをのぞきながら、大はりきりで料理にかかる。ミネストローネ、キャベツ煮、マッシュポテト、子牛のカツレツができた。パイと温めたシナモン・パンを切り、熱いコーヒーをわかして、すぐにもアイスクリームをすくって入れられるようにした。女は一口も食べず、飲み物も受けつけなかった。枕にもたせかけた頭がずり落ちるので、そのたびに行って氷嚢をひろい、置きなおさなければならなかった。女がまたため息をついた。一度目があいたように思えたが、たしかではなかった。

二日目になっても、女は食べ物や水分を取ろうとはせず、熱は信じがたいほど高かった。夜中、女に付き添ってフロアにすわっているとき、部屋にすすり泣きの残響が聞こえたような気がしたが、夢を見たのかもしれなかった。

一度だけ子牛のカツレツから、いちばん柔らかい汁気が多いところを切り、女の口に入れた。三時間後、もう一切れ入れようと口をこじあけたところ、最初の一切れがまだ残っていた。アスピリンも同じ。乾ききった舌の上に、白いかけらがそのままのっていた。

そのうちやるべきことはすべて終わり、いらだちが不安の引き金をひくときがきた。新しい考えにこだわるほど、心は古い考えに立ちもどり、すると、あとはもちろん苦痛と屈辱に耐え、いっさいを巻きもどす以外にすることはなくなっていた。はじめは医者を呼んだときのことを考えていたのだ。医者はきっと入院をすすめ、こういうだろう。「こりゃ治療が必要だよ、おじさん、あんたじゃ用は足りない」それをきっかけにもう連想ははじまっている――

十一歳、大柄な恥ずかしがり屋の力持ち。キッチンの戸口に立ち、ひもで結んだ木箱を手にぶらさげ、ままならぬ口をぱくぱくさせて思いを伝えようとする。キッチンにはママがいる。ジンのボトルをかかえ、食いかけの鳥をおさえこんだ猫みたいに、こちらを見ている。唇の薄い大口がひくついて、声がもれる。「そんなとこにつっ立って、ふがふがしてるんじゃないよ！　はっきり物をいいな！　なんだい、出てくっていうのかい？」

うなずく。そのほうが楽だ。するとママがいう。「どこへでも行きな、行ったらいいさ、どうせ用なしだ」だから出ていく――

そして、ずんぐりした屈強な十六歳となり、徴兵事務所へ行き、軍曹《ぐんそう》がいろんな身なりの男たちに「おたくは？」とたずねるのを見まもる。彼も答えようとするが、ことばがうまく出てこないので、白ひげの男がこちらに向かって指を突きつけているポスターを見やり、頭をこっくりさせる。**アメリカ政府《アンクル・サム》はきみが必要だ**とあるポスターだ。軍曹はポスターと彼を交互にながめ、いきなり鼻先半インチのところに指をつきつける。目を寄せると、軍曹のどら声、「うーん、政府《アンクル》はおまえにゃ用はないな」つきだされた指先を見つめ、じっと待つうち、のみこめてくる。物わかりはすごくいい、ただ遅いだけだ。寄り目のままつっ立つ彼に、まわり中がどっと笑う。

でなければもっと昔、八つの小学生のころ。ピンクで、清潔で、とてもかわいらしいフィリス。頭をゆすると茶色のソーセージ・カールがふわふわ踊る。彼の手には金糸のメッシュにくるんだ金紙包みのチョコレート。あいだの通路をとおってフィリスの机にチョコを置き、かけもどる。彼女は通路をやってきて、チョコを投げかえす。メッシュが机にあたって破れ、彼女の声がひびく。「こんなのいらないし、あんたなんか嫌いよ。だってそうでしょ、洟《はな》なんかたらして」いわれて顔に手をあてると、そのとおりだ。

回想の終わり。ただし、だれかが「どうせ用なしだ」とか似たようなことをいうたびに、必ず思い出のすべてを、一つ一つを総ざらいすることになる。いくら先伸ばしにしようと、遅かれ早かれ、洗いなおすときがくる。

医者呼ぶ。おれ、もう用ない。

あんた死ぬ。おれ、用ない。

頼む……。

喉の奥のほうで、こすれるような息の音がし、女の口が動いた。目が彼を見すえ、口もとが声もなく動き、すこし遅れてまた息の音がもれた。どこで感じとったのか、彼にもわからない。だがとにかく女の思いを感じとり、水を持ってくると、そろそろと女の口にたらした。女は顔をあげ、がつがつとなめた。彼は頭の下に手をさしいれ、こぶに注意しながら、飲む助けをした。すこしして女はベッドに沈みこみ、カップを見て弱々しく笑った。その目はつぎに彼を見上げ、すでに微笑は消えていたものの、彼の心を軽くした。彼はアイスボックスとガス台に走ると、グラスとストローをいく組も出し、オレンジ・ジュース、チョコレート・ミルク、ふつうのミルク、缶詰めのコンソメ、それに氷水をグラスにそれぞれ注いだ。そしてベッドぎわに置いた椅子の座部の上に並べ、勢いこんでグラスと彼女を見つめた。その姿はあたかもサーカスのオットセイが、ゴムまり付きのラッパで〈アメリカ〉を演奏するために待機しているようで、今度こそ彼女はほほえんだ。かすかな短い笑みだが、それはまっすぐ彼に向けられていた。コンソメをさしだすと、彼女はストローで一息に半分近くも飲み、眠りに落ちた。

何時間かして、出血がないかとベッドカバーをめくったところ、ナイロンのシーツが汚れていたが、原因は血ではなかった。バカめ！　彼は自分のうかつさを呪《のろ》い、病人用のおまるを買った。

いまでは彼女はよく眠り、少量ではあるが、よく食べた。そして動きまわる彼を目で追うようになった。眠っているとばかり思ってふりかえり、目が合うこともあった。だがその二日間、彼女が見つめたのはもっぱら彼の手のほうだった。彼は女の服を洗ってアイロンをかけ、腰をおろすと、細かい直線の縫い目で破れたところをつくろった。エナメル・テーブルに肘《ひじ》をついて銀線を細工し、扇子と花をあしらったブローチと、銀鎖つきのペンダントと、それにマッチするブレスレットを作った。料理のときも、女は手を見ていた。彼はスパゲッティ——というよりタリアテーリ——も手ずから作った。練った粉を延ばしに延ばして、ねばりのきいたシーツみたいに広げ、つぎにはスイスロール風に、だがもっときつく巻き、果物ナイフを目にもとまらぬ速さであやつって黄白色の平たいひも状にした。その手は、持主が能力を限ろうとしなかったこともあって、限界を知らなかった。この世で彼にかまってくれるものはその両手だけであり、いままで何もかもしてきたので、できないことはなかった。

だが彼が着替えをさせたり、からだを洗ったり、おまるを手伝ったりするとき、彼女が見ているのは手ではなかった。されるがままに横たわり、彼の顔のほうを見つめるのだった。

はじめ女は体力を消耗していたので、頭しか動かせなかった。だが、これはかえって好都合で、傷は順調に回復した。ピンを抜くときも、さぞ痛いだろうと想像はついたが、声一つもらさなかった。抜けるたびに、すべすべしたひたいがビクッとする。十二回、それで終わった。

「痛い」と彼はつぶやいた。

女はかすかにうなずいた。どんよりした物いわぬ目の動きを別にすれば、それが二人のあいだに交されたはじめての意思疎通だった。彼女はうなずきながら、いっしょに笑みもうかべ、彼は背を向け、ふしくれだった指で目をこすると、天にものぼるような心地にひたった。

六日目の夜から、彼は仕事にもどった。その日は一日中ばたばたし、なにくれとなく彼女の世話をやき、自分が行く時間になるまで眠らせず、また眠りこんだとわかるまで出かけなかった。部屋をロックし、仕事に急ぐ途中も心は暖かく、三人分の仕事を引き受ける気力は充分。そして朝まだ暗いうちに、がに股足の許すかぎりの速さで帰宅し、小型ラジオ、スカーフ、おいしい食べ物など、プレゼントを毎日欠かさない。帰りつくとドアをしっかりとロックし、彼女のそばにかけよって、ひたいや頬にふれて体温をしらべ、起こさないようにそっとベッドをなおす。それから流しの奥の、目のとどかないところに行って服を脱ぎ、パジャマがわりの長い下着に着替え、もどって簡易ベッドに丸くなる。一時間半かそこら、彼は石のように眠りこけるが、以後はシーツのすれあう音も、ほんのわずかな息の休止も聞きのがさず、はじかれたようにかけよって、「だいじょぶか？」としわがれ声できき、思いつめた表情でのぞきこんでは、何が望みか、何をしたらよいか見抜こうとした。

陽《ひ》がさす時間になると、ホット・ミルクに卵をといて与え、からだを洗い、着替えをさせ、髪をとかし、してやることがなくなれば部屋を掃除し、フロアをごしごし拭き、着るものや皿を洗い、飽きもせず料理をした。午後には買い物に出かけ、半分かけ足であちこち動き、急いでかけもどっては、買ってきたものや夕食に用意したものを見せる。そうした日常はやがて週で数えられるほどになったが、その間いつも、彼のうちには温かく燃えるものがあり、彼女と離れ、ひとりになると彼はその火を抱きしめ、二人のときは、彼女の存在をかてにその火を強めた。

彼女の泣き顔に出くわしたのは、二週目も終わりに近いある昼下がりのことだった。彼女は小さなラジオを見つめたまま、頬を涙に濡らしていた。彼はあやすような声をもらすと、乾いたタオルで顔をふいてやり、獣《けもの》のような顔をゆがめて見まもった。女はその手を力なくたたき、小さな身ぶりをしてみせたが、彼にはのみこめなかった。

彼はベッドぎわの椅子にかけると、見つめれば仕草の意味がわかるとでもいうように顔を近づけた。たしかにようすが違っていた。いままで彼女が見つめる目には熱帯魚の水槽を前にわけもわからず魅せられている子猫みたいなところがあった。だが、いまの彼女のまなざしや仕草や行為には、それ以上の何かがこもっていた。

「痛い？」と、やすりをかけるような声を出す。

女は首をふった。口もとが動き、彼女はその口を指さすと、また泣きはじめた。

「ああ、腹へった。おれやる、うまくやる」立ち上がったが、女は彼の手をつかみ、首をふって泣いた。だがその顔は、同時に笑ってもいた。彼が途方にくれて椅子にもどると、女はまた口を動かし、その口を指さし、首をふった。

「話、だめ」と彼。女は見ていてこわいほど息を荒くしていたが、そのことばが彼の口から出ると、息を止め、半身を起こした。彼はその肩をおさえ、ベッドに寝かしつけたが、彼女はしきりにうなずいている。「あんた、できん、話！」と彼はいった。

そうよ、そうよ！　彼女はうなずいた。

彼は長いこと女を見つめた。ラジオの音楽はやみ、バリトンのがらがら声が中古車の宣伝をはじめた。ラジオを見やった女の目に、涙がみるみるたまった。彼はのりだし、ラジオを切った。そして大変な努力の末、口の形をととのえると、吐きすてるようにいった。「はっ！　話、どうしてする？　話さんでいい。おれ、全部やる。話、いらん。おれ――」そこでことばに詰まったので、かわりに力強く胸板をたたくと、彼女やガス台やおまるや包帯のトレイに向かってうなずいた。そして、もう一度いった。「話、どうしてする?」

彼女はけんまくに驚き、目を丸くしてちぢこまった。彼はその頰をやさしく拭き、「全部やる」とつぶやいた。

その朝も、彼は暗いうちに帰宅した。そして持ち前のきびしい基準に照らしあわせて彼女が快適でいるのを見とどけると、ベッドに入った。ベーコンといれたてのコーヒーが匂ったが、もちろんこれは夢だろう。ほかに何か考えられるか? そして部屋のなかを動きまわる気配は、疲れからくる妄想にちがいなかった。

彼は夢のなかで目をあけ、また目をとじ、自分のばかさ加減を笑った。それから心をしずめると、またゆっくりと目をあけた。

簡易ベッドのかたわらに椅子があり、その上には、目玉焼きとかりかりのベーコンを盛った皿、濃いブラック・コーヒーをいれたカップ、それにバターの金色を吸った古金色のトーストが置かれていた。彼は信じられぬ顔で見つめ、目を上げた。

女はベッドのふちにすわっていた。彼が寝ている簡易ベッドと彼女のベッドとのあいだには、幅八インチほどの通路があり、そこに足を下ろしていた。つくろってプレスしたブラウスを着、スカートをはいている。肩にはまだ疲労がのしかかり、顔をまっすぐに上げるのも辛そうで、両手はだらりと膝のあいだに落としている。だがその顔は、彼がめざめて朝食に気づくのを待ちかねていたように、喜びと期待にみちていた。

彼は口をゆがめた。いかつい黄色の歯をむくと、歯ぎしりしながら怒声をあげた。それはかすれた絞りだすような声であり、彼女はやけどを負ったようにとびさがると、目を見ひらき、口をあんぐりあけ、ベッドのまん中にうずくまった。彼はこぶしをかためて、両腕をふりあげて突進した。彼女はベッドに伏せ、両手で頭をかばい、ふるえながら小さくなっていた。長いこと彼はのしかかるように中腰の姿勢でいたが、やがてゆっくりと両手を下ろした。彼はスカートを引っぱった。「脱げ」と、かすれた声でいい、力をこめて引っぱった。

彼女は腕のあいだから見上げると、のろのろとあおむけになった。無器用にボタンに手をかける。彼は手伝った。スカートを脱がし、簡易ベッドの上にほうり、ブラウスのほうも容赦《ようしゃ》なく手まねした。彼女がボタンをはずすと、彼はブラウスのそでを腕から抜いた。シーツもその端をつかみ、からだの下から引き抜いた。ふしくれだった両手でやさしく彼女の足首をとり、裾のほうに引っぱると、からだをまっすぐベッドの中央に横たえ、その上に注意深くシーツをかぶせた。息づかいは荒い。彼女はすくみあがって見つめた。

怖ろしい静けさのなか、彼は朝食ののった椅子をふりかえった。コーヒー・カップをゆっくり取りあげるとフロアにたたきつけた。木こりの斧《おの》のように正確な間隔をおいて、ソーサーと、トーストの皿と、目玉焼きの皿がつづいた。陶器と卵黄がフロアといわず壁といわずとびちった。終わると、彼は女をふりかえった。「な、おれ、全部やる」としわがれた声でいい、太い人差し指で一語一語強めながら、もう一度くりかえした。「おれが、全部、やる」

女ははねるようにつっぷし、枕に顔をうずめて泣きだした。すさまじい号泣なので、フロアがベッドに合わせて揺れ、足の裏に感じられるほどだった。彼は腹だたしげに背を向け、平鍋とたわしとほうきと塵取り《ちりとり》を持ちだし、わき目もふらず、きちょうめんに汚物をかたづけた。

女がからだを固くし、うつぶせのままでいるので、二時間ほどたって彼はまた近づいた。いうべきことは長い時間をかけて考えてあった。「な、ほら、具合、よくない……あんた、だから……」と、できるだけやさしい口調でいった。肩に手をおいたが、女は乱暴に身をよじり、はねのけた。彼はとまどい、傷ついてうしろに下がり、カウチにすわると、意気消沈して見まもった。

彼女は昼食に口をつけなかった。

夕食にも口をつけなかった。

仕事に行く時間がくると、彼女はあおむけの姿勢にもどった。彼は長い下着のまま自分のベッドにかけ、顔やみにくい体軀《たいく》のいたるところに深い憂いをにじませていた。彼女は彼を見やり、目にいっぱい涙をためた。彼も目を合わせたが、動こうとはしなかった。彼女は不意にため息をつき、手をさしだした。彼はそれにとびつくと、自分のひたいに引きよせ、膝をつき、手の上に頭をたれて泣きはじめた。ごわごわした髪を彼女がそっとたたいてやるうち、激情はその頂点でとつぜん過ぎ去った。彼はとびさがり、ガス台のところで鍋をがたがたいわせていたが、二、三分もするとパンと肉汁、それに湯がいたアーティチョークをオリーブ・オイルとバジルであえて運んできた。彼女は弱々しくほほえんで皿をとり、ゆっくりと食べたが、その一口一口を見まもる彼の全身は、感謝としかいいようのないものを発散させていた。やがて彼は着替え、仕事に出ていった。

女が起きだすようになると、彼は赤い部屋着をおみやげに買ってきたが、彼女がベッドから出ることは許さなかった。おみやげは頻繁に買ってきた。水にひたした花が一週間ももつガラス球、生きた亀が二ひき入ったプラスチックの金魚鉢、〈ロッカバイ・ベイビー〉のオルゴールを仕込んだ薄青いウサギのおもちゃ、目のさめるような朱色の口紅などなど。彼女は従順で、いっそう見まもる役に徹した。忙しい世話やきが一段落し、彼がつぎの用事を見つけるまで簡易ベッドにうずくまったときなど、よく視線が合ったりするが、いま多く目を伏せるのは彼のほうだった。そうしたとき彼女は青いウサギを抱きしめ、まばたきもせず見つめるか、でなければ不意にほほえんで、まるで何かとても大切な、奥深いしあわせが逃げてしまうとでもいいたげに、わずかに口をあけるのだった。ときには彼女はたとえようもなく悲しそうに見えた。またひどく落ち着かないときもあり、彼女が眠りにつくか、そう見えるようになるまで、髪をなでてやらねばならないこともあった。そういえば、もう丸二日近く傷を見てやっていない。落ち着かないのはそのせいかと、彼はそっと彼女を寝かせると、シーツをはがし服を脱がせた。傷口に慎重にさわったが、いきなり彼女がその手をはらいのけ、傷のあった部分を力まかせにつかみ、ねじり、乱暴にたたいた。驚いて見上げると、ほほえみうなずく顔があった。「痛いか?」彼女は首をふった。彼はシーツをかぶせながら、誇らしくいった。「おれ、やる。うまくやる」彼女はうなずき、肩に置かれた彼の手をつかのままあごではさんだ。

その夜、デパートから帰って最初の深い眠りに落ちた彼は、からだに密着する女の温かい肌を感じて簡易ベッドで目をさました。ねぼけ、事情もわからず、じっと横たわるうち、すばやい指が彼の下着のボタンをはずしはじめた。彼は両手をあげ、相手の手首をつかんだ。彼女はすぐに動かなくなったが、その息づかいは激しく、心臓はいらだった小さなこぶしのように彼の胸板を打ちつづけていた。「な——何……？」ままならぬ舌でそう問いかけると、彼女は身をすりよせ、ふるえながら動きをとめた。それから一分あまりだろうか、彼は手首をつかんだまま、状況をのみこもうとしていたが、やがて起きあがった。片腕を女の肩にまわし、もう一方の腕を膝の下に差しいれた。立ちあがる。女はしがみつき、鼻孔から吸いこむ息がヒューッと鳴った。彼は女のベッドのほうに動くと、そろそろとかがみ、彼女を下ろした。身を立てなおそうとしたが、女が首につかまったままなので、その腕をもぎはなして逃れた。「あんた、眠れ」そういい、シーツを手探りし、引っぱりあげ、からだの両脇にたくしこんだ。彼女が身じろぎもせず横たわったのを見て、彼はその髪にさわり、自分のベッドにもどると、長い時間ののち気がかりな眠りに落ちた。だが、ふと目がさめた。息をひそめ、耳をすませたが、何も聞こえない。そのとき鮮やかに脳裏によみがえってきたものがあった。彼女が生死の境をさまよっていた最初の晩、すすり泣きの残響のようなものを一回だけ聞き、めざめたことがあったのだ。あわててとびおき、ベッドに近寄ると、かがみこみ、頭に手をのばした。彼女はうつぶせに寝ていた。「泣いた？」ささやき声の問いに、彼女は首を強くふって否定した。彼は口のなかでぶつぶつつぶやき、簡易ベッドにもどった。

九週目のその夜は、雨が降っていた。濡れて光る黒い街路をとぼとぼと帰りながら、見慣れた区画に曲がり、自分とアパートまえの街灯とを隔てるつややかな動かぬ河を見たとき、彼は一瞬の幻覚、というか夢のような非現実感におそわれた。ほんの短い時間だったが、これまでのいっさいが元の状態にかえり、いましも一台の車が走りすぎ、歩道ぎわにするすると寄り、ぐったりした人影を突き落とすように思えたのだ。かけよってアパートに運ぶが、血は流れ、とめどなく流れ、ことによったら死ぬかも……。彼は巨大な犬のように胴ぶるいすると、雨に向かってうなだれ、バカ！　と心にいった。もう心配することは何もない。彼は生きがいを見つけたのだ。今後はそれに従って生き、そこに変化があってはならないのだ。

だが変化はあり、彼はアパートのまえでそれに気づいた。通りに面した部屋の窓がくすんだオレンジ色に明るみ、それは街灯のせいだけとは考えられなかった。だが、もしかしたら、前の住人が残していったペーパーバック小説を読んでいるのかもしれず、でなければ、おまるを使っているのか、時計を見ただけなのか……しかし、そう考えても心は晴れなかった。入口のロックをあけながら、彼の胸はいいようのない不安にむかついていた。奥の部屋のドアを見ると、下の隙間から明かりがもれている。キーを探し、取り落とし、ようやくのことでドアをあけた。

彼はみぞおちを殴られたように息をとめた。ベッドはきちんと、しわ一つなく整えられており、彼女の姿はなかった。首をめぐらす。動転した目は彼女を見つけながら信じられず、通りすぎた。すらりと高く、赤い部屋着をまとって女王のように、彼女は部屋のつきあたり、流しのそばに立っていた。

あっけにとられて見つめる。その姿が近づき、彼がいつものかすれたうなり声を上げようと息を吸いこんだとたん、指を自分の唇にあて、もう一方の手で彼の口を軽くふさいだ。どちらの仕草にも、ふだんなら彼を落ち着かせる力はない。けれども、いまそこには、相手の出方を待とうとせず、それに動じもしない何か別の力が加わっていた。彼は気迫にのまれ、おし黙った。ぽかんと見つめる前を、彼女は同じ歩調で通りすぎ、静かにドアをしめた。そして近づき、彼の手をにぎったが、キーが邪魔になった。彼女はキーを取りあげ、テーブルの上に投げ、もう一度しっかりと彼の手をにぎった。そのようすは自信ありげで断固としていた。物事を考え、秤《はかり》にかけ、選び、いまどうしたらよいかを知っている女の物腰だった。だが、どこか意気揚々としたところも見えた。その姿には、勝利者の余裕と、奇跡を体験した者だけがもつ輝きがあった。彼女が無力でいるなら、場合や程度がどうあれ対処もできようが、これは──

ひとまず考えなければ。だが、彼女はそのひまを与えなかった。

ベッドへつれていくと、彼の両肩をもって向きを変え、すわらせた。それから晴れやかな顔でそばにすわり、また息を吸おうとする彼を「しーっ！」と鋭く制し、ほほえみながら彼の口を手でおさえた。彼の両肩にまた手をおくと、目をまっすぐに見つめ、はっきりした声でいった。「もう話せるのよ、あたし話せるの！」

彼はわけもわからず、ぽかんと口をあけた。

「もう三日まえからよ、秘密にしてたの、驚かせたくって」ハスキーで、しわがれ声に近いが、からだつきの貧弱さからすれば、よくとおる深みのある声だった。「練習してたの、ほんとはさ。もうよくなったの、だいじょうぶ。あんた、全部ちゃんとやったのよ！」彼女は笑った。

笑い声を聞き、誇りと喜びにいっぱいの顔を見ては、手出しのしようはない。「あ……」と、どっちつかずに答えた。

彼女はまた笑い、節をつけて「行けるのよ、行けるのよ！」といった。そしていきなりジャンプすると、爪先でまわり、笑いながら彼にもたれた。彼はその顔とひるがえる髪を見上げ、太陽を直視するように目を細めた。「行く？」と声がほとばしる。内の混乱がそのまま叫びとなって爆発した。

彼女はたちまち真顔になり、そばに来てすわった。「ねえ、おねがい、やめて、そんなナイフで刺されたみたいな顔。だって、そういつまでも迷惑かけて、世話になってはいられないでしょ！」

「だめ、だめ、ここにいる」顔を苦悩にゆがめ、ことばをしぼりだす。

「ねえ、いいこと」子どもをさとすように、わかりやすくゆっくりと彼女はいった。「あたし治ったの、もう話もできるし。よくないことなのよ、あたしがここにいて、外に出られなくて、おまるやなんかを使ってるなんて。ねえ、待って、待ってよ」彼女はすかさずいい、先まわりした。「あたし、なにも感謝してないっていうんじゃなくて、そりゃあんたは……あんたは、なんていうか、ちょっとうまくいえないけど。そう、あたし、いままでこんな風にされたこと一度もなくて、だって、十三の年に家出して、それから悪いことといっぱいやってきたから、ひどい仕打ちされてさ……つまり、いままでこんな風に……あのね、あたしがいいたいのは、いままでは盗みもやったし、だれかれかまわず金を巻きあげたし、最低のことしてたの。いいじゃない、べつに、そうでしょ?」納得させるように、彼をそっと揺する。だが、うつろな悲しげな表情しかないのに気づくと、唇をしめらせ、ふたたび話しだした。「あたしがいいたいのは、あんたはとっても親切だけど、これみんな——」と手をふって、青いウサギや亀の水槽や部屋中のものを示し、「これ以上はしてもらえないわ。もうなんにも、朝ごはんも。もしなにかお返しができるんなら、何だってするわよ、あたし絶対に、何でも」ハスキーな声にかすかな苦みがこもった。「だけど、あんたには、だれも何も返せない。何がなくても、だれがいなくても、あんたはやっていけるの。あたしからはなんにもあげられない、みんな自分でするし、自分で手にいれちゃう人だから。もし、あたしから欲しいものがあるんだったら——」そして両手を内側にむけ、指先を胸のまん中につけると、ふしぎな従順さを見せて頭をたれ、彼をいたたまれない気持にさせた。「でも、無理ね。おれ、全部やる、なんだもの」彼女は口まねした。その声にあざけりの調子はなかった。

「だめ、だめ、行っちゃいかん」かすれ声で荒々しくいう。

彼の頰をそっとたたく。彼女のまなざしには愛があった。「でも、行くわよ」いって、にっこりした。だが微笑はすぐに消えた。「その前に説明しなくちゃ、あたしをやったヤクザ連中ね、あれ、こっちが悪かったの。ちょろまかしたの。うんと悪いことしていて——いいわ、いっちゃう。売人だったのよ、わかる、この意味？　麻薬をね、それを売ってたの」

彼はうつろに見つめた。十語のうちの一語も理解していなかった。心はただ、空しさと、無用さと、孤独をかみしめ、女と青いウサギとその他いっさいが消えうせたあとの耐えがたい真実をかみしめていた。そのとき部屋に残るのは、はじめからあったもの——模様のすりきれたリノリウム、読むことのできない六冊の小説、料理する人を待つガス台、それに煤と、変わりばえしない日常と、用なしの自分。

女はその表情を誤解した。「ねえ、ねえ、そんな顔して見ないで、もう絶対にしないわよ。やったのはさ、どうだっていいと思ってたから。人が苦しんでても、いい気味だと思ってたくらい。これ、ほんとのことね。あんたみたいに親切な人がいるなんて、思ってなかったから。そんなの映画みたいに嘘っぱちだと思ってたから。すてきだけど、ありっこないって、あたしみたいなのに。

そう、そのつづき。あたしね、隠し場所から盗んだの、二万か二万二千ぐらいの値打ちかしら。四十分持ってただけだったわ。すぐつかまっちゃった」彼女の目が大きくなり、部屋にないものを見つめた。「それでリンチされかけて、だけどカミソリあんまり強くふるもんだから、車のドアの角にあたって折れちゃったのよ。下はここをやられて、上はここ、おなかを裂かれてたわね、折れてなきゃ」鼻から息をはきだすとともに、視線が部屋にもどった。「こぶはきっと、車からほうりだされたとき、できたんだと思うわ。だから、しゃべれなかったのね。聞いたことある。ねえ、おねがい！　そんな顔して見ないで、どうしたらいいかわかんなくなっちゃう！」

彼は悲しげに女を見ると、いかつい頭を左右にゆらつかせた。女は不意にひざまずき、彼の両手をにぎった。「いいこと、わかってもらいたいわ。あんたが仕事に行ってるあいだに、フケることだってできたのよ。でも、そうしなかったのは、きっとわかってくれると思ったから。第一、こんなにしてもらったんだし……ほら、元気でしょ、いつまでも一つ部屋にこもっちゃいられないわ。もしできたら、近くに仕事見つけて、いつも会いに来たいと思ってるの、嘘じゃなくて。でもあたしの生命、この街じゃ一文の値打ちもないの。ここを出るっていうことは、街から出るっていうこと。だいじょうぶ、手紙書くわ。あんたのこと絶対に忘れないから、忘れることできて？」

彼女は早口すぎた。ここから出たいというところは聞きとれた。つぎに理解できたのは、街からも出たがっているということだった。

「行っちゃいかん」押しころした声でいう。「あんたに、おれ必要」

「だけど、あたしは用なしなんでしょ？　あんたにとっては」彼女は悪気もなくいった。「あんただって用なしになったの、あたしにすればね。結論はそれ。あんたがそうしたのよ。でも、それが一番いいの。そうじゃなくって？」

そのなかに彼の理解した三つめの事柄があった。

のろのろと立ちあがる。女の手がすべりおり、膝からフロアに落ちるのを感じながら、あとずさりした。「まあ！」ひざまずいたまま叫んだ。「そんな風にとらないでよ、あたし死にたくなるわ！　どうして喜んでくれないの？」

ふらつきながら部屋を横切ると、食器戸棚の下の段につかまってからだを支えた。彼は自分の行く末、来し方を見わたした。どこまでも荒涼とつづく、がらんとした暗い回廊をながめ、そして、いままさに彼の手から離れようとしているはかない輝く断片を見た……うしろにせっかちな足音を聞き、ふりかえった彼の手にはアイロンがあった。女は気づかない。明るい顔で、哀願するように近づき、広げた彼の腕のなかにとびこんだとき、ふりおろされたアイロンが彼女の後頭部を直撃した。

彼は女のからだをそっとリノリウムに下ろすと、長いことその上に立ちはだかり、ひっそりと泣いていた。

やがてアイロンをどかし、やかんとシチュー鍋に水をつぎ、鍋のなかに、針、クランプ、糸、ナイフ、ペンチ、それにたくさんのスポンジの切れ端を入れた。折りたたみ式テーブルと引出しからは、ナイロンのテーブルクロスを一枚ずつ取り、ベッドに敷きはじめた。

「おれ、全部やる」作業をつづけながら、彼はつぶやいた。「ちゃんとやる」

解説――Crimes for Sturgeon

……スタージョンはそのキャリアの中で、いくたびも変貌をとげた作家である。肩書きこそ終生SF作家であったものの、ジャンルにはおさまりきらぬ資質を持ち、その矛盾を解決できないままに、矛盾じたいが魅力となるような小説を書きつづけた。

――伊藤典夫「スタージョン雑感」（SFマガジン一九八五年十一月号）

『不思議のひと触れ』（二〇〇三年十二月刊）がさいわい好評を得て版を重ねたおかげで、〈奇想コレクション〉スタージョン短篇傑作集の第二弾となる本書『輝く断片』をこうしてお届けできることになった。

第一弾の『不思議のひと触れ』では、初めてスタージョンを読む人が著者のさまざまな側面を一冊で概観できるよう、ジャンル小説的なバラエティと口当たりのよさに配慮して作品を集めたんですが、今回は思い切って、数あるスタージョン短篇の中でももっともスタージョンらしい（と僕が勝手に考えている）小説を中心に、一種のコンセプトアルバムをつくることにした。

その中核になるのは、強烈なインパクトを持つ異色作「輝く断片」。冒頭に引いたスタージョン追悼エッセイの最後に、伊藤典夫氏はこう書いている。

一つだけ、なるべく早いうちにかたづけておきたいものがある。二十年も昔にいい加減に訳した小説の、全面的な改訳だ。題名は「輝く断片」。いつかどこかで短篇集におさめたいと思っているが、あいにくこれはSFではない。ふつうの小説である。

そういえば、ぼくの好きなスタージョンというのは、なぜどれもこれもサイエンス・フィクションじゃないんだろう?

その四年後、伊藤さんが全面的に改訳した「輝く断片」は、《ミステリマガジン》通巻四百号記念特大号（一九八九年八月号）の名作アンコール特集にリバイバル掲載された（初訳は同誌一九六六年六月号掲載。ただし、このときの翻訳は大野二郎名義）。その時点で一部ミステリ読者の注目を集めたものの、以降の十五年あまり、この傑作は一度も邦訳単行本に収録されていない。

SFでもファンタジーでもホラーでもない（だからと言って、伊藤さんのように

〝ふつうの小説〟と呼ぶ勇気はありませんが）この「輝く断片」を表題作にすると決めた時点で、残りの主な作品はひとりでに決まった。

まず頭に浮かんだのが、「輝く断片」と表裏一体の関係にある犯罪なき犯罪小説「ルウェリンの犯罪」（別題「リューエリン向きの犯罪」）。

この二作に共通するのは、〝いままで平凡に暮らしてきた男がふとしたきっかけで一線を踏み越える〟というモチーフ。したがって、同じモチーフを別の角度から描いた「ニュースの時間です」も当然収録しなければならない。

以上三作は、いずれも（とくに、発表当時の基準では）狭義のミステリの範疇《はんちゆう》には入らないかもしれないが、心の奥底に秘めた暗黒が噴出する瞬間を描く点で、スタージョン流のノワールとして読むことができる。いまで言うなら一種の異常心理サスペンスだろう。

だとすれば、時代をはるかに先取りした、サイコサスペンスの早すぎた原点、〝When You're Smiling〟（「君微笑《ほほえ》めば」）をはずすわけにはいかない。

ここまで来ると、この短篇集のイメージをかたちづくる基本コンセプトは、広義の犯罪小説だと見えてくる。だったら、スタージョン・ミステリの最高傑作にしてジャズ小説の金字塔、「マエストロを殺せ」（別題「死ね、名演奏家、死ね」）は是が非でも収録したい……。

というわけで、悩む余地もなく以上の五篇が決定。こうして並べてみると、この五篇が一冊の短篇集にまとまるのはほとんど必然。この本はこうなるしかなかったという気さえしてくる。

ミステリ雑誌初出の「ルウェリンの犯罪」「マエストロを殺せ」はもちろん、短篇集 *Caviar* 用に書き下ろされた「輝く断片」、SF雑誌初出の「ニュースの時間です」「君微笑めば」も含めて、この五篇はスタージョン短篇群の中ではミステリ寄りの系列に属する。しかし、一読すればわかるとおり、一九五〇年代のミステリ雑誌を賑わせていたような短篇とはまったく毛色が違う。あまりにも独特の発想と、驚くべき語り口。かつて、こんなにも切ない犯罪小説があっただろうか。いまから半世紀も前にこんな小説が書かれていたとは……。

「ニュースの時間です」のマクライル、「マエストロを殺せ」のフルーク、「ルウェリンの犯罪」のルウェリン、そして「輝く断片」の〝おれ〟。彼らはけっして悪人ではない。むしろ真面目すぎるがゆえに、正常と異常の境界線をどうしようもなく踏み越えてしまう。主人公たちの〝考え方〟に共感しながら読み進めば、読者はページをめくるたびに激しく心を揺さぶられる。

これまでSFの文脈で語られることが多かったためか、スタージョンのこのタイプの作品は、さほど知名度が高くない。しかし、スタージョンの最良のSF短篇にも匹敵する（もしかしたらそれ以上の）衝撃力があることは保証する。とくに、「スタージョンは嫌いじゃないけど、ＳＦはどうも苦手で……」というミステリ読者にはぜひ読んでいただきたい。〝ミステリ作家シオドア・スタージョン〟の特異すぎる才能に度肝を抜かれるはずだ。

以上の五篇があまりに高密度なので、残る三篇は、彩り豊かなオードブルとして、軽めの楽しい作品を選んでみた。初期の愉快な子育てファンタジー“Brat”（「取り替え子《こ》」）、セックスをテーマにした奇妙な味の小品「ミドリザルとの情事」（別題「みどり猿との情事」）、いかにもスタージョンらしい発想のジャンルＳＦ“The Traveling Crag”（「旅する巌《いわお》」）。作品の格調はともかく、三つとも、個人的に偏愛する短篇なので、くつろいで楽しんでいただきたい。

収録作八篇のうち、「取り替え子」「旅する巌」「君微笑めば」の三篇が本邦初訳。邦訳単行本初収録となるのが「ニュースの時間です」と「輝く断片」の二篇（どちらもポール・ウィリアムズ編のスタージョン短篇全集では表題作に選ばれている）。現時点では入手困難な既訳短篇集『一角獣・多角獣』からは「マエストロを殺せ」を、同じく『奇妙な触合い』からは「ミドリザルとの情事」「ルウェリンの犯罪」を採り、三篇とも新訳で収録した。

〝ロマンチックSF傑作選〟（岡本俊弥氏）とも評された『不思議のひと触れ』にくらべると一転してハードな内容だが、質的には『不思議のひと触れ』に勝るとも劣らない作品を集めることができたと自負している。

以下、各作品について簡単に解説する。内容に立ち入った記述もあるので、できれば本篇のあとにごらんください（執筆にあたっては、ノース・アトランティック版スタージョン短篇全集巻末のポール・ウィリアムズによる作品解題を参照した）。

●「取り替え子」Brat（*Unknown Worlds* 1941/12）

原題のBratは、「ちび」「小僧」の意味。「悪ガキ」とか「憎まれっ子」みたいなニュアンスがある。ファンタジーの世界では（ついでに大江健三郎ファンにも）おなじみの〝取り替え子〟（changeling）をモチーフにしたドタバタ子育てコメディ。ベビーフードなどのディテールには、おそらく生まれたばかりの長女パトリシア（一九四〇年十二月二十一日生まれ）の世話をしていた育児体験が生かされている——と思ったら、ポール・ウィリアムズは、長女の誕生前（一九四〇年夏）に書いたものではないかと推測している。パパになる日を目前に控えて、スタージョンもいろんな育児書を読んで勉強していたのかと想像すると、それはそれで微笑ましい。

オチの台詞はちょっと意味がわかりにくいかもしれない。奥さんのマイクル（eがつくMichaele）が「貯めてる」のは、たぶん赤ん坊に対する愛情。そう考えると、ブッチと離ればなれになってもあんまりさびしくない理由はすぐに見当がつく（ポール・ウィリアムズの説が正しければ、この小説を書き上げてすぐ、若きスタージョン夫妻の家にも赤ん坊がやってきたことになる）。本邦初訳。

●「ミドリザルとの情事」Affair with a Green Monkey（*Venture Science Fiction* 1957/5）

「不思議のひと触れ」と同様の――いや、それ以上にあからさまな艶笑譚。しかし、およそそうは見えないほど独特の、へんな小説に仕上がっている。ハヤカワＳＦシリーズ版の短篇集『奇妙な触合い』で僕がこの小説をはじめて読んだのは中学生の頃（邦題「みどり猿との情事」／高橋豊訳）。そのときは艶笑譚部分がさっぱりわかっていなかったが、ものすごく異様な話を読んだという印象だけがなぜか強く残っていた。大人になって読み返して、こ、こんな話だったのかと目が点になったけれど、それはそれで好きというか、いまは、読むたびにラストで笑ってしまう。

「たとえ世界を失っても」（河出文庫『20世紀ＳＦ②初めの終わり』所収）を読んだ人なら、スタージョンがホモセクシュアルに対して共感を寄せていた（ゲイ差別に強く反対だった）ことはご承知だろう。本篇では、ゲイが男社会で生き延びるための方便を得々と演説する傲岸不遜な男を登場させて、〝理解者によるゲイ差別〟を皮肉っぽく描いている。もっとも、正しくはゲイ小説じゃなくて……と説明するのも野暮ですね。しかし、いくらなんでもこのSFオチは唐突。パターンからはずれまくった話にパターンどおりの解決をつけてしまうのは、著者の愛すべき悪癖のひとつかもしれない。

●「旅する巌」The Traveling Crag（*Fantastic Adventures* 1951/7）

本書収録作の中ではもっともストレートなSF短篇。スタージョンは戦後すぐ、一年ほどのあいだ、文芸エージェント業を営んでいた（クライアントの作家には、ウィリアム・テンやアーサー・バートラム・チャンドラーがいたとか）。主人公の設定には、そのときの体験が反映している。人里離れた山小屋でひとり暮らしをする人間嫌いの男というモチーフは「ニュースの時間です」と共通。『不思議のひと触れ』に収録した「閉所愛好症」と同様、ネタを説明する場面がいかにもぎくしゃくしていて（説明の仕方もよく似ている）、SFとしては失敗作。こうすればとりあえずSFの格好がつくからSF雑誌に売れるよね、みたいな投げやりな態度が特徴です。しかし、失敗作だからと言ってつまらないわけではない。〝宇宙人の超兵器〟という噴飯もののネタはともかく、作家エージェントの日常描写や有能な秘書との微妙な距離感、三角関係っぽいトラブルの描写は爆笑。「人間が頭の中で生み出す恐怖心が消えればどうなるか」というスタージョン的な発想と、珍しく叙情的な結末が面白い。本邦初訳。

なお、ポール・ウィリアムズによれば、シグ・ワイスが書いた第一作の冒頭、「ジェットを噴かし、大気を切り裂く轟音と共に、バット・ダートスンが急降下して来た」という思いきり安っぽい一行は、ＳＦ仲間に向けた内輪のジョークだったらしい。一九五〇年に《ギャラクシー》誌が創刊されたとき、編集長のＨ・Ｌ・ゴールドが「本誌にこんな小説はぜったい載りません！」というコピーといっしょに載せた典型的宇宙活劇の〝悪い例〟がこれだったとか。

●「君微笑めば」When You're Smiling（*Galaxy Science Fiction* 1955/1）

最近の精神医学界ではサイコパス（psychopath＝反社会的性格者）という言葉が使われなくなり、ＡＰＤ（antisocial personality disorder＝反社会性人格障害）という呼び名に変わっているが、そもそもそうした概念さえほとんど知られていなかった時代に書かれた先駆的なサイコサスペンス。ヒッチコックの映画『サイコ』が公開されて、サイコパスという言葉が一般化するのは一九六〇年のことだから、本篇はそれより五年も早い。

タイトルの元ネタは、マーク・フィッシャー、ジョー・グッドウィン、ラリー・シェイの三人が一九二八年に合作でつくった同名のラブソング。ルイ・アームストロングの歌で大ヒットし、ビリー・ホリデイやフランク・シナトラもカバーしている。「君が笑うと世界中が笑うよ、君が泣いたら雨が降る。だから泣かないで〜」みたいな歌なんですが、こんな短篇にその曲名を平気でつけちゃうところがスタージョン。

ヘンリーがいつもにこにこしているのはこのタイトルが使いたかったから？　本邦初訳。

●「ニュースの時間です」And Now the News…（*Fantasy & Science Fiction* 1956/12）

設定の異常さではこれがいちばんかもしれない。まったくこんなへんなことを考える作家はスタージョンだけだよな――と思うのだが、意外にも本篇のアイデアはロバート・A・ハインライン提供。ネタが全然ない、もうダメだ……とスタージョンが泣き言の手紙を送ったところ、ハインラインから二十六本の短篇プロットを記した返信が届き、そのうち実際に作品化されたのが"The Other Man"と本篇だった。しかも、本篇を表題作とするスタージョン短篇全集第九巻の作品解題にポール・ウィリアムズが引用している問題のプロットを読むかぎり、後半の展開は（意外な結末まで含めて）ハインラインが考えたものらしい。

最初は《EQMM》に投稿されたが、ミステリ度が低いなどの理由でボツになり、《ギャラクシー》と《アスタウンディング》からもつきかえされたのち（前者の編集長ゴールドは、作品の価値を認めつつも「いまどきの読者は所属ジャンルがはっきりしない短篇を読みたがらないから、こういう小説を売るのは難しい」と返信している）、ようやくアンソニー・バウチャーに買われて、《F&SF》誌に掲載された。その後は少なくとも九つのアンソロジーに収められ、《F&SF》創刊三十周年記念特集号にも再録されている。

なお、主人公の名前のマクライルは、ハインラインのふたつの別名義、ライル・モンローとアンスン・マクドナルドを合体させたものだという。

翻訳はSFマガジン二〇〇四年七月号の異色作家特集に掲載され、同誌読者賞の二〇〇四年翻訳短篇部門では三位に入っている。その後、スタージョン作品としては初めて、二〇〇五年の第三十六回星雲賞を海外短篇部門で受賞した。

●「マエストロを殺せ」Die, Maestro, Die!（*Dime Detective* 1949/5）

スタージョンがミステリ雑誌に書いた短篇のベスト1というだけでなく、音楽小説の歴史にも犯罪小説の歴史にも残るオールタイムベスト級の大傑作だと思うが、意外と話題になる機会が少なく、これまでアンソロジー等にも再録されていない。

いま風に言えば、キモメンの一人称主人公（バンド付きのＭＣ）がイケメンのナイスガイ（バンドマスター）を殺そうと完全犯罪を企む話で、それに成功してからの意外すぎる展開はスタージョンの独壇場。長いミステリ史でも、これは空前絶後の趣向じゃないかと思う。キャラクター、個性的な語り口、ディテール、プロットのひねり、情緒的な感動、すべてが高いレベルでフィットして、完璧なユニットを構成する。

なお、ポール・ウィリアムズは、短篇全集の解題で、本篇で扱われている〝ユニット（単一体）としてのバンド〟という考え方は、のちに『人間以上』で描かれるホモ・ゲシュタルト（集団有機体）の先駆けになったと指摘している。

スタージョンが考えていた本来のタイトルは、主人公の名前と同じ「フルーク」。flukeとは日本語の「フロック」で、「まぐれ当たり」「怪我の功名」のことだが、俗語では「しくじり」「役立たず」の意味もある。

『一角獣・多角獣』に、「死ね、名演奏家、死ね」の邦題で小笠原豊樹訳が収録されている。

●「ルウェリンの犯罪」A Crime for Llewellyn（*Mike Shayne Mystery Magazine* 1957/10）

生まれてからただの一度も、どんな小さな罪も犯したことがない男。しかし彼には、だれにも打ち明けたことがない秘密があったのです……。

どう考えてもコメディにしかならないはずのプロットが異様な緊迫感をはらんで語られてゆく。ある意味、M・ナイト・シャマランの『アンブレイカブル』に近いかもしれない。

「ニュースの時間です」と同じく、〝本人にとってかけがえのない何か〟を奪われたことで日常生活の歯車が狂ってしまう物語。泣ける。

『奇妙な触合い』に、「リューエリン向きの犯罪」の邦題で高橋豊訳が収録されている。

●「輝く断片」Bright Segment（*Caviar* [1955/10]）

「自分がいままで書いた短篇の中でももっとも力強い作品のひとつ」と著者みずからが語る逸品。ミニマルな設定のもと、文体の魔術師スタージョンの超絶技巧が冴え渡る。

平凡な日常のくりかえしの中で主人公が遭遇した〝輝く断片〟は、「不思議のひと触れ」や「孤独の円盤」における〝不思議のひと触れ〟の変奏だが、ここではそれが息苦しいほどの緊迫感をもたらす。気楽にページをめくれない話だが、覚悟を決めて、じっくり読んでほしい。

作品解題は以上。著者シオドア・スタージョンの経歴や作風、作品リストに関しては、『不思議のひと触れ』巻末の拙文を参照してください。

表題作「輝く断片」の訳稿を（さらなる改訳のうえで）本書に収録することを快く許可してくださった伊藤典夫氏と、「ＳＦファンなら一生に一度はスタージョン訳さなきゃね」という編者の恫喝に屈し、「マエストロを殺せ」「ルウェリンの犯罪」という難物二篇の翻訳を引き受けてくれた畏友・柳下毅一郎氏に、この場を借りて感謝を捧げる。

また、編集実務に関しては、『不思議のひと触れ』に続いて、河出書房新社の伊藤靖氏にお世話になった。記して感謝する。

なお、スタージョン作品の邦訳としては、本書と相前後して、国書刊行会〈未来の文学〉から幻のジェンダーSF長篇 *Venus Plus X*（1960）が刊行（『ヴィーナス・プラスX』大久保譲訳）。また、『海を失った男』につづく若島正編のスタージョン短篇傑作集第二弾が予定されている（『［ウィジェット］と［ワジェット］とボフ』河出書房新社〈奇想コレクション〉二〇〇七年十一月刊）。本書の収録作を決める過程では、前回に続いて、若島さんの当初のセレクションとまたまた作品が重なってしまったが（ちょうど一年前にこちらの目次案をメールしたところ、なんと四篇がかぶっていることが判明）、今回は全面的にこちらに譲っていただきました。ありがとうございます。このお礼はいつかかならず。

このほか、長く絶版だった後期スタージョンを代表する短篇集『スタージョンは健在なり』（大村美根子訳／サンリオSF文庫）は、すでに『時間のかかる彫刻』と改題されて創元SF文庫から再刊されている。

新刊書店で買えるスタージョンの邦訳書が『人間以上』ぐらいしかなかったつい二年半前の状況とくらべると信じられない変わりようだ。このスタージョン再発見の波が一過性の小ブームに終わらず、定着することを祈りたい。

最後に——。

僕が初めて読んだスタージョン作品『人間以上』の訳者であり、個人的にも親しくさせていただいていた矢野徹氏が二〇〇四年十月にみまかられた。二〇〇五年一月には、『スタージョンは健在なり』を翻訳された大村美根子さんが、同書創元SF文庫版の刊行直後に逝去された。スタージョン翻訳の大先輩おふたりに、心よりご冥福をお祈りする。

二〇〇五年四月　　大森　望

文庫版への付記

二〇〇五年六月、『不思議のひと触れ』に続いて〈奇想コレクション〉から刊行された本書『輝く断片』は、さいわいにも、日本の読者に好評をもって迎えられた。

スタージョン流の犯罪小説傑作選という性格が強かったこともあり、とくにミステリ界での評価が高く、各種の年間ベストでは、ミステリチャンネル《闘うベストテン》第2位、《週刊文春ミステリーベスト10》第3位、《このミステリーがすごい！２００６年版》第4位と、いずれも高順位をキープしている（《ＳＦが読みたい！２００６年版》掲載のベストＳＦ２００６では第9位）。河出文庫既刊の『海を失った男』『不思議のひと触れ』で、ＳＦ作家としてのスタージョンの魅力にとり憑かれた読者にも、本書で〝ミステリ作家スタージョン〟の新しい魅力を発見していただければと思う。

もっとも、スタージョン読者なら先刻ご承知のとおり、ジャンル小説の枠からどうしようもなくはみだす部分に著者の特徴がある。本書の書評からいくつか引用してみよう。

> なにか異常な体験をしている、というのが読んでいる最中の印象。そして、恐ろしいほど異常な体験をしてしまった、というのが読後の印象。体験とは、もちろん読書体験のことだ。一体これ、なんだ？　おれ何読んだ？
>
> すげえな、と思う。（中略）語られる内容の破壊力に、読み手の僕はなにごとかのボーダーを越えてしまっている。越えさせられている。
>
> つまり体験装置としての一冊。ボーダーは、人間か／非人間かの間に、日常か／非日常かの間に、もちろんジャンル――これらの作品群の帰属先――にある。

ハードで、黒々としていて、だからこれらはミステリなのか？　しかし、そんな区分なんて無意味なんだって。大事なことは、スタージョンが描いたこれらに、良識はないのに愛はある、その事実。

（古川日出男、〈文藝〉二〇〇五年秋号より）

……本書に収められた作品をふつうの〝ミステリ〟や〝サスペンス〟とは感じられない。（中略）いまどきの世相では、こんな犯罪者は〝怖い／非日常な〟存在で、隣にいるかもしれないけれど我々にはおよそ理解できないと思われている。世間が受け入れられる、もっともらしい理由（たとえば、暴力ゲーム好きのおたくだった云々）を付け〝異常なもの〟として葬り去られる。しかし、スタージョンは彼らの心の奥底までを丁寧に描き出す。どれだけ不思議に見えても、そこに見えるもの（すなわち主人公たちが見出した「輝く断片」）は一人の人間の一面なのだから。

（岡本俊弥、「Book Review Online」より）

……何といっても本書の基調を成すのは、世間という規格から外れてしまった人間や、自分が誰からも必要とされていないことに気づいた人間の限りない悲哀である。物語の展開自体は無慈悲で、作品によっては乾いたブラック・ユーモアさえ漂わせているにもかかわらず（例えば「ルウェリンの犯罪」）、いずれの作品でも、いつの間にか主人公の思考経路にシンクロしてしまう自分に気づかされる。規格品としての社会生活に失敗してしまった人間に対するスタージョンの哀れみと共感が、これらの小説の背後に存在しているからに違いない。

（千街晶之、〈SFマガジン〉二〇〇五年九月号より）

こうした意味で、本書に収めた短篇群は、ジャンルだけでなく時代も超越している。発表から何十年経とうが、つねに、〝いま、ここにある物語〟として読むことができる。スタージョン愛読者のひとりとして、この文庫版が今後も長く読み継がれることを祈りたい。

末筆ながら、今回もまた、単行本版にひきつづき編集とカバー装画を担当してくださった（ともに〈奇想コレクション〉の立役者でもある）お二人、河出書房新社の伊藤靖さんと、イラストレーターの松尾たいこさんにあらためて感謝する。

最後に、二〇一〇年八月時点のスタージョン邦訳書リストを掲げる（＊印は絶版または品切）。未訳を含む全作品リストは、河出文庫『不思議のひと触れ』巻末を参照されたい。

大森　望

シオドア・スタージョン邦訳書リスト

●長篇

The Dreaming Jewels（1950）『夢みる宝石』永井淳訳、世界SF全集（1969）→ハヤカワ文庫SF（1979/2006）

More Than Human（1953）『人間以上』矢野徹訳、ハヤカワSFシリーズ（1963）→ハヤカワ文庫SF（1978）

The Cosmic Rape（1958）『コスミック・レイプ』鈴木晶訳、サンリオSF文庫（1980）＊

Venus Plus X（1960）『ヴィーナス・プラスX』大久保譲訳、国書刊行会〈未来の文学〉（2005）

Some of Your Blood（1961）『きみの血を』山本光伸訳、ハヤカワ・ミステリ（1971）→ハヤカワ文庫NV（2003）

Voyage to the Bottom of the Sea（1961）『原子力潜水艦シービュー号』井上勇訳、創元推理文庫（1965）＊ 映画『地球の危機』（1961）の小説化。

The Player on the Other Side（1963）『盤面の敵』青田勝訳、ハヤカワ・ミステリ（1965）→ハヤカワ・ミステリ文庫（1977） エラリイ・クイーン名義。フレデリック・ダネイのプロットにもとづく執筆協力。

●短篇集（原題のないものは日本オリジナル編集）

E Pluribus Unicorn（1953）『一角獣・多角獣』小笠原豊樹・川村哲郎訳、早川書房〈異色作家短篇集〉（1964/2005） 邦訳は原書から三篇を割愛。

A Touch of Strange（1958）『奇妙な触合い』高橋豊訳、ハヤカワSFシリーズ＊ 邦訳は58年版から二篇を割愛した59年版が底本。

Sturgeon Is Alive and Well...（1971）『スタージョンは健在なり』大村美根子訳、サンリオSF文庫（1983）→『時間のかかる彫刻』創元SF文庫（2004）

『影よ、影よ、影の国』（1984）村上実子訳、ソノラマ文庫海外シリーズ＊

『海を失った男』（2003）若島正編、晶文社ミステリ→河出文庫（2008）

『不思議のひと触れ』（2003）大森望編、河出書房新社〈奇想コレクション〉→河出文庫（2009）

『輝く断片』（2005）大森望編、河出書房新社〈奇想コレクション〉→河出文庫（2010）

『「ウィジェット」と「ワジェット」とボフ』（2007）若島正編、河出書房新社〈奇想コレクション〉→河出文庫（2010）近刊予定本書は二〇〇五年六月、河出書房新社より〈奇想コレクション〉の一冊として刊行された。

輝《かがや》く断片《だんぺん》

二〇一〇年一〇月一〇日　初版印刷
二〇一〇年一〇月二〇日　初版発行

著　者　T・スタージョン
編　者　大森望《おおもりのぞみ》
発行者　若森繁男
発行所　株式会社河出書房新社
〒一五一・〇〇五一
東京都渋谷区千駄ヶ谷二・三二・二
電話〇三・三四〇四・八六一一（編集）
〇三・三四〇四・一二〇一（営業）
http://www.kawade.co.jp/

ロゴ・表紙デザイン　粟津潔
本文フォーマット　佐々木暁
本文組版　株式会社キャップス
印刷・製本　凸版印刷株式会社

落丁本・乱丁本はおとりかえいたします。
Printed in Japan ISBN978-4-309-46344-5

銀河ヒッチハイク・ガイド

ダグラス・アダムス　安原和見〔訳〕　46255-4

銀河バイパス建設のため、ある日突然地球が消滅。地球最後の生き残りであるアーサーは、宇宙人フォードと銀河でヒッチハイクするはめに。抱腹絶倒ＳＦコメディ「銀河ヒッチハイク・ガイド」シリーズ第一巻！

宇宙の果てのレストラン

ダグラス・アダムス　安原和見〔訳〕　46256-1

宇宙船が攻撃され、アーサーらは離ればなれに。元・銀河大統領ゼイフォードとマーヴィンがたどりついた星で遭遇したのは⁉　宇宙の迷真理を探る一行のめちゃくちゃな冒険を描く、大傑作ＳＦコメディ第二弾！

宇宙クリケット大戦争

ダグラス・アダムス　安原和見〔訳〕　46265-3

遠い昔、遙か彼方の銀河で、クリキット軍の侵略により銀河系は絶滅の危機に陥った——甦った軍を阻むのは、宇宙イチいい加減なアーサー一行。果たして宇宙は救われるのか？　傑作ＳＦコメディ第三弾！

さようなら、いままで魚をありがとう

ダグラス・アダムス　安原和見〔訳〕　46266-0

十万光年をヒッチハイクして、アーサーがたどり着いたのは、８年前に破壊されたはずの地球だった‼　この〈地球〉の正体は⁉　大傑作ＳＦコメディ第四弾！　……ただし、今回はラブ・ストーリーです。

ほとんど無害

ダグラス・アダムス　安原和見〔訳〕　46276-9

銀河の辺境で第二の人生を手に入れたアーサー。だが、トリリアンが彼の娘を連れて現れる。一方フォードは、ガイド社の異変に疑問を抱き——。ＳＦコメディ「銀河ヒッチハイク・ガイド」シリーズついに完結！

クマのプーさんの哲学

J・T・ウィリアムズ　小田島雄志／小田島則子〔訳〕　46262-2

クマのプーさんは偉大な哲学者⁉　のんびり屋さんではちみつが大好きな「あたまの悪いクマ」プーさんがあなたの抱える問題も悩みもふきとばす！　世界中で愛されている物語で解いた、愉快な哲学入門！